浙江文叢

傅雲龍集

〔第六册〕

饗喜廬文二集(三)

〔清〕傅雲龍 著　傅訓成 點校

浙江出版聯合集團
浙江古籍出版社

籑喜廬文二集卷六

游歷美利加圖經敘

《周官》既有懷方、合方、訓方，而復以土訓道地圖，以誦訓道方志，以小行人籍其利害禮俗政教爲書，以外史掌四方之志，内史讀之，此豈好苛愛博可同日語歟？《詩》列十五國風，鄭康成《譜敘》謂欲知風化芳臭氣澤則旁行以觀之，孔子作《春秋》，有取於百二十國書，傳稱左氏能讀九邱，孔安國謂爲九州之志，設當日騶衍九州，談出目驗，地背舟車，罔聞户庭，其道圖、道志更不知若何亟亟也。雲龍遵朝諭出洋游歷，既述《日本圖經》，以美利加合衆國圖經繼之。夫記日本事之專書出自華人數數覯矣，而此則尠，然而難不在此。《瀛環志略》簡明有聲，證之歐羅巴洲非不其然，而美利加十不明一，耳食非歟？然而難猶不在此，苟爲簡而已乎，奚云知其當然？苟爲不簡而已乎，又奚云知其所以然？美利加非有同文之書、同倫之行，而掊克一憒，生聚百年，其强何以自雄，其利何以有出藍勝藍之慨，彼豈適然而致耶？泥古者既不屑道，自積習者爲之又嗜所嗜而止。嗟嗟，彼人於中國地理民生婦孺類能言之，而一物不知，恥復何如，况有游歷責耶！此雲龍所以竊不自揆，弗欲貿貿焉空勞跋涉而力爲其難也，而非隨地與人與時，末由銖銖而積之，絲絲而理之，非無遺地也，無虚地耳。光緒十四年雲龍游嘉里符尼亞邦，而阿里瑣那部，而紐墨西哥部，而德格瑟斯邦，而魯西阿納邦，而密士昔比邦，而阿拉巴麻邦，而佛勒里答邦，而若爾治亞邦，而叟司喀爾勒那邦，而諾司喀爾勒那邦，而勿爾治尼亞邦，而華盛頓都城，而紐約邦，而賓夕佛尼亞邦，而馬沙朱色士邦，而窪蒙邦，而瑪理蘭邦，而特納窪邦，而紐折爾西邦，而干揑底嘎奪邦，而洛答埃倫邦，第而曰考河工於紐阿林，考船工於三法蘭昔斯哥，考鎗礮水雷工於費納的費牙、波士登，士兵非里云爾哉。明年歸自秘魯、巴西，復由華盛頓都而游威士奪勿爾治尼亞邦、倭海約邦、英鰲阿納邦、伊利那倚斯邦、愛呵窪邦、歪阿明部、尤達部、列法達邦，以至嘉里符尼亞邦，蓋合衆國邦部凡四十有八，雲龍擇厥大要游五之四。

曷言乎人也？照料如章者張大臣也，而質疑時則有贊使徐壽朋、彭光譽，隨使梁誠、何慎之，而譯文時則有澤邨繁、林釟三、籾山逸也逸也其名、丙維禮，而置郵考異時則有雲龍子范冕、范成，而以諸説之聚訟，辨惑於丁韙良，而以畫一之斠補，責成於雲龍子范初。所可異者，美利加人初無一面而叩輒鳴，若惴惴焉懼舌人未盡欲言，以指代口，以圖佐册，罔或一吝。

曷言乎時也？雲龍初苦航潮，高輒數十尺，食不得咽，然腹稿未嘗須臾間，久之習風浪，著書餐桉如閉户，車軒屬草無論已，憂勤而生，彼人亦以雲龍爲耐勞。瓜期已逾兩月，銅版圖成遂旋，罔敢以家事艱難少輟鉛槧，晝夜鈎索，未嘗不欲鋭一再游之心力，洞數十年之學識，而猶有知有不知，時限之也。雖然，向第知中國京師午正爲彼都寅正六分，即《周髀》東日西夜意，而今乃恍然於迎日順日之增減。向第知器利寶興，即梓匠卄人名官意，而今乃恍然於人力孰若風力、火力、水力、電力之爲愈也。向第知人盡知兵即古者兵農合一意，而今乃恍然於額兵三萬之汰弱，以無糜食佐富，以無濫竽致强。向第知文武不分即六藝書射意，而今乃恍然於無不學之水陸軍將。向第知電學之創、格致學之因，即含萬物而化光意，而今乃恍然一無剿襲以給文憑故。嗟嗟，彼自問弗如中國者，聖王之道之無不貫，而以仁義爲本耳，今且有以中國孝治天下爲文者，善於取法，多此類也。於是雲龍就測地制器、知兵通算，分之爲類十有二：曰天文，曰地理，曰河渠，曰國系，曰風俗，曰食貨，曰考工，曰兵，曰外交，曰政事，曰文學，曰敘例，爲子目一百六十有二，爲卷三十有二，篇第相承，一如《游歷日本圖經》例。自爲敘曰：

地承天成，背面時行，緯南一度，偏東西經，述經緯表第一。彼國百年，歲月同遷，表異於同，莫爲之先，述中國美利加月朔表第二。言地動始，易有厥恉，南短北長，日景異視，《周禮》土書，法已寓此，述中國美利加較時里差表第三。温帶之北，乃同中國，氣亦有差，赤道離即，述寒暖平均表第四。何澍何霽，一空氣系，阿拉士克，雨非它例，述晴雨表第五以上《天文志》。神農計里，是輿圖始，南侈北斂，地背天視，述地圖第六。探新地者，科侖布也，以言國疆，足跡勿假，述疆域原始第七。勿食如蠶，邦部同甘，今四十八，初盟十三，述合衆國沿革第八。華英里歧，測方何辭？既測廣袤，又水陸之，述合衆國方里表第九。一洲足多，在海之阿，英屬而外，鄰墨西哥，述四至八到表第十。音以文符，言人人殊，自戒矛盾，非判主奴，述合衆國名稱歸一表第十一。類自彼分，從而云云，否則滋疑，將毋絲棼，述邦部分類表第十二。東西海環，營兩山間，別開生面，亦津亦關，述合衆國形勢第十三。輪軌既平，六街如枰，白屋非重，議院非輕，述合衆國都第十四。昔無都會，蒼涼猶繪，而海市闤，紐約其最，述通都大邑第十五。郜非不有，難毛舉某，無如郡者，陳言否否，述合衆國邑第十六。海不一灣，曲潮汐間，紐約其大，商船往還，述海灣表第十七。灘不畏淺，有標則顯，礁不懼多，有識則免，述海濱雜識第十八。國亦島耳，環峙何似，如立如拱，岬峽附此，述島表第十九。霞標雲逐，蜿蜒鴻陸，押與落機，二山起伏，述山第二十。山不讓壤，集益在廣，亦既見聞，作拾遺想，述地輿雜識第二十一以上《地理志》。亦河亦渠，惜尠專書，推桑經例，地背權輿，述水道第二十二。河亦有分，巨浸罕聞，衆流一萃，勿慮緒紛，述水道合流表第二十三。河澮海鹽，湖水其兼，述湖表第二十四。伏流瀑布，往往而遇，橋斜天然，洞疑無路，述水道雜識第二十五。築堤則功，導流則通，黃河異此，工將毋同，述密士昔比河工説第二十六。疏口未已，測水其始，厥害弗忘，厥利乃起。鐵道欲周，官民交修，水陸倚伏，今車昔舟，述渠工表第二十八。利不止農，亦商亦工，述水利雜識第二十九以上《河渠志》。變世及規，四載爲期，既衆舉之，或再任之，述世系表第三十。其正不虞，其副前趨，述副伯理璽天德表第三十一。轉敗不危，得土不私，是識時者，附阿但斯，述華盛頓傳第三十二以上《國系志》。其白則那，其信猶多，述形性第三十三。氣類或參，大較有三，述族類第三十四。南北二黨，議輒抵掌，述黨目第三十五。衣冠平均，在位同民，述服飾第三十六。刀勺是供，穀食非宗，述飲食第三十七。異英蓋寡，偶仿羅馬，述居處第三十八。習與嗜俱，何足異乎？述俗禮第三十九。例之以英，亦沿亦更，述歲時第四十。土著鄉曲，亦移舊俗，述土人風俗第四十一以上《風俗志》。户册里編，買奴革前，國會之計，期以十年，述民數表第四十二。坐食其免，無業者尠，以利爲權，擇術争先，述民業表第四十三。業既類分，復録所聞，述民業雜識第四十四。公地何義？國會之地，述邦部公地表第四十五。人五萬聚，三十有五，述五萬人以上地表第四十六。已成野格，其直有額，述地直表第四十七。産不訝奇，適用亦宜，述物産第四十八。稻田亦闢，不如尚麥，玉米次之，土人充積，述農産表第四十九。孰博孰約，非要則略，述食貨表第五十。合農工商，而綜厥常，述財産十年一計表第五十一。鹽場幾增，亦創亦仍，述鹽表第五十二。鹽質轉奇，多識奚辭，述鹽法雜識第五十三。蔗糖其一，歲計所出，述糖表第五十四。種五十餘，擇要而書，述酒表第五十五。雖遜古巴，厥産亦賒，述淡巴菰表第五十六。油種不一，其用勿失，述油表第五十七。布織之謀，不疵取求，述棉表第五十八。紛弗如湖，厥入歲輸，繅之治之，如棼則無，述絲表第五十九。毛織非低，與棉絲齊，述羊毳表第六十。鑛不獨金，雜類分尋，述鑛類繫地表第六十一。誰歟鑛珍？曰金曰銀，述金銀鑛繫地表第六十二。舟車輪開，相需在煤，述煤鑛表第六十三。辨鑛有苗，火水力超，述鑛務雜識第六十四。金直如何？紐約商多，述紐約金直低昂月表第六十五。利用以時，經之營之，銖銖不爽，意杜漏卮，述造幣金銀表第六十六。國都之局，造幣紙足，述合衆國紙幣表第六十七。有用有存，就册數言，述銀鈔表第六十八。關税之據，商賈之著，操券而獲，無欺忌慮，述官局印紙表第六十九。存者無虧，用者無疑，國之盈羨，而寓商規，述銀行表第七十。債以貧成，利以富輕，非專國會，易舉衆擎，述國債表第七十一。利勿過索，違有罰約，述利率異同表第七十二。用綜内外，工兵其大，量入之出，其亦何害，述出入表第七十三。勿濫勿隘，國會是戒，述國費總目表第七十四。内税之規，罰鍰隨之，述内税表第七十五。農工勉勉，商爲流轉，國外之商，非由此選，述邦部互出食貨表第七十六。出入盈虚，今復何如，述輸出輸入年表第七十七。出無虚歲，十年一計，述食貨輸出比較表第七十八。袪出入弊，卅年一世，述三十年間食貨出入比較表第七十九。勿謂善賈，褒或舛舞，述合衆國損本商表第八十。免毁與襲，庶其思集，述許專售年表第八十一以上《食貨志》。善事利器，周官遺意，惟專則精，匪過人智，述考工源流第八十二。居肆以成，而恥平平，述工廠合表第八十三。兼營其常，專門者良，述工類表第八十四。工始新英，利視技成，述新英邦工廠利率表第八十五。工費未央，舉其彰彰，述土木工費繫地表第八十六。鐵軌不頗，華工居多，洞若觀火，無飾無訛，述鐵道考工第八十七。椎輪累陸累陸之言軌也，分部爲六，述鐵道繫部表第八十八。其册足徵，軌與年增，述鐵道年表第八十九。道存其人，工商相因，述鐵道增人百分率表第九十。圖始其難，而費莫殫，勿慳勿濫，商勝於官，述鐵道費表第九十一。寬狹難同，而用其中，軌成俄傾，利器省工，述鐵軌表第九十二。鐵不若鋼，而韌者良，述鋼鐵比較表第九十三。厥枕維木，其直伸縮，木取不朽，誰歟其久，述鐵道枕木表第九十四。勿即於陷，此其借鑑，述鐵道舛軌表第九十五。日利百金，何匿何侵？述鐵道利表第九十六。運直愈廉，獲利愈添，述它國鐵道運直比較第九十七。瀛輪勝馬，市有兼者，述火車街車工表第九十八。易帆而輪，創自西人，重甲之鐵，亦善於因，述輪船考工第九十九。此非兵艦，帆輪無減，述船表第一百。明輪暗輪，湖濱海濱，述輪船年表第一百有一。十部輪舟，載亦或侔，述輪船分部頓數表第一百有二。水火之濟，各精其藝，述工廠水力瀛力繫地表第一百有三，十年一變，考工易見，述工廠水瀛馬力比較表第一百有四。力倍工半，成物非玩，述水力瀛力繫工表第一百有五。火力競資，水或過之，技也進道，善無常師，述水力瀛力巨工繫地表第一百有六。礮鋼之力，難云徵實，其伸其縮，勿僞勿失，述陸軍礮局試驗礮鋼表第一百有七。鐵用紛然，視地與年，述鐵條工年表第一百有八。紡筒萬千，機力蟬聯，述棉花工器十年一計表第一百有九。絲工所會，誰歟其最？述紐約治絲分類表第一百一十。學始神農，交感則鎔，述化學藥物工繫地表第一百十一。寄意寄音，飾銀飾金，此其淺者，技亦從心。述電工繫地表第一百十二。嗟彼酒傭，亦其大宗，化學資之，爰考厥工，述酒工繫地表第一百十三。取博於約，聊補將作，述雜工繫地表第一百十四以上《考工志》。軍不習練，百不當一，諸葛之言，暗符無失，述兵制第一百十五。分不挫鋒，合則交衝，陸戰百變，勿離其宗，述陸軍選兵表第一百十六。短舍長諳，邦原十三，述十三邦陸軍表第一百十七。所以勸也，靡不足者，述陸軍官禄表第一百十八。一隊名奇，曰康拜宜，里基門脱，三營奚疑，述陸軍繫地表第一百十九。練有專門，厥師水屯，環海一航，有深意存，述海軍官弁表第一百二十。鏖戰餘生，衂之有成，述衂戰士身家十八局表第一百二十一。勿通狹流，阻道是謀，孰沈孰定，而亦有浮，述水師阻道説第一百二十二。水陸臺誇，船礮或加，勿曰鐵石，而遜泥沙，述礮臺經驗説第一百二十三。如棊之布，如星之羅，少安勿躁，兵不在多，述陸軍營房表第一百二十四。局廿有三，藥彈争諳，述兵器局表第一百二十五。開花彈馳，微鐵孰支，雖非西最，多自爲之，述兵船表第一百二十六。宜與不宜，兵艦説歧，執兩以用，勿倚勿遺，述兵艦雜識第一百二十七。重礮宜船，合度勿偏，尺測則準，聲則輒先，述船礮經驗説第一百二十八。無煙無聲，精且求精，源流視掌，豈曰識名，述水雷第一百二十九。敵或借視，罔兩怯此，述營燈第一百三十以上《兵志》。邦無外交，國約罔淆，述中國約表第一百三十一。華使之先，光緒四年，述中國使臣表第一百三十二。外使其來，厥館競開，述别國使美利加表第一百三十三。視途不畏，華黎往殺，聊復僑居，入籍則未，述中國人至美利加年表第一百三十四以上《外交志》。其制不同，而下情通，述合衆國制第一百三十五。遜議紳權，而無冗員，述官制第一百三十六。綱疏易狎，而重犯法，述刑略第一百三十七。爲省繁計，一如吕例，述大事編年表第一百三十八。車書未同，較之以中，述中國美利加權量衡比較表第一百三十九。星郵日新，難例陳陳，述郵便表第一百四十。電里線里，難一例視，線繞或歧，誰歟董理？述電線年表第一百四十一。曰得力風，竭來線通，述電話機繫地表第一百四十二。潰濫防川，而説紛然，院紳一議，萬本四喧，述新聞紙繫地表第一百四十三。亦衄亦防，或暫或常，述雜事第一百四十四以上《政事志》。派奚取諸，莫格致如，述學派第一百四十五。電學始名，誰歟與争，述美利加電學第一百四十六。程以功云，制禁緒紛，厥類不一，聚而不分，述學目第一百四十七。字母云者，本之羅馬，述字母表第一百四十八。業無虛課，學舉其大，述大學校表第一百四十九。起訖有期，計程就師，述學期表第一百四十九重復。七日一休，而戒曠修，述官學校學生課日表第一百五十。可以爲師，而恥不知，述師範校及習師會表第一百五十一。入學視年，注籍於先，述學校師生繫地表第一百五十二。費不皆官，益被單寒，述學費表第一百五十三。自嚴亥豕，素餐則恥，述學校師薪水繫地表第一百五十四。其義學乎？亦古爲徒，述非官立小學校師增減表第一百五十五。六歲其始，罔判都鄙，男女皆然，有進無止，述小學校表第一百五十六。與未學殊，别爲一途，述不學人表第一百五十七。或其事編，或其人傳，聊擴班志，象譯魚筌。述藝文第一百五十八。紀念紀戰，往往而見，藉曰獵奇，奇非其羨，述金石第一百五十九以上《文學志》。向歆奏書，自敘豈虛，此何足數，而力亦餘，述自敘第一百六十。圖經例同，以補而通，述凡例補第一百六十一。此非彼例，法立文繫，述專例第一百六十二。

美利加經緯表小敘

美利加經緯起算一以中國爲宗，與日本經緯同一例也。以其都城言，曰華盛頓表内華盛頓乃其一部名，非都也，以其都之地名言，則曰科侖布亞，其緯度在英綠威西七十七度，而在我京都南一度，此面彼背，氣候亦無大異。科侖布亞華盛頓都不言經度起止者，地無幾也。合衆國緯線起赤道二十五度，訖四十九度，經線起英西六十六度四十分，訖一百二十五度三十二分，以中國京都論則起偏東一百一十四度四十分嘉里符尼亞，訖一百七十三度三十二分，緬而阿拉士格不在其内。南北爲經，東西爲緯，見《説文》、《釋名》、《周禮疏》諸書，蓋古誼也。述經緯表。

中國美利加月朔表小敘

西紀以三百六十五日爲一年，其二月之日二十有八，其四月、六月、九月、十一月之日三十，餘皆三十一日，四年閏一日，即《周髀》所謂三百六十五日者三，三百六十六日者一也。厥法匪自西始，美利加合衆國沿之。其立國始乾隆四十一年，至於今光緒十五年，凡一百十有四。同治十二年以後，日本亦從西紀，與中國月朔異同已見《日本圖經》，此不贅言。《日本圖經》所未逮者，雲龍第四子范冕、第七子范成，依年與月與日排比之，第二子范初斠訂之。述中國美利加月朔表。

美利加寒暖平均表小敘

氣候寒暖，未必不由地質與水性，然視日光轉移居多。中國當地面之北温帶，而美利加則居地背之北温帶，春分秋分，日行赤道，中國與美利加均非極熱之時，春分後日漸北而漸暖同，秋分後日漸南而漸寒又同。同一温帶，背面異，寒暖無異，地動之説益信。然北温帶北與赤道遠，南與赤道近，是以美利加合衆國氣候亦有差。科侖布亞爲華盛頓都，無嚴寒亦無酷熱，伊利那倚斯邦、剛色斯邦、根得基邦、瑪理蘭邦、密蘇盭邦、賓夕佛尼亞邦、田捏西邦、威士干遜邦、紐墨西哥部，蓋均得氣之和者也。緬邦之北多山，故偏於寒，紐罕布西耳邦，窪蒙邦，皆似之，愛呵窪邦寒於密蘇盭，而魯西阿納邦在阿拉巴麻、密士昔比之南，寒度較增，豈風爲之耶？德格瑟斯邦寒暖互異，地廣故也。梅尼所達邦之河冰輒半年乃泮，然而雪少，其近英屬地加納大處雪輒歲積百日有奇。嘉里符尼亞夏暑甚，而海風吹盪，沿海雨尠，夜輒有霧。諾司喀爾勒那邦濱海一帶地溼，頞里根和暖而多雨，倭海約邦、英盭納邦，皆較賓夕佛尼亞爲稍暖，馬沙朱色士邦、洛答埃倫邦、干捏底嘎奪邦，亦略相等，而紐約邦有增。阿拉巴麻邦、密士昔比邦，向南益暖，佛勒里答邦則爲合衆國極暖者也。綜而論之，北界與中國直隸及四十餘度外之奉天伊犂相似，漸南漸温，歲雪不及百日，南界尠雪，與中國廣東等，而較墨西哥熱度猶減也。美利加測量氣候就一歲之寒暖而平均之，述寒暖平均表。

美利加晴雨表小敘

地背聯邦牙錯，而晴雨有同有不同，無他，地氣與空氣爲之也。大氐溼爲熱，散則雨少，熱爲溼，鬱則雨多。嘗聞中國四川俗稱漏天，言雨多也，然未若美利加之阿拉士克，一年三百六十日而雨居一百八十五日，夏日晝短，晴亦無幾，其他三十七邦部與中國無甚差違。日光之向背以南北異，水瀛之溼熱以高低異，即彼一邦亦未可概論也。凡以日計，皆測自美利加人，以數年例常年，非臆説矣。即晴雨之多寡可知地脈之美惡，而以風雪之屬附識於篇。述晴雨表。

美利加地理圖小敘

自神農計里爲地圖權輿，而九州之圖言於周官，秦之地圖言於《漢・地理志》。説者謂繪圖之法以晉裴氏爲得，惜無精之者。至我大清康熙間，命鐫銅版二圖，上符天度，近極則斂，近赤道則侈，此一定法也。以專門而精，以晚出而密，非智過人，抑時使然歟。美利加合衆國在我京都緯南一度，科侖布亞華盛頓都城而外，凡邦三十有八，部十，然阿拉士克一部新售自俄羅斯，不相聯屬，是以未克合而圖之。分圖屬草矣，而未遑鏤，且未遑繪，時迫之也。總圖銅版鏤自雲龍游歷日本時，蓋陰文也，而印之於紙即爲陽文，側聞康熙間殿版之圖鏤銅已用是法矣。述地理圖。

美利加合衆國方里表小敘

美利加合衆國沿英里法，每一英里合華二里有三百二十步四尺八寸六分五釐，每一英方里合華八里有二百四十步一十四尺五寸九分五釐。雖然，自來計里以一英方里合九華里，是爲華三方里矣，今用其例，舉成數也。合衆國方里其説亦未畫一，或云三百有一萬英方里，增阿拉士克三十五萬，凡三百三十六萬方英里，而雲龍徵之圖册分合數，則以三百六十萬二千九百九十八方英里爲符，以一合三，是爲華方里一千八十萬八千九百九十四。或言陸方英里三千萬，譌也，水陸分之，測有未盡，難可臆度。述合衆國方里表。

美利加四至八到表小敘

嘗見謝清高《海録》，言咩里千國，海中孤島也，疆域稍狹，原爲英吉利所分封，毋乃誤歟？殆未親歷故也。咩里千即美利加之音轉，在中國地背聯邦如此，而曰『孤島稍狹』，豈圖亦未見耶？今依《元和郡縣志》例，述四至八到表。

美利加合衆國名稱歸一表小敘

依音譯地，文人人殊，莫不曰音轉居多，而亦難概論。即如美利堅，義大利人也，美利加則言美利堅所探之地，不言堅，省文也，謂『堅』、『加』音轉，非也。廣東人謂美利加曰花旗，然《瀛環志略》謂白點爲繪北斗，則臆説也。白點視邦數增減，今三十八邦，點數正符，其横道赤黑則部也。紐之言新，諾之言北，叟之言南，知其誼可也，以誼易音不可也。音誼既非一例，依違難用兩端，非果於自信，亦聊免歧出云爾。依馮繼先《春秋名號歸一圖》述合衆國名稱歸一表。

美利加邦部方類小敘

方以類聚，非臆爲類也。美利加十三邦指立國時盟邦言，其他曰二路，曰四土，曰五路，曰六部，若此之類，或以時更，或以事屬，不董理之，徒眩目耳。述邦部方類。

美利加合衆國形勢小敘

美利加合衆國在中國之東，就阿美利加洲言，則在其北，與南阿美利加洲界連，形若蜂腰。秘魯巴西諸國皆在南洲，即北阿美利加洲之西北阿拉士克部，即美利加售自俄羅斯屬地者也。北爲英屬地加納大，南爲墨西哥國。北洲之中是爲合衆國，其地位當中國之背，晝夜相反，廣狹小異。就經緯線考之，中國與美利加各居經度五十有七，其緯度則中國約三十度有奇，美利加約二十四度有奇。東南北三方陸海兩無大殊，惟西則中國界陸爲印度諸國，美利加界太平洋，此爲不同。西人謂五大洲三分水一分地，畫地百分，中國居四，美利加居六，此非就廣狹言，蓋就地去水而實測之且平均之也。美利加地勢有山有水有平地，畫平地爲三，一界押山東，一界落機山西，一居二山間也。其東境押山距海岸數百英里，約華里一千數百，由東北以至東南，山漸低則地漸廣，離海亦漸云遠，其西境落機山起洲之西北，穿英屬地而入美利加合衆國境，由西北而南訖於墨西哥國，距太平洋約十度，西地廣二千里，約華里六千。其國河源多出兩山，厥派無慮數百。六大湖在國之東北，而此三分之地東界押山而極之海，謂之壓瀾低平地，西界落機山而極之洋，謂之太平洋平地，中界兩山，地平且廣，謂之密士昔比河谷平地，故曰地分三也。合衆國之形如三足鼎，而東北微形不足，佛勒里答邦其東足也，德格瑟斯邦南境其中足也，嘉里符尼亞邦之下嘉里符尼亞其西足也，徧按五大洲分圖，界線如井田，惟美利加合衆國居多，然四方形嬴縮者獨喀那拉奪邦歪阿明部耳。於分見合，復於合見分。述合衆國形勢。

美利加合衆國都小敍

海外國都無所謂城，微獨美利加合衆國然也。伯理璽天德所居了無異人，蓋合衆國知有議院而已，虛語宫室，非其實也。述合衆國都。

美利加通都大邑小敘

美利加人謂都曰波列士，有國都，有邦都，其未陞邦之部政治未全，故曰治也。邑自有表，雖曰條分，末由挈領，是以撮厥都邑大要。其濱海灣者即邑即埠也，紐約爲最，次則賓夕佛尼亞邦之費納的費牙、瑪利蘭邦之波治磨、嘉里符尼亞邦之三法蘭昔斯哥，又次則魯西阿納邦之紐阿林、叟司喀爾勒那邦之查爾士頓、佛勒里答邦之湯拔，他若紐罕布西耳、德格瑟斯諸邦，雖有海灣，視檜下矣，伊利那倚斯邦之希嘎骨、諾司喀爾勒那邦之爲明屯，其便商舶一也，然或臨湖，或依河，未可與海口同日而語，區以別焉，責曷云諉。述通都大邑。

美利加合衆國邑表小敘

美利加方言所謂尤乃士台兹者，譯言合衆國也，所謂士台兹者《海國圖志》曰士迭，譯言邦也，所謂達鼇多里者指未立爲邦之地，或譯爲部也。它書謂有邑有郡，雲龍問之同文館總教習美利加人丁韙良，則言有邑無郡，謂邑曰岡地，又有邨，謂邨曰湯錫布。今按其邨難可枚舉，雲龍課子范冕、范成譯録厥邑已二千七百一十有五。述合衆國邑表。

美利加海灣表小敘

美利加合衆國所濱海灣以墨西哥灣爲大，由佛勒里答而阿拉巴麻，而密士昔比，而魯西阿納，而德格瑟斯，五邦一岸，潮汐不絶，此難可專屬某邦某部者也。若帖加勉龍灣，若沙倚那灣，若三荅灣，若古朗多灣，皆濱湖而非濱海。其濱海者，諾司喀爾勒那邦之小島，截水輒成灣形，曳司喀爾勒那邦海灣不一，類此非微即淺，舉無足數，今録著者，港可互參也。述海灣表。

美利加海濱雜識小敘

島與灣自有表，海埠大要已見通都大邑。若夫港灣之良否、灘礁之顯微，與夫樓燈碇泊之遠近，雖難更僕數，而梗概未可忽也。述海濱雜識。

美利加島表小敘

美利加之邦部濱海者二十有九，然西人著書謂緬邦有島數百，諾司喀爾勒那邦小島環峙，而雲龍目中所及，未詳厥名不知凡幾，即詢之數數游者與夫土著，亦信疑參半，然較《瀛環志略》當復何如！竊不欲爲其所囿矣，聊舉所知，依音録目，而以岬峽之屬附著於篇。述島表。

美利加山小敘

美利加山脈歧出，然綜厥大要，二而已矣：一押山，即海岸山也，起於西北，一落機山，亦起於西北，蜿蜒南行。河源半出二山，岡巒分脈居多。其他自爲起伏。輒俯視之，凡高近一萬五千尺者恒被雪峰白，而噴石焰殷則火山也，此其異者。述山。

美利加地輿雜識小敘

合衆國聯邦以幅員言，莫小於洛答埃倫，莫大於德格瑟斯，雖然，富庶之盛衰、營造之衝要，在彼不在此。就甄録之未盡，述地輿雜識。

美利加水道小敘

美利加合衆國河無慮一千五百二十合支流言，而著名水一百七十有四，其中自爲一水者四十有四，注於他水者百一十，而受水者二十。密士昔比河，其受水之河之最也。渠凡五十，舊渠四十有七。雲龍既依桑《經》酈《注》例，參之《禹貢》志日本國河渠，復欲以之例美利加水道，見者疑必無成，謂文異圖略，徒費時日，况舟車尠暇耶？而雲龍則寢食幾忘，孜孜焉以耳證目，以册質圖，以出入探脈絡。大要既得，條厥細流，往復問難於梁氏，誠蓋久於彼而於其水道不厭諏諮者也。雖里數難可陸里同語，土著問答亦滋同異，而占三從二，冀尠差違。於是綱舉目張，勉爲厥難，一如志日本國水道例，且一如志順天府水道例，而疑者乃釋然曰：『歐羅巴洲自來無此著書例，何論美利加立國百餘年也！』然則鈔撮異域圖志之誚，其庶免也乎！綱闕斠譌，請俟暇日。述水道。

美利加水道合流表小敘

雲龍述《游歷日本圖經》有水道分合表，兹何不云分也？美利加水分自湖者不乏巨流，而分自河者洪流蓋寡。若密士昔比河，雖分支五十有五，入海時細支難可枚舉，圖者略焉。其以大水包小水，莫密士昔比若矣，若密蘇鼇河、倭海約河，皆受水數十而注之密士昔比河，然包水之水二十不必皆大，所包之水無慮一百一十，自爲一水者四十有四，總計一百七十有四，合之微涓分支凡一千五百一十有九，而渠流不在其内。述水道合流表。

美利加湖表小敘

美利加合衆國之湖夥甚，然如阿拉巴麻、特納窪、佛勒里答、若耳治亞、剛色斯、根得基、瑪理蘭、馬沙朱色士、倭海約湖見密西根紐約、洛答埃倫湖多而小、叟司喀爾勒那、田揑西、威士奪勿爾治尼亞，此十三邦無著名巨湖，阿里瑣那、印甸、阿拉士克三部亦如之，而阿剛色斯邦之湖十有四，嘉里符尼亞邦之湖五十瓦納湖長十四里，約華里四十二，寬九里，約華里二十七，無魚人，謂之弗孳海，布納沽司湖、古司湖，在邦北，喀挪拉奪邦之湖六，干揑底嘎奪邦之湖十，伊利那倚斯邦之湖十有二，英鼇阿納邦之湖七十有九，愛呵窪邦之湖四十司碧里特湖在邦西北，高一千六百五十尺，爲是邦高處，魯西阿納邦之湖四十有九，緬邦之湖六十有七，密西根邦之湖九十有八密西根湖周圍四十里，約華里一百二十，野里湖初往訪者爲法郎西人魯巴多喀比里雅拉沙里，在康熙八年，當西一千六百六十九年，湖高海五百六十五尺，梅尼所達邦之湖十有一揑的湖譯言紅湖也，吴奪湖一譯倚答士克湖，密士昔比河源也，補林湖一譯林湖，半屬英地，密士昔比邦之湖四，密蘇鼇邦之湖一，孥布拉士格邦之湖十，列法達邦之湖十有四西界之達活湖長廿一里，約華里六十九，寬十里，約華里三十，深一千五百尺，高於海面六千尺。他湖皆非淡水，出鹽居多，且多渾水，湖之巨者不下華里三百餘，紐罕布西耳邦之湖十有一小湖多，其最大湖曰元宜比蘇吉，七十二英方里，約華方里二百一十六，安拔鶴湖即阿魯斯高金河源也，紐折爾西邦之湖十湖小而佳，紐約邦之湖八十有五，諾司喀爾勒那邦之湖四阿里猛特湖長六里，約華里十八，寬三里，約華里九，高於海面二十一尺，頒里根邦之湖十有三古埒達湖三十六英方里，約華方里一百有八，賓夕佛尼亞邦之湖五十有八，德格瑟斯邦之湖十有三，窪蒙邦之湖十有五產部連湖一譯產布璉湖，長一百三十里，約華里三百九十，寬十八里，約華里五十四，中央有地，置邑，別有小灘數十，遠岫函波，輪艇竭來，極深處三百尺，可駛巨舟。先是嘉慶十九年美利加未立國時曾戰於此湖，勿爾治尼亞邦之湖一東南水澤間一湖曰突納勿多，一譯多拉費，面積六方里，約華方里十有八，威士干遜邦之湖七十有四北有修必柳湖，高於海面千七百尺，密西根湖在東，打戈達部之湖三十有二低碧路士湖長四十里，約華里一百二十，寬十二里，約華里三十九，水黑，埃得和部之湖十有二，孟大那部之湖五福勒答里多湖一名福納西徒，長三十里，約華里九十，寬十一里，約華里三十三，紐墨西哥部之湖十有五，尤達部之湖十有一果來得沙多湖一譯格南得書特來戈湖，長七十五里，約華里二百二十五，寬三十里，約華里九十，水淺，有鹽泉注之，湖水百分中二十二分，比原水重一分有一七。尤達湖清而淡，長一百三十三里，約華里四百九十九，華盛頓部之湖十有八，歪阿明部之湖八，凡八百五十。此外小湖無慮一萬四千有奇，在密西根者五千有奇，在梅尼所達邦者七千有奇，在紐罕布西耳邦者一千五百有奇，在諾司喀爾勒那邦者數百，難毛舉也。述湖表。

美利加水道雜識小敘

水道之微涓細支已難毛舉無或遺，遑問它水。雖然，美利加賴宜各拉瀑布爲五大洲第一，其次亦非概無足數，即鑛泉鹽井之取求、陂澤津梁之同異，既見既聞，其可忘諸？述水道雜識。

美利加密士昔比河水測量表小敘

密士昔比河之測量有二：一曰河水高低，其下流地面或視海面更低，然水面繫地，亦繫時，高始九月，當中國秋初，低極正月，當冬至前後，所測地以日殊，懼滋轇轕，就測紀年，其當中國月日互見月朔表中。光緒五年以前未測，八年後此可類推。曰水至日數，皆至自新希奈治，非分計也。一曰水害地段，初受水害之邦凡七，以方里計：伊利那倚斯一百九十五英六十五，密蘇鼇八千有五十二英二千八百七十四，根得基三百七十五英百廿五，田捏西一千三百五十英四百五十二，阿剛色斯一萬三千九百五十六英四千六百五十二，密士昔比二萬有七百七十二英六千九百廿六，魯西阿納四萬四千有八十五英一萬四千六百九十五，而分段凡九。伯送云者，譯言澇也，列夫多云者，譯言左也，幫苦云者，譯言堤也，安奪云者，譯言及也。雖奏新功，難忘舊患。述密士昔比河測量表。

美利加渠工表小敘

美利加勸民修渠自第一伯理璽天德華盛頓始，嗣是有興有廢。今用之渠凡五十，皆修於乾隆四十九年以後，資以運行，是與鐵道相輔者也，往往利不償費，遜鐵道遠甚，然亦未可偏廢。運物不足，潤物有餘，興工之年可徵，濟工之費可計，所謂歲入則渠利成數也。其舊渠四十有七。先是運物資渠居多，鐵道既拓，昔日駛舟之渠半改飛車之軌。其渠凡四千四百六十八里有奇，約華里一萬三千四百有四，其費凡銀二億一千四百有四萬一千八百二圓，今用渠僅二千五百十五里有奇，約華里七千五百四十有五，此外一千九百五十三里，約華里五千八百五十有九皆不用之，而未忘渠工者輒於輶軒所至指而曰：『此某年所修某渠，而水陸異矣。』於是稽其名，溯其流，問其修與廢之年，綜其計長之里、鳩工之費，附著於篇，未始不可見舟車廢興相爲倚伏也。述渠工表。

美利加水利雜識小敘

中國水利以農爲主，而外國則以商舶爲大宗，即工之資水力亦未遑多讓於農之資水潤也。拉雜記之，何莫非彼利見端耶？述水利雜識。

美利加世系表小敘

美利加爲民主合衆國，稱厥總統曰伯理璽田特，今書伯理璽天德，舊譯相沿已久也。四年一任，再舉則邦部土著年須三十五以上，或入籍已閲十四年。其居科侖布亞者非先移居不得預焉，是以籍若居難可從略。以西紀十一月第一休息二日爲舉期，明年三月四日受事，例也。它故則任無定期。厥俗書名輒先姓氏，如所謂卓爾治華盛頓是。近見譯書，或單稱，或並舉，非舛即漏，爰畫一之。華盛頓六十七歲十月，此見俗計歲數已足月爲率也，餘則略月。第一任在乾隆五十二年，即西一千七百八十七年，計至今光緒十五年凡一百有三，創繼二十三人，再任者六，歷任二十有九。述世系表。

美利加副伯理璽天德表小敘

國會操議法之權，主上院者有正副，正即副伯理璽天德也。食禄在官，不得受舉，與伯理璽天德舉例同。伯理璽天德有事故則承厥乏，任期舉期皆如之。其第一任，後伯理璽天德初任二年，在乾隆五十四年，即西紀一千七百八十九，計至光緒十五年凡一百有一，其人二十有五，遷任伯理璽天德者七，再任者二，凡二十有七任。其歲供銀萬圓，合華銀九千二百有奇，抵英吉利銀二千磅，居伯理璽天德歲供十之二。述副伯理璽天德表。

美利加風俗志小敘

美利加方言一如英吉利，而風氣繫地，詎無轉移，居中國之地背，俗習相反，又何怪其然也。雖游歷之責匪第曰采風問俗，而民俗與國政實相表裏。略彼瑣屑，綜厥大要，曰形性，曰族類，曰黨目，曰服飾，曰飲食、曰居處、曰俗禮、曰歲時，而以土人風俗附著於篇，土人散居，不皆著印甸部境，故不曰印甸人，而曰土人也。述風俗志。

美利加民數表小敘

美利加有土有財，生聚基之。先是新地多屬日斯巴尼亞，而葡萄牙亦有屬地，作販黑人倆。日斯巴尼亞以新地人稀，歲許買奴四千，歐羅巴人輒以販奴爲業。美利加之有奴自明天啟初西千六百廿一新英地買自和蘭人之載奴至勿爾治尼亞始，轉販滋多，若牛馬然。英吉利人有悔心，以水師巡海禁賣，違則罪且罰厥舟，時我嘉慶十二年也千八百七。明年美利加禁如之。道光二十年［千］八百四十，英吉利立役奴禁，獨西海島不受禁令。厥王計奴八十萬，許出八千萬銀贖之，美利加國會亦議：凡在聯邦三十六度三分以南地用奴者聽，以北勿許，而密蘇釐奴如故，争之不可。閲數年創一約曰：密蘇釐而外，繼入聯邦宜遵前約，否則屏勿納。國人諾，名是約曰密蘇釐相準之法。

其民數，聯邦歲計書之册，國會十年一綜。乾隆五十五年，民數三百九十二萬九千二百一十四，有奴六十九萬七千八百九十七。嘉慶五年，民數五百三十萬八千四百八十三，有奴八十九萬三千四十一。十五年，民數七百二十三萬九千八百八十一，有奴一百十九萬一千三百六十四。二十五年民數九百八十三萬三千八百二十二，有奴一百五十三萬八千三十八。道光十年，民數一千二百八十六萬六千二十，有奴二百萬九千四十三。二十年，民數一千七百六萬九千四百五十三，有奴二百四十八萬七千四百五十五。三十年，民數二千三百十九萬一千八百七十六，有奴三百二十萬四千三百十三。咸豐十年，民數三千一百四十四萬三千五百七十七，有奴三百九十九萬九千三百五十三北無奴，凡民千八百八十萬二千有奇，南有奴，凡一千二百四十三萬五千有奇。嗣是民數同治九年爲三千八百五十五萬八千三百七十一。光緒六年爲五千十五萬五千七百八十三。民數之繫年者，一也。

此五千十五萬五千七百八十三民中，無公舉權者居十之七八，以是知鄉者聞美利加重女，亦不其然也。其國女子近以不克與舉伯理璽天德有變例意，會議罔有成説，其國男子之有公舉權，在二十一歲以上，白人雜色無異，雖學校師弟、部局寫官、工廠技藝，不盡丈夫子，而兵政巨端尠假女手，此民數之計男者，二也。

此五千十五萬五千七百八十三男中，有中國人十萬五千三百一十三，而實不止此，此就彼册成數言。又有白人四千三百四十萬二千九百七十，又有雜人六百五十八萬七百九十三，又有印甸人六萬六千四百有七，然印甸人數就徙居邦部言之，其印甸土人七萬五千。阿拉司克之印甸人八千六百五十五、與夫阿拉司克之白人三百九十二不在其内，民數之分類者，三也，皆就光緒六年言。

其繫里則就十一年言，凡人數五千六百七十八萬五千四百五十有六，是每一方里得三百五十七萬有二百七十一，每一野格得二百二十八萬四千九百七十三，民數之繫里者，四也。

印甸土著而外，民皆外至，然嘉慶二十五年以前無入籍册，二十四年，美利加合衆國政府始令海關記外至民數，計至光緒十三年凡六十有九年，民數之來徙者，五也。述民數表。

美利加民業表小敘

美利加之綜覈民業大較有二：一曰繫地，其士農工商之有無職業者，就光緒六年數依其邦部次第之。二曰分類，其司農司工司商有官，練海陸軍有學有律有醫，農内有工，工或兼商，難概區分。輒就要者著者略以類聚，國計之分出，民生之專營，皆於是乎見。然以巧弋利，多自爲之，勞苦工役，率驅外至。述民業表。

美利加民業雜識小敘

合衆國生聚百年，其來有自，積習豈遽忘耶？雖然，見異之遷輒不敵因地之宜。緬之民何以業船？多木且濱海也，又業楓糖，多楓也。紐約之民何以多商？瀛輪無阻也。其他業漁之民枕流，業獵之民宅山，業工之民取材於地，業農之民分潤於水，第而曰觀其所業云爾哉。既表大較，復録所聞，述民業雜識。

美利加邦部分地表小敘

有土之權利，美利加民實公有之。雖然，國會既立，邦部未植民處謂之公地。干捏底嘎、特納窪、若耳治亞、緬、瑪理蘭、馬沙朱色士、紐罕布希耳、紐折爾西、紐約、諾司喀爾勒那、叟司喀爾勒那、賓夕佛尼亞、洛答埃倫、田揑西、德格瑟斯、窪蒙、勿爾治尼亞、威士奪勿爾治尼亞，皆無之。其有公地者，邦十有九、部八，印甸、阿拉士克，並得附者，然設司公地之官僅十六邦八部也。官數有差，凡一百有九，其地瘠者每野格直銀一圓二角五仙，肥者倍。未測量者尚有八萬四千一百七十八萬有六百五十二野格。測量之公地計至光緒十三年五月十日止，即西紀一千八百八十七年六月三十號也。述邦部公地表。

美利加五萬人以上地表小敘

人數十年一計，西紀一千八百八十年當光緒六年，其國都華盛頓人裁十四萬七千二百九十三，其邦都人五萬以上者，英鼇阿納邦都曰英鼇阿納波列士，緬邦都曰奧額士大，瑪理蘭邦都曰安納波列斯，馬沙朱色士邦都曰波士登，紐約邦都曰阿巴尼，倭海約邦都曰科侖八斯，賓夕佛尼亞邦都曰哈力斯帛，勿爾治尼亞邦都曰理治門的，然皆無如紐約埠一百二十萬六千二百九十九人之多。百年以前人數尤少，就今數言得地三十有五。述五萬人以上地表。

美利加地直表小敘

美利加地以野格計。百年以來，未盡開墾，其已成野格者，光緒十三年約五萬萬三千九百三十萬九千一百七十有九，其直銀凡一百有一萬萬九千七百有九萬六千七百七十六圓。述地直表。

美利加物産小敘

地不愛寶，豈地背而有異耶？雖然日本物産與中國大同小異，而美利加異多同少，非僅欲於異中見同也。耳治則求人較難，目治則由己稍易，不得不兼中國生物之名，紀地背所見之物，異日者，就所述之目注方言之音庶其易乎？中國所未有與夫有而迥異者，則紀彼名。

曰穀屬，彼非米弗若也，而非其所宗。曰蔬屬，聞之彼人云非時之蔬一莖數金，老圃從玻璃屋下以成粉之糞屑裹置菜根，熏之，溉之，生速而嫩，殆中國唐花意歟？而隨時生菜，甘者尤衆，謂之撒拉子。曰蓏屬，與中國浮瓜時亦相近，不似巴西之易冬爲夏也。曰果屬，其果之酸且堅者接以他本則可甘可脆，此與中國略同，而言釀則莫葡萄若。曰花屬，以葉作花者奇，亦藉人巧，變以藥水，一色千變，花不豔者可使之豔。曰草屬，鋪地者其常也。曰木屬，任巨且久者勝。曰藥屬，所産不盡與中國殊，然售藥者有藥酒、藥水、藥丸、藥粉而無飲片。曰雜植之屬，惟竹移自南阿美利加洲，而亦罕見。曰禽屬，雀非昔有，而鵲且今無。曰獸屬，獅形類犬，乃知厥字從犬之碻。曰鱗介之屬，莫大於鯨。曰蟲蛇之屬，莫毒於響尾蛇。曰金屬，曰石屬，曰土屬，曰雜鑛之屬，若美利加可不謂藏富於民歟。曰布帛之屬，曰冠履之屬，曰舟車之屬，曰器用之屬，曰雜用之屬。凡此半詳考工，而晚出者精。其國兵器別具兵志矣。曰飲食之屬，可與風俗參觀也。曰薪炭之屬，火力之機所由熾歟。凡此二十有四，其中不無轉移之物，亦聊撮所目大要云爾，而竊有説焉。夫四畜之靈、兩歧之麥，中國自有生成，何取乎四翼之鳥、無目之魚，然而一物不知居儒且恥，況有游歷責耶！即如我克木一物，俗謂之橡樹，易長而堅且韌，用之舟與津梁，久而不朽，微獨膠用甚廣已也。類此之物，植而用之，推而廣之，既非遷地弗良，竊欲樹人比例也。述物産。

美利加農産表小敘

美利加重農，然尚稻不如尚麥，是以其國民食麥爲最。其所産麥，希嘎骨爲最，市值之消長繫之，聯邦之損益又繫之，可歲綜可月計也。此［次］於麥者爲玉米，印甸土人資爲恒食，故謂之印甸米。而大宗不第唯是：棉以包計，淡巴菰以磅計，他輒以布些耳計。其平均野格之值，計銀至圓而止，其野格平均産物之值計銀至仙而止，視地有差，歷歲有增，以分徵合，以類相從：曰麥玉米繫地第一，曰麥玉米近年比較第二，曰希嘎骨麥值低昂第三，曰農産大宗繫年第四。述農産表。

美利加食貨表小敘

美利加食貨之值有增有減，就增減而條理之，則平均之數見。其鐵與煤與米麥粉與豕牛之類皆銀以圓計，餘則以仙計，牛乳乾、黄油之值減牛乳油之半云，計至光緒十三年而自道光五年始。此食貨低昂大較也。其出入則百分爲率。就光緒六年數言，其産物之自用者，内需輒溢於外出，而棉花獨否。棉花、淡巴菰、羊毳、鐵之屬以磅計，煤艸以頓計，糖汁以嘎倫計，餘並以布些耳計。此食貨出入大較也。述食貨表。

美利加財産十年一計表小敘

此合農工商賈而言，十年一計，銀數計圓。光緒七年爲西紀一千八百八十一年，稔未及十，未綜以此，平均計數，殆亦與足食遺意暗符歟。述財産十年一計表。

美利加鹽表小敘

美利加鹽法以光緒六年即西一千八百八十年，較之前十年同治九年，西千八百七十，其鹽場前二百八十有二，後二百六十有四。其本銀前六百五十六萬一千六百一十五圓，後八百二十二萬五千七百四十圓。其重量前一千七百六十萬六千一百有五磅，後二千九百八十萬二百九十八磅。其直銀前四百八十一萬八千二百二十九圓，後四百八十一萬七千六百三十六圓。場雖減而本則增也，鹽漸益而直則廉也。述鹽表。

美利加鹽法雜識小敘

合衆國濱海無淡食虞，鹽法宜無足述，雖然，彼亦非不經意也。密西根邦鹽爲聯邦最，孥布拉士格邦次之，其他多寡有差，大抵鹽湖、鹽泉居多，而列法達之冰鹽石鹽、阿里瑣那之山鹽，其異也。鹽自有表，就所餘聞述鹽法雜識。

美利加糖表小敘

美利加糖出魯西阿納邦居多。糖汁以桶計，三十六嘎倫爲一桶，四衮爲一嘎倫，衮譯言瓶也，約中國一斤四兩，是其一桶約重四十五斤。歲出糖汁計至光緒十三年即西紀千八百八十七年止，自道光三年即西紀千八百二十三年始，第一年三萬，第二年三萬二千，第三年三萬，第四年四萬五千，第五年七萬一千，第六年八萬八千，第七年四萬八千，第八第九二年未詳，第十年七萬，第十一年七萬五千，第十二年十萬，第十三年三萬，第十四年七萬，第十五年六萬五千，第十六年七萬，第十七年十一萬五千，第十八年八萬七千，第十九年九萬，第二十年十四萬，第二十一年十萬，第二十二年二十萬，第二十三年十八萬六千，第二十四年十四萬，第二十五年二十四萬，第二十六年二十二萬，第二十七年二十四萬七千，第二十八年二十一萬一千，第二十九年當咸豐元年二十三萬六千五百四十七，第三十年三十二萬一千九百三十四，第三十一年四十四萬九千三百二十四，第三十二年三十四萬六千六百三十五，第三十三年二十三萬一千四百二十七，第三十四年七萬三千二百九十六，第三十五年二十七萬九千六百九十七，第三十六年三十六萬二千二百九十六，第三十七年二十二萬一千八百四十，第三十八年二十二萬八千七百五十三，第三十九年四十五萬九千四百一十，第四十年當同治元年七萬六千六百有一，第四十一年未詳，第四十二年一萬有三百八十七，第四十三年一萬八千有七十，第四十四年四萬一千，第四十五年三萬七千五百四十七，第四十六年八萬四千三百五十五，第四十七年八萬七千有九十，第四十八年十四萬四千八百八十一，第四十九年十二萬八千四百六十一，第五十年十萬八百五十二，第五十一年八萬九千四百九十八，第五十二年十一萬六千八百六十七，第五十三年當光緒元年十四萬四千一百四十六，第五十四年十六萬九千三百三十一，第五十五年十二萬七千七百五十三，第五十六年二十一萬三千二百八十一，第五十七年十六萬九千九百七十二，第五十八年二十一萬八千三百十四，第五十九年十二萬二千九百八十二，第六十年二十四萬一千二百二十，第六十一年二十二萬一千五百十五，第六十二年十七萬四百三十一，第六十三年二十三萬一千二百九十，第六十四年未詳，第六十五年十四萬五千九百六十八。然美利加所用糖與糖汁不盡出於其邦，内外統綜，述糖表。

美利加酒表小敘

此非指美利加所造之酒言，而第言其所用也，有外至，有内作，道光二十年約計一人歲飲四十嘎倫有奇，同治年間已增至一百二十有奇，日增其有已乎？雖曰戒酒有會，其去虛語幾何！述酒表。

美利加淡巴菰表小敘

美利加淡巴菰雖不及古巴著聲，然所産不爲少矣。其種二，有大捲，有紙捲。喀那拉奪邦，孟大那、尤達、歪阿明三部，厥土不宜，其它多寡有差。述淡巴菰表。

美利加油表小敘

凡計油，四十二嘎倫爲一拔列耳，其足徵者自同治三年始，即西紀千八百六十四也。九年爲其千八百七十，所産一萬萬八千五百二十六萬二千六百七十二嘎倫，輸出一萬萬一千三百七十三萬五千二百九十四嘎倫。光緒六年爲其千八百八十，所産九萬萬四千有六萬五千三百七十八嘎倫，輸出四萬萬二千三百九十六萬四千六百九十九嘎倫。越十年而再計，當更有增。其油大較分五：一曰雜鑛油，未經人工者也。二曰抹船及機器油，以松脂合石油、煤油而成者也。三曰燈油，所謂火水油者是。四曰發光油，指物出光者也。五曰蓖麻子油，去垢力居多，可入藥，可平地。直並以圓計。述油表。

美利加棉表小敘

棉花每包四百七十五磅。予曾見美利加舊册，四十九年以前約得八十七萬有四百十五包，較之光緒十三年五百五十一萬三千六百二十三包增十之八。其計年之册自道光九年始。此據未織者言，織則可以尺計。就光緒十三年成數計之，凡成一百三十六萬二千五百九十九尺，就平均數計之，每野格約得一百八十九尺。其未織棉直銀一萬萬有二百二十萬六千三百四十七圓，其成物值得一萬萬九千二百有九萬一百一十圓。述棉表。

美利加絲表小敘

美利加之絲，商務一大宗也。一曰生絲，産於其國者不少，而入自紐約、三法蘭昔斯哥尤多。道光二十三年至光緒六年，其磅數、包數與夫銀直之圓數有足徵者。一曰治絲，其工麤細互用凡十有九。曰機器搓絲，始條理也。曰縫衣絲，線也。曰麤絲，别乎精者而言也。曰織衣絲，如式備織也。曰緞絲，專以織緞也。曰搭肩絲，如飾也。曰女帽諸物絲，非一端也。曰大緞絲，幅取諸寬也。曰手巾絲，物小而用多也。曰帶絲，自爲一類也。曰網絲，非漁網而織交如綱也。曰邊帶絲，裒邊如帶也。曰穗絲，結好如穗，與華製略同也。曰纓絲，婦孺所用居多也。曰戎裝絲，兵服花冠所需者也。曰馬車絲，用之車帷間也。曰配皮製帽絲，男帽所用與女殊，皮衣之絲織則同也。曰繡絲，分合適宜也。曰雜絲，難更僕數也。光緒六年直銀二千九百九十八萬三千六百三十圓。述絲表。

美利加羊毳表小敘

美利加織物之資，毛不減於絲與棉也，羊毛爲最。今就同治二年至光緒十三年出入之數述羊毳表。

美利加鑛類繫地表小敘

凡舟車之所至，火輪競熾，鐵用益廣。美利加四十八邦部，其不以鐵著者惟喀挪拉奪邦、剛色斯邦、密士昔比邦、頞里根邦、埃得和部[及]華盛頓部耳。然合衆國未自立時，營鑛者志在金不在鐵。采鐵自英吉利人町口羅列始，而實始於喀挪拉奪邦，時明萬曆十四年也，此外無處無之，而以緬與賓夕佛尼亞爲最。其五金備者則有賓夕佛尼亞邦、阿里瑣那部，而未若嘉里符尼亞邦之金爲聯邦冠。其雜鑛之用莫煤若矣，方以類聚，述鑛類繫地表。

美利加金銀鑛産繫地表小敘

此光緒十二年金銀鑛數也。嘉里符尼亞金鑛雖弗逮前，然數至千四百七十二萬五千圓仍較它鑛爲多，銀鑛則以喀挪拉奪千六百萬爲最，凡金銀八千六百一十九萬有五百圓。述金銀鑛産繫地表。

美利加煤鑛表小敘

美利加産無煙煤者六邦，産半煙煤者十有四邦。舟車資之，工廠資之，日食之烹炙又資之。同治十一年至光緒六年所産之數其地有足徵者，述煤鑛表。

美利加鑛務雜識小敘

美利加合衆國之鑛闕者蓋寡，微獨嘉里符尼亞邦之金、喀挪拉奪邦之銀、密西根邦之銅、賓夕佛尼亞邦之鐵、伊利那倚斯邦緬邦之鉛，著聲聯邦已也，雲龍游歷於此三致意。大抵鑛之出水者工無它巧：濾之汰之，金沙銀沙之袋恒航千百，石鑛則鑽之彌堅，不若火力之爲愈也，孔逾三分，實爆藥三之一，勿築而以石膏封之，以經雨不淫之藥線引之，轟輒應手，結石未堅之鑛又不若水力之爲愈也。新法以機激水，擊鑛輒碎，曾於三法蘭昔斯哥按鑛工圖，如親見之。

鎔鑛風力居多，而試鑛簡要之物曰金剛石，以較鑛性之堅柔也，曰緑輕酸，曰醋酸，曰硝酸瓶與塞皆宜玻璃，以資化也，曰弗拉克斯，即硼砂與燐鹽與素特以資試也，曰玻璃曲管，曰玻璃筒，以爲熱試酸試也，它物稱是，夫人而知之，然非貫光學、氣學、力學、化學、地學，不足以精鑛學，即其謂金石學者是，非中國金石學也。聊撮所見以著於篇，《周官》卝人遺意，儻亦有暗合者歟。辨鑛第一，開鑛第二，補識第三。述鑛務雜識。

美利加紐約金直低昂月表小敘

美利加之金出産以三法蘭昔斯哥爲最，通用以紐約爲多。聯邦之消長、内外之出入，皆視紐約金直爲轉移，金直云者，以銀易金之直也。低昂視年亦視月，西紀正月當中國十一十二兩月間，詳月朔表中，兹就可稽者自同治元年即西紀一千八百六十二始，述紐約金直低昂月表。

美利加造幣金銀表小敘

光緒十二年西千八百八十七美利加造幣金銀，一曰備鑄，就光緒十二年數言，凡一千萬萬有奇，貨幣其有絀乎，彼亦非無術而至此。二曰出入，雖所鑄有金有銀，然皆合銀計圓。入者存數也，出者多欠數，所謂傾銷局餘者，鑄局所存銷銀之餘也，所謂國立銀行貯者，國立銀行貯於金銀所之數也，所謂別貯者，雜數也，此三者皆廢銀也。其他有贖有納。述造幣金銀表。

美利加合衆國紙幣表小敘

乾隆四十一年千七百七十五，十三邦會議於費納的費牙。募勇無貲，於是始作紙幣，即銀鈔也。四十五年千七百八十用絀，兵民交困，於是多造紙幣振之。既而物直日騰，紙幣日賤，一革靴輒直鈔六十圓。至於今，紙幣重於實銀，無他，信爲之也。其國都官印紙局以造幣爲重，亦曰造幣局，屬土里沙底怕立面，譯言户部也，工若器並詳《考工》。所印特許貿易印紙及海關印紙，自有表。此關錢法。爰就光緒十三年即西紀千八百八十七年之局册特甄録之。述合衆國紙幣表。

美利加官局印紙表小敘

拔留阿夫奪里日利，譯言户部印紙局也，工器詳考工。據光緒十三年即西千八百八十七年局册，歲費七十九萬四千四百七十二圓，十四年預計九十一萬八千有三十圓，十五年預計一百十五萬二千五百十五圓。所印以紙幣爲重，另有表，而海關印紙與夫特許貿易印紙，其年續，其種别，其紙數與印紙數又異，特税印紙爲剏造設也。述官局印紙表。

美利加銀鈔表小敘

美利加合衆國銀票自一圓至百圓，其恒用者也。由五百而千而五千而萬，則存票兑票居多。有國立銀行票，有例許通行票，歲計有差，可互參也。述銀鈔表。

美利加銀行表小敘

銀行立自合衆國曰國立，立自聯邦與民曰邦立、曰私立，無無本者，而義庫則爲窮黎積財計，其本或有或無。無本之經費半出集腋，凡存銀百圓以上少給子金，不及則代存而已，多寡無限，其本銀存銀計至百萬而止。起光緒二年，訖八年，此本銀存銀之綱也。其國立銀行，光緒五年二千有四十八，六年二千有九十，七年二千一百三十二，八年二千二百六十九，九年二千五百有一，十年二千六百六十四，十一年二千七百一十四，十三年三千有四十九，當西紀千八百七十九至千八百八十七，惟千八百八十六年未詳。有貸有存，有正有餘，有官虧，有民欠，厥銀計至兆止，此國立銀行之條目也。述銀行表。

美利加國債年表小敘

美利加合衆國富矣，何以有國債也？曰彼不以債累國，正以其國之富而債之利輕也。然當立國之初，英債日促，雖欲多債，其奚出哉？　其債之始末亦其國之貧富所由見，起乾隆五十六年，此繫年也。　其公債有平均法，每人多者以五十圓計，少者一圓有奇，而邦部有差，此繫地也。　其無利之債較少，其有利者，年利有合有分，有新有舊，有户部借欵，有外銀未收以債抵數，起咸豐十年即西紀千八百六十，訖光緒十三年即西紀千八百八十七，中間同治四年即西紀千八百六十五。　分計其數，一以西六月止，一以西八月始，銀皆計圓，此條目也。　其債利自百分之三、而三有半、而四、而四有半、而五、而六、而七有差。　同治四年彼之六月以前，凡利銀十二萬萬二千一百十一萬一千九百一十八圓，八月以後凡利銀二十三萬萬八千一百五十八萬有二百九十四圓，厥數鉅矣。　光緒十三年即西紀一千八百八十七，利銀十萬萬八千六百三十一萬五千八百六十二圓，債日以減，此利率也。　述國債表。

美利加利率異同表小敘

不言利而以美利利天下，固難爲外人道也。　美利加開國百年有奇，大率以利爲權，即利生息，其細焉者然亦未嘗無則：　厥例許取百之六至百之十，面議者百之六至百之十八，違則罰本罰利，或本利並罰，或立禁限，有期之券或展或否，邦部自爲令有差，雖畫一未聞，而與中國禁重利律意儻亦暗符歟？　述利率異同表。

美利加出入表小敘

美利加合衆國所入，曰海關，曰内税，曰直税，曰公地，曰雜收，曰净入。所出曰工，曰兵，曰養民，曰酬勞，曰子金。其計出入之册自乾隆五十四年始。就光緒十三年言，凡出銀二萬六千七百九十三萬二千一百八十圓，其入除費而外，實銀三萬七千一百四十萬三千二百七十七圓。述出入表。

美利加國費總目表小敘

議院時有整頓陸海軍議，而礮臺卹賞武備學堂諸費，或備於未至，或酬於已然，若農若外交，若修地與河與港與郵便，若伯理壐天德及議院裁判皆有費，支絀者補之，雜出者綜之。銀以圓計，計至光緒十四年即西紀一千八百八十八年止，自三年即西紀一千八百七十七始，光緒十五年之數猶有待也。述國費總目表。

美利加内税表小敘

銀行税百分之一至百分之十二。火酒即布藍的屬，一嘎倫税銀七角，酒三十一嘎倫税銀一圓，野緑酒、碧霞酒同。其造碧霞酒之類，每一萬五千五百嘎倫税一百圓，不及此數税五十圓。淡巴菰大捲一千税約三圓，紙捲三磅以上税亦三圓，不及則税五角。違章有罰，如印紙，如舊職業，税各有差。計至光緒十三年止，自同治二年始。此繫年也，然非繫地則損益末由瞭然。無地無税，於分見合，述内税表。

美利加邦部互出食貨表小敘

邦若部食貨有無相通，其數可舉。就工商言曰貨物，就穀食言曰農産，輸出它國不在此數，銀以圓計。至光緒十三年止，自道光三十年始，述邦部互出食貨表。

美利加輸出輸入年表小敘

乾隆五十五年爲華盛頓既任伯理璽天德之第四年，即西紀千七百九十年也，出入雖略具成數，然嗣是三十年間，有合數無分數，其分數可稽自道光元年始，出入輸自商，而曰食貨，則統農工之物言，曰金銀，又合用與質言，數以圓計。所列九十有八年，國用之盈虚，國帑之消長，皆於是乎徵。述輸出輸入年表。

美利加食貨輸出比較表小敘

美利加食貨輸出之直時有異同，每十年一比較之，損益可見。述食貨輸出比較表。

美利加三十年間食貨出入比較表小敘

美利加物利在出，非美利加物利在入，三十年爲一世，銀以圓計，多少有差，可參鑑也。述三十年間食貨出入比較表。

美利加合衆國損本商表小敘

美利加農工之物倚商爲出入，獲利巨甚，然損本之商往往而有。其足徵者起咸豐七年即西紀一千八百五十七，訖光緒十三年即西紀一千八百八十七，中間同治元年至四年惟知迤北諸邦。一爲商店一千六百五十二，銀二千三百有四萬九千圓。一爲商店四百九十五，銀七百八十九萬九千圓。一爲商店五百二十，銀八百五十七萬九千圓。一爲商店五百三十，銀一千七百六十二萬五千圓。並歲計數，而通國之歲計彼册未詳，闕如職此。其損本多者，店至一萬九百六十八，人至九十九萬四千二百八十有一，銀至二萬萬九千一百一十五萬圓，亦不可謂非巨數矣！述合衆國損本商表。

美利加許專售年表小敘

事無論巨細，垂成則毁，既成則襲。毁者忌其成，襲者欲以似亂真，欲以貌抵質，欲以半功掩全力，於是相率而趨於僞與巧，微獨技藝然也。泰西有許專售一法，美利加亦如之。即以著書言，先報厥名與居，郵寄於議院圖書局，即所謂力部利揚鵝夫空列士是也，出費銀一圓，給特許出板之照，其書印竣，於十日内以二册呈之，否則罰廿有五圓，不呈不報罰百圓，其它大率類此。以廿八年爲期，期滿許其人或其家屬展限前期之半，期内他人不得分其權也。無窳工，無懈力，無欺詐與苟且之術，其以此夫，其以此夫！述許專售年表。

美利加工廠合表小敘

光緒十三年，綜核美利加百工之廠凡二十五萬三千八百四十，平均工數凡二百七十三萬八千九百五十，其本貲銀二十七萬九千有二十二萬三千五百有六圓，造成物直凡五千三百六十九兆六億六萬七千七百有六圓，亦致富一端歟！述工廠合表。

美利加工類表小敘

工作物品之直未有十年不變者。道光三十年爲西紀千八百五十，約直銀十億一千九百十萬六千六百十六圓。越十年，直銀十億八萬八千五百八十六萬一千六百七十六圓。又十年，直銀四十億二萬三千二百三十二萬五千四百四十二圓。又十年當光緒六年，直銀五十億三萬六千九百五十七萬九千一百九十一圓。厥數難可枚舉，第與廠本之資、歲工之費，計至十萬圓而止。舉同治九年、光緒六年以例其餘，工册拉雜，輒董理之，述工類表。

美利加新英邦工廠利率表小敘

合衆國以工勝，而新英邦爲最。所謂新英邦者，干揑底嘎奪、緬、馬沙朱色士、紐罕布西耳、洛答埃倫、窪蒙等邦也。製造公司著者六十有五，本銀多至三百萬，少亦二十萬有奇，集股成本，按股攤利。如阿美利剛卜林汀公司，本銀五十萬，每股百圓，光緒三年至七年無利可分，八年九年每股分利十圓，十年僅分五圓，明年無利，十二年分利銀十有五圓，其它視此。趨工若鶩，利在則然，利器善事，輒由於是。計本分股，銀數至圓而止，惟攤利則計角與仙。凡算銀，洋文圓以●限，非若•之第爲醒目計也，與中國經籍省文遺意殆亦暗合歟？述新英邦工廠利率表。

美利加土木工費繫地表小敘

美利加土木工之巨者，若河港，若路渠，若官房，若燈臺浮橋，若造幣、驗工諸局，若礮臺、兵器諸肆，多寡視地有差，合而計之，數若列眉。就光緒十三年之數述土木工費繫地表。

美利加鐵道繫部表小敘

按道光十四年西千八百三十四，美利加鐵道公司初報拔治莫阿及倭海約公司鐵道有十五英里，在瑪理蘭邦，斯治治耳窪列航水公司鐵道有十一英里，在賓夕佛尼亞邦，米爾河麻印秋公司鐵道有三英里百分之八十，亦在賓夕佛尼亞邦，叟加路里那公司鐵道有十英里，在叟司喀耳勒那邦。今以第一、第二，第三連入第二部，第四連入第三部，其外尚多併線之路，此創始崖略也。

通國鐵道分六大部：

其一括新英邦，曰緬，曰紐罕布西耳，曰窪蒙，曰馬沙朱色士，曰洛答埃倫，曰干揑底嘎奪。其二括中邦，曰紐約，曰賓夕佛尼亞，曰倭海約，曰密西根，曰英釐阿納，曰瑪理蘭，曰特納窪，曰紐折爾西，曰科侖布亞。其三括南邦，曰勿爾治尼亞，曰威士奪勿爾治尼亞，曰根得基，曰田捏西，曰密士昔比，曰阿拉巴麻，曰若耳治亞，曰佛勒里答，曰諾司喀爾勒那，曰叟司喀爾勒那。其四括中西邦，曰伊利那倚斯，曰愛呵窪，曰威士干遜，曰密蘇釐，曰梅尼所達。其五括邦部，曰魯西阿納，曰阿剛色斯，曰印甸。其六括國西密士昔比河岸諸邦部，曰打戈達，曰紐墨西哥，曰歪阿明，曰孟大那，曰埃得和，曰尤達，曰阿里瑣那，曰華盛頓，曰拏布拉士格，曰剛色斯，曰德格瑟斯，曰喀挪拉奪，曰嘉里符尼亞，曰列法達，曰潁里根。

其創修鐵道，第二部當道光十年千八百三十年，下推，第一部、第三部當十四年，第五部當十八年，第四部當二十二年，第六部當咸豐六年。初修僅三十八英里百分之八十，漸增漸廣，平均計之，每年一千七百三十三英里百分之十六。計至光緒五年千八百七十九，凡修八萬四千九百二十四里百分之八十五，比於初年增二千一百二十三倍。以十年一期計之，第一期二千二百六十四英里百分之六十七，當千分之二十六，第二期五千四十五［英］里百分之七十七，當千分之五十七，第三期二萬一百九［英］里，當千分之二百二十九，第四期一萬六千九十［英］里百分之三十六，當千分之百八十三，第五期四萬一千四百五十四［英］里百分之二，當千分之五百有五。據知十年一計，增道無已，第四期較少於第三期，兵興故也。起道光十年千八百三十，至光緒五年千八百八十，述鐵道繫部表。

美利加鐵道年表小敘

第一部六大部詳《鐵道繫部表》鐵道於道光十四年修自波士登阿路拔尼公司。始成三十一英里百分之六十，計自光緒五年，平均每年成一百三十一英里百分之四十。此四十五年間凡修五千九百十二英里百分之九十二，是百八十七倍於初，道光二十四年修最多。

第二部鐵道於道光十年修自拔奇莫阿倭海約公司，始成十五英里，斯奇其爾窪列航水公司亦成十一英里，米爾河麻印秋公司亦成三英里百分之八十。計自光緒五年平均每年成五百七十一英里百分之六十八，凡修二萬八千十二英里百分之二十九，是九百三十四倍於初，同治十一年修最多。

第三部亦於道光十年修自叟加路利奈公司，始成十英里，計自光緒五年，平均每年成二百八十九英里百分之六十五，凡修一萬四千一百九十二英里百分之八十九，是一千四百十九倍於初。咸豐四年修最多。

第四部於道光二十二年修自窪拔希先奪路倚司太平洋公司，始成五十四英里，此後六年無修。道光二十八年，西各我北西公司復修之，計至光緒五年，平均每年五百有五英里百分之十九，凡修二萬二千三百九十一［英］里百分之九十三，是四百十六倍於初，同治十年修最多。

第五部於道光十八年修自苦林登波奪哈脱松公司，始成二十英里百分之七十五，計自光緒五年平均每年修十九英里百分之八十八，凡修八百三十四英里百分之七十五，是四十倍於初，同治十年修最多。

第六部於咸豐六年修自□□□□公司，始成四十八英里有百分之十九，計自光緒五年，平均每年八十餘英里，凡修二千五十七英里有百分之九十三，是五千餘倍於初，光緒五年修最多。述鐵道年表。

美利加鐵道增人百分率表小敘

美利加人言：鐵道愈開，人數愈增。其故有二：需工既多，來者日集，一也。運物捷且便，商業之旺因之[二也]。線路之里數恒與歲增之人數相應。十年一計，述鐵道增人百分率表。

美利加鐵道費表小敘

美利加鐵道，司事與工無慮百萬人以上。其鳩工三萬九千九百五十萬八千五百有八圓，其券借三十八萬八千二百九十六萬六千三百三十圓，其無稽債二萬八千有六十七萬三千八百十四圓，其修道費七十二萬五千四百九十九萬五千二百二十三圓，此費之繫地也。修道之利未入，鐵道之費先出，未有惜費而克利用者，然不條理之，費將毋糜，而會計加密。其運轉居十之四有奇，其修繕居十之五有奇，此費之分數也。述鐵道費表。

美利加鐵軌表小敘

鐵軌二尺四寸五分謂之一牙脱，重者七十磅，輕者八磅，輕則直廉，大抵適用者四十五磅居多。如用六十磅之鐵條，十英里需二萬六百八十圓，用四十五磅者祇直一萬五千四百圓，可減費五千二百八十圓。美利加公司平均法，鐵條每頓約二十二圓，此鐵軌之較費也。鐵軌計寬有差，而平均者輒舉適中以爲準。其里依英，其尺寸亦依英。鐵軌之等二十有一：最寬者六尺，第二部有之，其次五尺六寸，第五部有之，其次五尺有五分，第三部有之，其次五尺，第三第五兩部有之，其次四尺十寸有五分，第二第三兩部有之，其次四尺十寸，第二部有之，其次四尺九寸有八分寸之三，亦第二部有之，其次四尺九寸有四分寸之一，第二、第三兩部有之；其次四尺九寸，第二、第三、第四等部有之，其次四尺八寸有四分寸之三，第二、第四兩部有之，其次四尺八寸有五分，依此居多，第二、三、四、五、六諸部皆有之，蓋無慮七萬一千四百有三英里矣，其次四尺八寸，其次四尺三寸，其次四尺一寸，此三者第二部有之，其次三尺六寸，自第一部至第六部皆有之，然止三百有六英里，其次三尺四寸，其次三尺二寸，其次三尺有五分，此三者第二部有之；其次三尺，各部皆有，其次二尺九寸，第二部有之，其次二尺，是最狹者，第一部有之。光緒六年，美利加之鐵道如此，此鐵軌之計寬也。

美利加之製鐵軌，鎔鐵就範，而伸而截，刻晷可成，其肆一百三十有一，其工僅七百六十有六，謂非器利則工省歟？歲費工銀三十六萬九千有奇。藉匱利源，奚以爲出！此鐵道之計工也。述鐵軌表。

美利加鋼鐵比較表小敘

美利加人語加司奪靄養累陸，譯言鎔鐵軌也加司養[奪]，鎔也，靄養，鐵也，累陸，軌也，謂鋼曰司提耳。以鋼爲軌，逾年十八且不朽，勝鐵八倍，剛柔異也，然鐵直廉。第四部鋼軌九千五百三十英里百分之十三，此外一萬六千七百七十五［英］里百分之二十，皆鐵也，每牙脱鋼重三十五至六十七磅，鐵重二十至六十五磅。第五部用鋼自光緒四年始，每牙脱重五十四磅至六十磅，鐵則重五十五及五十六、五十八磅。又有十六或三十五、或四十五磅者，用之小鐵道。第六部每牙脱鋼軌重磅或三十二，或三十五，或三十六，或四十五，或四十八，或五十，或五十二，或五十五，或五十六，或五十七，或五十九，或六十，鐵重或三十，或三十二，或三十三，或三十四，或三十五，或三十八，或四十，或四十三，或四十六，或四十七，或四十八，或五十，或五十一，或五十二，或五十三，或五十六，或五十七。鋼少於鐵，其大較也。述鋼鐵比較表。

美利加鐵道枕木表小敘

聞之德意志有鑄成鐵軌，衡條自屬，亦承以木，然壞輒難更，美利加不沿厥製以此。枕木長短以英寸計。木直有差，平均之爲銀三角五仙，以英里計。用木之寸數亦有差，分榷之。銀之多寡，視寸之申縮，寸數愈增，木數愈減，此宜計直者一也。枕木之朽歷年有差，填以拳石，欲其氣疏以達也，或浸以鑛銅水，取諸堅也，然視木質何如。美利加有木名羅可司奪，歷二十年亦未盡朽，其它不耐久者五六年耳。恒用之木既欲其堅，又欲其廉，其紅木白橡乎。美利加用橡與杉與松居多，而松遜，此宜計年者二也。述鐵道枕木表。

美利加鐵道舛軌表小敘

雲龍於光緒十四年十月間自英屬地加納大旋美利加國都華盛頓，聞賓夕佛尼亞邦於九月初火車偶誤時刻，碰車一百有奇，傷人四十有八。因訪其國，似此者往往而有，自光緒四年至十二年，車損之數可借鑒也。雖然，以警司車之心目則可，儻遂謂火車必不可行，毋乃類於因噎廢食歟！述鐵道舛軌表。

美利加鐵道計入年表小敘

美利加鐵道建築既善，獲益日增。公司利金多寡有差，然據平均者言，日利百圓。本貲莫巨於賓夕佛尼亞公司，其利亦爲通國冠。載客之多莫過於紐約，滿哈淡夜列背低脱日載五十二萬五千有奇。或曰美利加鐵道公司於光緒九年計本已至六十六億四千有四十九萬圓，然詎之至再知其中有券責，有存額，此計利之繫年者也。鐵道無地不宜，塞者可通，斷者可連，險者可平，於是乎瘠者可肥。其利不外載客運物雜入而已，然經理苟非其人，則有利與無利等。美利加於用人三致意，而當拓道之初，則視地之繁簡以課利之遲速，此[計]利之繫地也。其鐵道公司以賓夕佛尼亞爲最，光緒八年資本一億四千四百五十二萬圓，歲收五千三百三十萬圓，内運物三千四百八十一萬圓，載客一千一百六十五萬圓，雜入六百八十三萬圓，除費計入一千一百四十五萬圓。平均計之，運物一頓，每一英里入八釐一毫，費四釐七毫，存三釐三毫，載客一，入二錢二釐七毫，費一錢七釐三毫，存六釐七毫。其册起咸豐六年，訖光緒九年，此二十八年間以本一圓計其月利，此公司利之巨者也。述鐵道利表。

美利加與它國鐵道運直比較表小敘

運直愈廉，獲利愈厚，鐵道秘策莫善於此。按法郎西工銀平均之數日裁四十仙，美利加男工一日平均二圓，女工減半，運直之廉否似宜視工，而美利加轉廉，何耶？物價既省，本資復充，官修不若商修，此其明證也。車等上下有差，就美利加一英里之運直平均之爲二圓四角九釐，據法郎西統計學士於光緒八年所計比例法而知，美利加僅略增於那威、比利時二國，餘皆有減無增也。述美利加與它國鐵道運直比較表。

美利加火車街車工表小敘

美利加火車街車之工廠凡一百三十，其本銀九百二十七萬二千六百八十圓，其車料直銀五百五十萬七千七百五十三圓，其工一萬四千二百三十二，其工銀五百五十萬七千七百五十三圓，其車直銀二千七百九十九萬七千一百九十五圓，此光緒十三年數也。述火車街車工表。

美利加船表小敘

兵船而外，厥類有四：曰火輪，五千有奇，曰風帆，一萬六千有奇，曰運河船，曰小船，各千有奇。凡二萬三千有奇。前此三年間或得邦部分數，或得河海舟目，詳略互見，並甄録之，述船表。

美利加輪船年表小敘

輪船之將作已詳《考工》，兵船之力數亦載《兵志》，而航河航海之瀛機、明輪暗輪之頓力，非甄撡之，曷徵損益？其頓力成數以頓計，奇數以百分之十一計，至光緒六年止，自嘉慶十二年始，述輪船年表。

美利加輪船分部頓數表小敘

美利加輪船在新英諸邦者爲第一部，在北邦諸湖者爲第二部，在倭海約河密士昔比河者爲第三、第四、第六部，在中央及太平洋南岸諸邦爲第五、第八部，在墨西哥灣岸諸邦者爲第七部，在三法郎昔斯哥太平洋岸者爲［第］九部，在上密士昔比河者爲［第］十部。輪船增造已詳考工，兹就船數頓數，依所計之年録之，未計者闕，非漏也。述輪船分部頓數表。

美利加工廠水力瀛力繫地表小敘

美利加工初資瀛力，後兼水力，水力較瀛力尤便，中國四川閘口之水仿佛近之。轉輪引機，而先藉水旋輪，其水出閘一瀉數丈，實倍火力，而皆以馬力計。凡一馬力，能於一分時起重三萬三千磅，高至一尺，壓力準此矣。就光緒六年數述工廠水力瀛力繫地表。

美利加工廠水瀛馬力比較表小敘

水力瀛力，厥工既繫地以表矣，光緒六年千八百八十美利加水瀛之馬力凡三百四十一萬有八百三十七，較之前十年同治九年，西千八百七十增力一百有六萬四千六百九十五，美利加人以百分率比之。述工廠水瀛馬力比較表。

美利加水力瀛力繫工表小敘

美利加百工所用機器，其水力、瀛力凡抵馬力三百四十一萬八百三十七，所省人力難可勝數，此光緒六年數也。述水力瀛力繫工表。

美利加水力瀛力巨工繫地表小敘

美利加工之機力不專資瀛。就巨者言：一曰農器工，其水輪機抵馬力一萬二千六百四十有九，其瀛機抵馬力三萬二千有八十六，凡馬力四萬四千七百三十有一。二曰棉工，其水輪機抵馬力十四萬八千七百五十四，其瀛機抵馬力十二萬六千七百五十，凡馬力二十七萬五千五百有四。三曰鋼鐵工，其水輪機抵馬力一萬六千五百有六，其瀛機抵馬力三十八萬七百四十有一，凡馬力三十九萬七千三百四十有七。四曰車工馬車運物車，其水輪機抵馬力一千四百四十有七，其瀛機抵馬力九千三百六十有六，凡馬力一萬八百一十有三。五曰紙工，其水輪機抵馬力八萬七千六百一十有一，其瀛機抵馬力三萬六千三百有一，凡馬力三千九百一十有二應是十二萬三千九百一十有二。然則棉紙之工皆以水力勝。此光緒十二年數也。述水力瀛力巨工繫地表。

美利加陸軍礮局試驗礮鋼表小敘

試驗礮鋼，以三寸二分爲率，一鑄而成，不如逐段而續之固也。陸軍學校有礮術學一門，無物不驗，此第就驗礮身大要而言：

鋼以鐵鍊至五千之十有六始精，有挺力，有韌力，韌之爲言柔而固也。一伸一縮，人使之然，非天然伸縮可同日語按自然伸縮動物有之，否則熱伸冷縮類皆不離乎天然者近是。驗法曾見試鋼機器：鐵衡懸錘而扁，其東機輪繫繩，其西置引伸器，銜鋼兩端，上下分曳，以機引繩，輪動，衡錘移西，受引之數以磅計，計磅之力以錘分，由引而長、而細、而斷，視此。然此非泛論驗法也。合衆國陸軍礮局於光緒十二年，即西紀一千八百八十六西六月三十號所驗礮鋼實有此數。漸製漸精，是驗後之工程非此力量不如法，非此分數不如法，非如法不用不記。編礮筒號，欲其成也，分前後膛，陸戰需也，置驗礮式，鑑本數也。驗方寸挺力可至萬五千磅，重學一端也。

次驗引伸分數：凡寸以百萬分之一千五百五十爲率。引長太過則挺力失也，引伸而後，有能縮之韌力，可至十二萬五千磅，在方寸間，亦重學也。引長而斷，斷後較本數每百分長若干分，謂之百分率，凡鋼可引長百之十二，過此易斷，分數有差也，斷後亦有縮力，較將斷時長減若干，亦用百分率，二者有百分之一以下奇數，今用雙行夾寫，免牽混之變例也。述陸軍礮局試驗礮鋼表。

美利加鐵條工年表小敘

五金鐵之用廣，美利加鐵條之工亦最多。其肆之居二十八邦部者五百九十有一。鐵條之數歷年有差，述鐵條工年表。

美利加棉花工器十年一計表小敘

美利加棉花之利普矣，聯邦不皆有，有者三十三邦部。其工肆之消長視機臺之利鈍、紡筒之盈虛，而亦視工力之優絀。工有男、有女、有穉，厥資有差。述棉花工器十年一計表。

美利加紐約治絲分類表小敘

美利加產絲不獨紐約，而治絲之工以紐約爲最。同治十二年至光緒五年，此七年間所織之物合以所直之銀，亦考工者所欲知也。述紐約治絲分類表。

美利加化學藥物工表小敘

美利加化學藥物之工，兼之者多，然各視所重以爲名：

一曰化學工，其肆之居阿拉巴麻、阿剛色斯、密士昔比諸邦，阿里瑣那、打戈達、埃得和、孟大那、紐墨西哥、歪阿明、印甸諸部，至今猶尠。［而］此外三十八邦部凡一千三百四十有九，其工二萬九千五百二十，言化學者資之，此光緒十二年數也西千八百八十六年。二曰藥物工，較之化學工少。特納窪、佛勒里答、諾司喀爾勒那、叟司喀爾勒那、田捏西五邦，其肆之居三十三邦部者五百九十二，其工九千五百四十五，皆光緒十二年數。此以見近求化學者之多也，何莫非神農硝化之學爲之權輿歟。述化學藥物工表。

美利加電工繫地表小敘

電氣器工之創自美利加人者，如弗蘭克令之防電鐵，賢禮之二電鐘，莫爾斯之畫字磁鐵，哀狄絲之電氣燈、乾電機、傳音機、顯微聲機、顯微熱機，其嘖嘖者，至如蓄電、測電、引電、磨電、化電、吸鐵、鍍電之屬，工善於因，器不失利。其肆三十有六，其工三百七十有七，其成物直銀一百七萬四千三百八十有八圓。又有電信、電話諸工，其肆四十，而紐約過半，其工八百九十三，其成物直銀百五十八萬六百四十八圓。又有電鍍金銀工，凡鍍金與鉑，以金緑水、鉑緑水，鍍銀以銀養淡養五水，緑之言鹽强，而淡養五之言硝强也，或以鈣衰代鉀衰。凡造金水易於銀水，昔以鉀衰化爲金養，今以電氣爲之。鍍金熱度以二百一十有二爲率，雜鍍采色有差。法磨鋼而有光，承於電氣正極，浸於鉛養醋酸，此大略也。其肆二百二十一，其工千四百三十一，其成物直銀一百九十七萬五千七百圓，蓋肆列二十一邦部矣，前九者僅九邦部之三者前一依光緒十二年數，後一爲十三年數，亦電學家恥於不知也。述電工繫地表。

美利加酒工繫地表小敘

美利加人威音云者，譯言酒也，無慮五十種有奇，微獨火酒、葡萄酒、麥酒已也，而三者之用廣。火酒之爲化學家用者，彼人謂之阿羅鈎喉樂，造法不一。其可飲者謂之布藍笛，色黄，中有阿羅鈎喉樂五十分，蓋釀自葡萄者也。謂葡萄酒曰柯拉鋭，色有紫，有淡黄，其佳釀曰香餅，然審方音云山配音，不云香餅，譯音變轉耳，凡葡萄酒亦有阿羅鈎喉樂二十分。麥酒爲碧兒酒之一，不名一類，或釀自槐子，或釀自頻婆，或釀自桃杏之屬，或釀自山藥豆，此曰麥酒，舉其最也。火酒之工六千五百有二，葡萄酒之工九百六十有七，麥酒之工二萬六千二百二十有一，綜而計之不下三萬三千六百九十，此光緒十二年數也。述酒工繫地表。

美利加雜工繫地表小敘

一曰度量衡之工，比較已詳《政事》，其肆之居十六邦部者六十有四，其工五千五百五十四，其成物直銀三百二十萬圓有奇。二曰鐵線銅線工，其肆之居十一邦部者四十，其工六千一百七十一，其成物直銀一千有八十三萬六千六百五圓。三曰錫銅器及鐵片工，美利加錫工時雜鉛工肆，兹記與銅器鐵片合作者，蓋無邦部無之，其肆七千五百九十五，其工二萬六千二百四十八，其成物直銀四千八百九萬六千三百三十八圓。四曰銀工，其肆之居十五邦部者三十八，其工一百三十一，其成物直銀三十六萬三千九百一圓。五曰修房鐵工，其肆之居二十一邦部者八十九，其工千一百六十八，其成工直銀二百一十萬九千五百三十七圓。六曰橋工，非津梁常工也，其肆之居二十邦部者七十五，其工四千二百九十三，其成物直銀八百九十七萬八千一百二十二圓。七曰印刷工，亦無邦部無之，其肆三千四百六十七，其工五萬八千四百七十八，其成物直銀九千七十八萬九千三百四十一圓。此皆光緒十三年數也。述雜工繫地表。

美利加陸軍選兵表小敘

美利加陸軍於選兵之邦部分爲四：曰新英，其邦六，干捏底嘎奪、緬、馬沙朱色士、紐罕布西耳、洛答埃倫、窪蒙是也。曰中，其邦三，紐折爾西、紐約、賓夕佛尼亞是也。曰西，其邦部十二，伊利那倚斯、英鼇阿納、愛呵窪、剛色斯、密西根、梅尼所達、倭海約、威士干遜、喀挪拉奪、拏布拉士格、打戈達、紐墨西哥是也。曰太平洋，其邦部四，嘉里符尼亞、列法達、頞里根、華盛頓是也。曰邊，其都會與邦六，科侖布亞、特納窪、根得基、瑪理蘭、密蘇鼇、威士奪勿爾治尼亞是也。曰南，其邦十一，阿拉巴麻、阿剛色斯、佛勒里答、若耳治亞、魯西阿納、密士昔比、諾司喀耳勒那、叟司喀耳勒那、田捏西、德格瑟斯、勿爾治尼亞是也。印甸及有色人不在此數。有已升邦而此稱部者，就選兵時言也，不言同治四年以後，其國本年新册所記亦止此也。其費銀以圓計。述陸軍選兵表。

美利加十三邦陸軍表小敘

美利加之富半由兵少，於其開國固已見之。乾隆四十年，是其自立爲合衆國之前一年也，時方用兵，而十三邦陸軍不過三萬七千三百六十有三，明年立國約成，兵八萬九千七百六十有一。嗣是四十二年兵六萬八千七百二十，四十三年兵五萬一千四十有六，四十四年兵四萬四千二百七十有五，四十五年兵四萬三千七十有六，四十六年兵二萬九千三百四十，四十七年兵一萬八千有六，四十八年，華盛頓任伯理璽天德之前四年也，兵一萬三千四百七十有七。厥後南北兵起，兵增矣，事平尋減，規模未失於十三邦時。所以兵少而無患者，人盡知兵也，在精不在多，地背亦一徵歟？述十三邦陸軍表。

美利加陸軍官禄表小敘

熱列納魯云者，譯言武官第一也。每約云者，譯言副也。發士多云者，譯言第一等也。色空多云者，譯言第二等也。其禄或年計，或月計，在官視休官數有差。述陸軍官禄表。

美利加陸軍繫地表小敘

此非盡由國會籌餉之陸軍，而在官以次者也。倭非沙云者，譯言官也，士大夫倭非沙者，譯言佐參也，立仁民達羅非六、安奪士大夫倭非沙云者，譯言再次武官，略如千總之類，孔把林倭非沙云者，譯如百夫長之類，多大羅南孔米松多倭非沙司米五力堪司布乃北多額多色他云者，譯言軍樂隊及樂工之屬。綜而計之，九萬四千八十有一。其邦部民兵不下七百六十九萬六千七百八十有三，此光緒十一十二年數也。述陸軍繫地表。

美利加海軍官弁表小敘

美利加海軍有專部，有專門學，誠重之也。在官無闕無冗無竭蹶，合計巨細無慮一千二百七十有六。又有水師卒業之生六十有九，未卒業之生一百七十有四，此光緒十三年數也千八百八十七。其職其名難可以中國例，姑録厥目，略譯大意，述海軍官弁表。

美利加卹戰士身家十八局表小敘

戰士身家、殘廢與孤與寡皆有卹，設局十有八，所司邦若部之卹務，多寡有差：曰科侖布亞局，經理科侖布亞、瑪理蘭邦、紐折爾西邦。曰三法蘭昔斯哥局，經理三法蘭昔斯哥埠、嘉里佛尼亞邦、列法達邦、頞里根邦、埃得和部、尤達部、華盛頓部、阿拉士克。曰黑樓司簿阿府局，經理阿拉巴麻邦、阿剛色斯邦、佛勒里荅邦、若耳治[尼]亞邦、魯西阿納邦、密士昔比邦、諾司喀爾勒那[邦]、叟司喀爾勒那邦、田揑西邦、德格瑟斯邦、勿爾治尼亞邦、威士奪勿爾治尼亞邦。曰阿拉卦局，經理緬邦。曰希嘎骨局，經理伊利那倚斯邦。曰英鼇阿納波列士局，曰第磨尼司局，並經理英鼇阿納邦。曰奪比各局，經理喀挪拉奪邦、英鼇阿納邦、剛色斯邦、密蘇鼇邦、紐墨西哥部。曰路威司局，經理根得基邦。曰波士登局，經理干揑底嘎奪邦、馬沙朱色士邦、洛答埃倫邦。曰的奪累局，經理密西根邦。曰剛哥的局，經理紐罕布西耳邦、窪蒙邦。曰紐約局，曰嘎大日傲黑司局，並經理紐約邦。曰科倫八斯局，經理倭海約邦。曰費納的費牙局，曰必自博局，並經理賓夕佛尼亞邦。曰煤路哇格局，經理梅尼所達邦、威士干逊邦、打戈達部、孟大那部、歪阿明部。凡局所置，皆衝要也。爰條理之，述卹戰士身家十八局表。

美利加陸軍營房表小敘

美利加合衆國陸軍分佈，其營房在科侖布亞華盛頓都城者一，在阿拉巴麻者三，在阿剛色斯者一，在嘉里符尼亞者九，在喀挪拉奪者四，在干捏底嘎奪者二，在特納窪者一，在佛勒里答者七，在若耳治亞者二，在伊利那倚斯者一，在英釐阿納者一，在剛色斯者四，在根得基者一，在魯西阿納者六，在緬者六，在瑪理蘭者三，在馬沙朱色士者六，在密西根者三，在梅尼所達者一，在密士昔比者二，在拏布拉士格者三，在列法達者一，在紐罕布西耳者二，在紐折爾西者二，在紐約者十有五，在諾司喀爾勒那者三，在倭海約者一，在頞里根者二，在賓夕佛尼亞者一，在洛答埃倫者二，在叟司喀爾勒那者二，在德格瑟斯者十有二，在窪蒙者二，在阿里瑣那者十有一，在打戈達者十，在埃得和者二，在孟大那者八，在紐墨西哥者六，在尤達者二，在華盛頓者五，在歪阿明者七，在印甸者三。所在扼要，不冗不虚，非通火車，即達輪船，如星羅，如電掣，聲氣罔有隔越，其以是夫！營房非礮臺也，而礮臺亦往往而有。述陸軍營房表。

美利加兵器局表小敘

兵器略見《兵制》，陸軍礮局試驗礮鋼自有表，銅鐵之藝亦見《考工》。而美利加兵器專局在嘉里符尼亞、若耳治亞、伊利那倚斯、英鼇阿納、剛色斯、緬，五邦者各一，在馬沙朱色士邦者二，在紐折爾西邦者一，在紐約邦者四，在倭海約邦者一，在賓夕佛尼亞邦者二，在德格瑟斯邦、窪蒙邦、打戈達部者各一，在孟大那部者二，在華盛頓部、歪阿明部者各一，凡二十有三。中惟紐折爾西爲火藥局，凝土以爲範。爍金以爲器，工肆商廛不在其中。述兵器局表。

美利加兵船表小敘

美利加合衆國海疆自畫，非亟亟於兵船新法者。雖然，舟材軍械多自爲之，繹舊悟新，輂路刮目。雲龍游三法蘭昔斯哥時適見其鋼兵輪茶利司頓告成，不狃故智，有足多者，於是諏工按籍，知其艦數之多寡月異而歲不同。如《列國歲計政要》所言，同治十二年千八百七十三美利加之鐵甲輪四十有八，曰歐札克司，曰愛哥瑪，曰杭姆非脱來得，曰克那里堪新，曰喀鑾起，曰格子桔爾，曰漆葛騷，曰可花斯，曰科拉色斯，曰敵得倒，曰遏德拉，曰吼而魯，曰遏力司，曰走勝，曰幾何後定，曰格拉瑪，曰科茹，曰利海，曰曼忽伯，曰曼赫敦，曰黑守楚邑蚩，曰冰杭多羅瑪，曰敏禰東茹，曰墨纛，曰横乃得撓，曰瑪得格，曰内杭口脱，曰難脱梯，曰内伯，曰撓色脱，曰禰伯來斯格，曰禰瓦皮，曰瓦立根，曰瓦棲谷，曰伯邑葉，曰弼斯茹的乖，曰玻璃蛋，曰陸拏格，曰騷葛斯，曰少呢，曰生閣格，曰脱勞，曰恩伯乖，曰滑色，曰委禰陪格，曰懷德恩德，曰雖座，曰莫瑪。又礮輪六十有三，曰加拉辣瀆，曰波蘭格林，曰克勒方禰呵，曰加能五臺括，曰剛格勒斯，曰葛能造格，曰特拉懷，曰福禄力大，曰哈得福，曰伊里拏合，曰愛鶴滑，曰酌伐，曰拉格旺捺，曰能蓋斯得，曰莫囊概希拉，曰納伐得，曰紐約克，曰沃墨好，曰奔西浮尼亞，曰奔色格拉，曰伯立模，曰拋阿且，曰立子門，曰薩拉那，曰色文，曰奢難讀呵，曰薩斯那，曰益勒乖，曰祖尼阿得，曰鉛色斯，曰九色鑾蚩，曰墨伊耕，曰難搭斯桔，曰難拉咸色，曰納壹雪，曰吾耶，曰伯雪秘，曰奎力掤五，曰奢閣，曰少墨鐵，曰少阿大拉，曰他斯加羅拉，曰眼的，曰華楚色，曰懷鶴鳴，其餘五船與夫夾板兵船二十有九皆未著名。較其前一年少鐵甲三，礮輪六，夾板一。《外國師船圖表》所載鐵甲十九曰批烏力吞，曰彌安託諾木，曰安姆非脱來脱，曰馬那特諾克，曰脱羅，曰索古司，曰阿嗄克司，曰堪挪尼可司，曰馬胡派克，曰曼哈旦，曰外恩度脱，曰巴薩以克，曰喀鑾次，曰喀次氣耳，曰周生，曰立海，曰滿拓克，曰那罕德，曰難脱克脱。快船二十，曰福郎克林，曰脱納希，曰泊司頓，曰阿脱蘭脱，曰戚喀古，曰阿陸忒，曰耳愛音執耳，曰阿達姆司，曰阿列恩斯，曰恩託廢來司，曰愛瑟克司，曰内潑息克，曰凡達利亞，曰司挖他拉，曰奎納邽，曰模衣克，曰馬利恩，曰喀利那，曰脱林谷，曰鐸爾分。附以水雷船二，皆光緒十二年以前船也。雲龍聞見既難概同，則互參之符燭，安在剿襲之雷同耶？ 兹撮雙旋臺者七，以爲重鐵甲輪船表第一，單旋臺者十四，以爲鐵甲輪船表第二，巡海快船十有四，以爲鋼兵輪船表第三，其質不一者十有二，以爲木鐵合成兵輪船表第四，又録其八以爲二帆鋼兵船表第五，其質非鐵者二十有八，以爲木兵輪船表第六，又舉其十，以爲風帆木兵船表第七，補後知者五，以爲補表第八，凡九十有八船，而水雷别詳，不雜於篇。述兵船表所引船名據原書。

美利加兵船雜識小敘

凡事有宜有不宜，兵輪何獨不然？暗輪勝明輪遠甚，然一遇攔路之繩，暗輪非承潮不可，而明輪可行者，不易捲伏繩而繞軸也。

美利加北軍幾俄固革船一傷不支，甲薄然也。於是美利加人謂鐵甲之厚不能少於六寸，厚則厚矣，入水因之以深，得毋不捷歟？然出水愈多，受礮愈易，哈德佛德船亦其徵也。兵船已自有表，而經驗之兵、耐擊之船，詳人所略，儻亦揀金餘沙歟？述兵船雜識。

美利加營燈小敘

水雷魚行波底，非借電光燭之，其如盲何！美利加人言之，且有深思之者，不善不止，而法猶有待。其水陸營燈雖云燭敵，保無供敵目歟？所謂興一利伏一害也。雖然，懲噎廢食，其奚可哉！述營燈。

美利加中國約表小敘

美利加聯邦無外交權，其權惟合衆國有之。按中國與外國立約自康熙二十八年俄羅斯黑龍江之約始，而美利加立國既晚，互市非先，中國許約而後，至咸豐八年乃爲立約權輿，蓋猶春秋會盟載書遺意也。光緒十四年議華工之約未決，而前此中國許與互市之約凡四。述中國約表。

美利加中國使臣表小敘

中國出使美日秘大臣，光緒四年七月爲履任之始，雖陳大臣初任未至日秘，而參贊代使領事分駐，既非美利加之地，即不列美利加圖經之表。紐約初無領事，其視事始於光緒十一年七月二十六日。金山即三法蘭昔斯哥也，有總領事，而領事以洋員傅烈秘爲之，先是排難解紛，華工賴傅烈秘力居多，人稱異地朱、郭，使臣之用爲領事，其以此歟？述中國使臣表。

美利加別國使美利加表小敘

中國而外別國使美利加者二十有五，使自亞細亞洲者二，使自歐羅巴洲者十有三，使自阿美利加洲者十，然南阿美利加洲有智利無秘魯，北阿美利加洲無墨西哥。凡使有全權，有代辦，如南阿美利加洲之委内瑞竦[辣]使，其代辦者也，殆爲省費計歟，惟事簡僑稀者宜之。隨使無多，大抵有專責云。述别國使美利加表。

美利加中國人至美利加年表小敘

光緒十三年，美利加合衆國受别國僑民：來自亞細亞洲者二十九萬一千有一十五，來自歐羅巴洲者一千二百萬四千二百有三，來自英屬地者一百四萬七千有八十，來自阿美利加洲别國者，一十一萬五千三十有九，來自太平洋島國者一萬七千一百六十九，外來雜人二十二萬五千三百一十六，凡一千三百七十萬有九百二十九。中國僑黎即在亞細亞洲數内也。然自咸豐五年而後，至止人數可歷數也。嘉里符尼亞僑黎之數有贏無絀，此舉其册光緒十三年成數言之，凡二十七萬四千四百五十有八。述中國人至美利加年表。

美利加合衆國制小敘

美利加合衆國，一民主之國也，與君主之國之制異。厥制以公議爲法，以齊民爲政，以上下無隔閡爲權利。乾隆四十一年畔英自立爲國，十三邦各遴一二議者，會於勿爾治尼亞邦之費納的費牙創議厥政。華盛頓解兵歸里後，十三邦寖不相下，四十九年議制七條，而異同口騰，未有所決。有富蘭林者設歸一議，而或且非之，紐約人布阿美利頓、勿爾治尼亞人馬德遜，又從而爲之説，至五十一年，議閲三載矣，而合衆國之議乃定。一曰立法之權，國會是也，一曰行法之權，伯理璽天德是也，一曰定法之權亦曰執法，律政官是也。明年華盛頓任伯理璽天德，行法之權於是乎始。雖然，三法增減罔非立自國會，國會之權不其重歟！述合衆國制。

美利加官制小敘

美利加立法之權在議院紳詳《國制》，設法分職不過佐行法權耳。厥部凡七，然其中分部之事爲三，而吏、禮無專官。最重外部，猶中國總理各國事務衙門也。官自有名，以中國官譯之則可，以中國官之目改之則不可。其俸，伯理璽天德僅五萬圓，副者僅八千圓，難乎其爲下矣，而退食裕如，何也？任其所習，則事無難，汰其濫食，則禄易重。於是録其官司第一，官禄第二，而以邦官附著於篇，述官制。

美利加刑略小敘

美利加刑無斬梟，而民重犯法，無他，無瘠民也，不然古巴島相去未爲大遠也，何畫攖若彼？或曰合衆國之邑亦自有例，而雲龍不謂其然。嘗聞之彼都人士曰：『凡未成邦之部，其事皆國會遣官理之。』然則邑豈重於部耶？況邑長選自邦之固斐諾爾，即下審院官，意者小事得自主之，我行我法，未可知也。邦有邦律，行於一邦，而要之與國律無礙，是其行之聯邦無異言者，總之不離乎國律近是。其法本約，而入國問禁亦略觀大意云爾。述刑略。

美利加大事編年表小敘

雲龍既依宋[吕]祖謙《大事記》述《日本大事編年表》，復於美利加編年如例。嗟嗟，事其所事，無他，權利而已矣。就游紀事，以光緒十五年爲斷，而自乾隆四十一年美利加畔英立國始，歷年一百一十有五，較之《四裔年表》多二十有九年，分合體異，所由詳略事殊矣。述大事編年表。

美利加郵便繫年表小敘

郵便局五萬五千一百五十七，小大有差。大局之官有派自伯理璽天德而薪水在千圓上者二千三百三十六。其里一百一十三萬二千三百二十六英里海里凡三十七萬七千四百四十二，内火車道三十九萬二千八百四十七英十三萬九百四十九，輪船道則海里也，約三萬四千九百七十海里萬五百九十七，雜道馬車類七十萬七千六百八十六英里廿三萬五千八百九十六，此光緒十三年數也。初海里郵便歲異，必一一强合華里，保無里差歟？輒就原里著録。嘉慶二十一年前五載一計，厥後歲計，今計至光緒十三年止，自乾隆五十五年始，此繫年者也。就光緒十四年言，印紙箋函及喀多之類費銀四千五百六十七萬有九百八十四圓，喀多譯言不封信紙也，勒熱斯答之類數至千二百五十二萬四千四百二十二，勒熱斯答（譯言收條也），皆發自郵政部。其無從交之信五百五十七萬八千九百六十五，亦其部司之，物儲二年逾期則售。因公不收郵費者四百六十一萬八千六百九十二圓。兑國内銀次數九百二十三萬二千一百七十七，平均每次十二圓七角二仙，兑外國銀次數六十一萬五千四百有五，平均每次十四圓六角八仙。用票五百三十萬七千五百五十一，入票兑費銀一千一百七十六萬八千八百二十五圓，其海郵用費銀四十二萬五千八百一十八圓。邦部歲計有差，此繫地者也。述郵便表。

美利加電線年表小敘

電里就地言，線里就線言，線有迴環，有分歧，輒長數倍，未可以道里例也。此表以英里計，每里合三華里，而水電則以海里計，合華三里三分。光緒十二年即西紀一千八百八十六年，美利加電報公司凡七十有七，其中小者三十七，而三十七之内屬鐵道公司者一十有八。大者四十，以威士黨由戎特勒古拉扶爲最。先是阿美利剛由農公司電里一萬二千，合華里三萬六千，阿多南基沽安奪巴西比沽（譯言大西洋及太平洋）特立古拉扶公司電里八千七百有六，此海里也，合華里二萬八千七百二十有九，其餘英里居多。密式久阿耳由農得力拉扶公司（千八百八十六年立）電里八千，本資銀二百五十萬圓；博耳基莫安奪倭海約公司電里七千五百三十五，本資五百萬，班克司安奪馬腔斯公司電里四千，本資三百萬，債七百五十萬，斝比奪公司電里綿紐約、波士登、費納的費牙、波基未、科侖布、阪非都等處，本資百萬，波士大魯帖列古拉扶安奪客布魯公司電里一千五百，本資七百萬，先後皆歸威士黨由戎特勒古拉扶公司，本資無慮八千八百二十萬。統計美利加電里已拓至十八萬有奇。此指公電言，官電商鐵道電不在此數，而表舉十五萬六千八百一十四英里者，就所用里數言也。述電線年表。

美利加電話機繫地表小敘

西言得力風，電話機也，所謂得力苦拉扶者，電報誼也，所謂北羅者，鐘誼也，所謂野可司昌者，揭來誼也。美利加電話公司凡一百四十有八，線長英里三萬四千三百有五，合華里十一萬三千二百有六里。其通機處五萬四千三百一十有九，其工三千三百三十有八。此一百四十八公司内，正者七十有四，線長二萬六千七百六十四英里，工二千六百三十，副者七十有四，線長僅七千五百四十一英里，工七百有八。其它私立一百三十二所，線長三萬二千七百三十四英里，工三千一百有四，不在其内，此光緒十二年西千八百八十[六]數也。述電話機繫地表。

美利加新聞紙繫地表小敘

紐司培博，譯言新聞紙也紐司之言新聞，培博之言紙。或黨同伐異，或入主出奴，或信口雌黃，或以耳爲目，流弊數端，亦所難免。雖然，清議之臧否在是，民主之改勉在是，上下之情罔或壅亦在是。議院一開，握鉛四聽，朝令夕聞，婦孺同視，國政繫之，微獨獵奇漁利而已。一日、七日、一月自爲類，詳略有差。光緒十三年，凡新聞紙館一萬四千六百六十有一。述新聞紙繫地表。

美利加雜事小敘

美利加合衆國實齊民國也。國事罔非民事，特恐自籌之自理之久必滋紛且歧，於是乎有國會，有邦會，即伯理璽天德亦爲民事設也。至於今，有定之事屬官，無定之事不必屬之官，名爲補政事之不足，實爲行民事之有餘也，官卹民會諸端舉彰彰者，述雜事。

美利加字母表小敘

美利加合衆國文字，一沿英文，以羅馬二十六字母爲宗，與埃及古文異矣。此二十六字惟A、I、O 三字可以獨用。A 者一也，I 者我也，O 者歎詞也，餘非相合無以達意。A、E、I、O、U 五字罔有或離，謂之配音字，W、Y 二字可以通用，謂之半音字，字以配異，其字之音亦視所配之字而異，或二三字而諧一音，或五六音而成一言，或十數字而成一誼。論者謂英美如一，然雲龍與象譯問難再三，如英語K 爲『克意』，而美則語若『克葉』，此其一音之轉，猶無大異，至若美語Z 爲『惹特』，與英語Z 爲『日衣』，則不得謂之同音。兹列其大小正書與大小草書之字母，而就華音諧之，述字母表。

美利加大學校表小敘

由小學幼學而入大學，其校以光緒十二年千八百八十六計之，凡三百四十有五。其課有豫備，有專門，師生之數可分計也。其經費有學田，有歲修，其儲書無慮三百萬八千二百八十册有奇，凡此視地有差，然不按年而稽，損益末由之見。光緒三年，美利加大學校三百五十有六，其師三千六百二十，其生五萬六千四百八十一。越十年，學校減九，而師則四千七百二十，生則五萬六千九百七十有三，是校減而學與課學並增也。述大學校表。

美利加學期表小敘

美利加入學以六歲爲率。然按日計歲，美利加之六歲實中國之八歲也。光緒十二年，其國六歲以上至十四歲者，凡一千九十二萬八千九百四十有三，其聯邦學校起訖自有定期，難可概論。述學期表。

美利加官學校學生課日表小敘

美利加官學生之歲，邦部有差，著籍名數亦有差。綜計歲課之日，多者一百五十有奇，少者謹[僅]六十日耳。然日課以時計，故有奇數，以點别之，亦算學家法也。述官學校學生課日表。

美利加師範校及習師會表小敘

美利加人言師範，學者輒以瑞士國之貝斯羅西、英吉利國之藍戛斯德爲範。光緒十二年，美利加官立師範學校凡一百一十有七，學爲師之男女凡一千一百一十有五，其已卒業而可爲師者凡三千七百七十有二。師範學校所藏圖書凡二十萬九千一百二十有一卷，其亦以古爲師歟？美利加人鐸德云者，譯言可爲師也，既有師範學校，可爲師者已三千七百[七十]有二，而復立習師會翼之，以文會友，以友習師，可不謂創格乎！於是樂輸厥用者，時則有畢博弟一、阿碑格二，所謂習師會捐欵是也。白黑人無異視，其會日多寡有差，就光緒十二年數，述師範校及習師會表。

美利加學校師生繫地表小敘

美利加學校之生，先注名而後入學，其師有男有女。就光緒十三年邦部之敎學相長者，述學校師生繫地表。

美利加學費表小敘

美利加合衆國學校之費有税有租，有子息，有雜收，已計至光緒十三年矣。其官學校費，前一年計之凡一萬一千一百二十九萬四千九百三十圓，其通國學校之財産，又前一年計之，雖科侖布亞及阿拉巴麻等三十八邦部已有成數，而特納窪、愛呵窪、根得基、魯西阿納、德格瑟斯、紐墨西哥、華盛頓、歪阿明、印甸、阿拉士克、諸邦部尚未之綜也。就可徵者述學費表。

美利加學師薪水繫地表小敘

美利加學校之師男女並重，然薪水未有女增於男者，斆學之繁簡異也，就多少數適中言之曰平均，其男女無差者曰同數，較之舊數有增有減，邦部或以歲計，或以月計。述學校師薪水繫地表。

美利加非官立學校師增減表小敘

光緒十二年，美利加聯邦學校有非由官立者，猶中國民立義學也，然師凡三十二萬三千有六十六，絶尠素餐。即其年之增減亦非無爲爲之，録之以例其他。述非官立學校師增減表。

美利加小學校表小敘

美利加人六歲始入小學。光緒十二年，其國宜學者一千一百四十三萬五千二百九十七，入學者七百二十七萬九千六百一十六，其師三十二萬三千六十有六，平均計之，一師課生二十有二，此官立小學校也。見之市鎮者猶中國鄉學也，其分部凡五：一大西洋北岸諸邦也，一大西洋南岸諸邦也，一中央北境諸邦也，一中央南境諸邦也，一西方諸邦也。出入視地有差，述小學校表。

美利加不學人表小敘

美利加人六歲入學，而亦有不學者。十歲以下猶得曰未學也，十歲以上直謂之不學。若者爲白人，若者爲雜色人，或流寓或入籍，邦部有册，亦以勵學云爾。人不可以不學，地背其有異乎！述不學人表。

美利加藝文小敘

《周官》外史掌四方之志，其志外國藝文權輿歟？雲龍述《游歷日本圖經》，既列《藝文》一門，而美利加僅附志於文學者，多寡異也，例亦有變，彼分類二，此則類三。

其事紀自華人蓋寡，别國往往而有也，述紀美利加事之書第一。立國百年，作者林立，然道其所道，若艾莫孫，若卜世那爾，若斐斯克，若頗德爾，若懷定，雖彼都人士嘖嘖不置，而皆居不録之列，所録一於實用而已，述美利加人書第二。華美利加人譯中國事實之書，道光年間已有之矣，其文同英而譯自别國之文亦有之矣。文之譯層出，以不同文之書譯自不同文之人，音義或較鮮僞歟？述美利加人譯書第三。非專書不録，録者注刊注寫，此仍目録家通例也。嗟嗟，士夫患書不足忌耳。然律己可，勵人則不可，怠者不能修，忌者畏人修，旨哉韓文公之言，非爲地背設，而地背已慮及此。於是一書創成，獎文隨之，所由弗狃所習，晚出彌勝歟？厥書充棟，安在一游而謝掛漏譏也。雖然不敢爲志略之犀照，而聊云譯述之磁引可乎！述藝文。

美利加金石小敘

雲龍既述《日本金石志》，未嘗不歎進游美利加諸國非其例矣。彼所謂金石學者，鑛學也，於證經史乎何與？然見泰西刻石拓本有三千年前文字，目異嗜同，安云無耶？雖如美利加者，立國百年，石文無古，而日本之鐘、埃及之石，藏之立之，摩挲不置，第而曰吊兵鏤鐵、紀功勒石云爾哉！專門固未足列，就見志目，以爲美利加金石志之濫觴，可乎雲龍曾作白貞烈女墓表文，將謀鐫石而未遑？述金石。

簣喜廬文二集卷七

游歷加納大圖經敘

雲龍既述《日本圖經》三十卷、《美利加圖經》三十二卷、《秘魯圖經》四卷、《巴西圖經》十卷、《古巴圖經》二卷，先後恭呈乙覽。茲復成《加納大圖經》八卷，敘曰：

彼一英屬地耳，而有自主權，何也？英恣蠶食以爲藩者且二百年，大較有三：一曰國君屬地，政出自君，二曰半自主屬地，官轄自英，三曰自主屬地，疆吏以下皆不任自英國之君。若加納大是其自主之一也，屬英已一百三十餘年。其緯線袤四十七度二十六分，其經線廣八十五度，其地面積三百五十一萬方英里，大於英三島實三倍之，而雲龍所不敢忽猶不在是。北阿美利加洲之華盛頓於民則公，於君則畔，而加納大英人百折不回，乾隆二十五年貴壁一役，法軍膽寒，非吴爾福之忠未易臻此。光緒十五年秋八月十六日，雲龍游夢奪里耳，即貴壁境也，述往事者輒嘖嘖吴爾福不置。向謂彼人知利而已，不謂一英屬地而亦有吴爾福其人者。難者曰：英官薄税一如法例，畔民稍安以此。然加納大關税今征百之三十有五，重耶輕耶？懲美利加之畔亦去太甚焉耳。難者又曰：初固危也，而後安，庸詎知法裔既惜前功，土人且思困鬥，而況强鄰相形，自居何等？ 積媿滋釁，又豈意外事哉！ 其工不如商，其農不如漁，而先亟亟於兵，殆亦時勢然歟？ 向使官英屬地者悉於吴爾福未遑多讓，是誠未可輕量，以忠爲權，視鰓鰓焉以利爲權復何如耶？ 然則杞憂又在彼不在此。 是書分類八：曰天文，曰地理，曰風俗，曰食貨，曰考工，曰兵制，曰政事，曰敘例，爲子目六十有一偕游者澤邨繁也，助訪者林釩也，雲龍子范初、范翔，一考據，一斠勘。

加納大經緯表小敘

加納大經緯諸説紛如，雲龍今以中國爲宗。 其領全土疆吏在翁打里約之阿打窪，出北極之高度爲四十六度四十八分三十秒，當我京都緯北五度五十分。 以全土言，其緯起赤道北四十三度二十六分或云四十九度，非也，訖九十度。 其經起英緑威西五十三度，訖一百三十六度，而以中國京都言則起東一百有三度，訖西一百六十九度，其爲廣八十五度則一也。 其東以紐反蘭島爲極，其西以勃里治西科侖布亞爲極。 今就部落疆吏之治言之，與起訖固有異矣。 述經緯表。

加納大分測經緯地備較表小敘

有定之緯度，可以無定者用之，無定之經度斷不可以有定者例之，如緯起赤道，有定者也，然就地言，如加納大在我京都緯北五度五十分，是有定中之無定者也。經線航海輒起英都，而雲龍則以我京都起算，或且欲以有定目之可乎？加納大益地開方半出創測，部落之經緯已準我京都爲表，而彼測之加詳，亦旁參之借鏡也。述分測經緯地備較表。

加納大氣候表小敘

往聞西人言加納大爲英屬地之極寒，雲龍游之而知其言難可盡信。英地内外無慮九百萬萬方英里，在地球東西反對地一連北阿美利加洲，在西半球，一連歐羅巴洲，在東半球，此英本土。或謂之對蹠地者居六之二，其中有無雨之地在亞細亞洲、歐羅巴洲温帶間，地居六之一，在熱帶之印度諸地亦居六之一，世稱酷熱，而加納大則居六之二，世稱之嚴寒。方法郎西復地不克，畫地屬英，懼滋民怨，宣言於其國，曰『不過冰雪一塊土耳』，地理家耳食者輒沿厥説。商舶或經美路别理半島，歸而曰：『熱湯灌自桅頂即幻霰，落船板潑潑有聲，水銀爲彈，鎗發可以中禽，杏仁油冰丸四結，以之爲彈，穿板墮地不一碎。』然此在哈奪送灣北。英人之欲營於西南者，於加納大之瑪宜脱拔亦多貶詞，謂一年冰雪者七閲月，風寒者五閲月。其信然歟？雲龍諏之土著曰：『廣袤如此，或四時皆春，或萬古無夏，或三百六十日節序與中國無甚參違，此何以故？』北冰海之風寒，大西洋之風溼，太平洋之風輭，熱帶海潮之風炎，不然何以加納大北極叢木若薺，高者不逮二尺，南則卉木百果較之法郎西、義大利未遑多讓。地當温帶，播種尤宜，植物罔有過。論者謂加納大可括地中海迄於冰洋無定之氣候，與羅馬諸國不第緯南之度同，即面積亦略相等。論者又謂寒暑當辨者六：緯線何度一也，高低廣狹二也，海面高尺三也，鄰地若何四也，海潮炎涼五也，大陸即離六也。南不必暖，北不必寒，南風不必温，東風不必溼，西北風不必皆無雨，獨加納大云爾哉！日路西島距格路西島僅二十英里，約華里六十耳，而彼一則謂之拔巴，譯言可浴，意謂熱也，一則謂之托圭，譯言束身與首，意謂凍也。加納大疆吏於是立候氣臺最大者十，次之報以電者二十有三，又次之不報以電者三十有八，又次之觀氣者六十有九，又次之測暴風雨者三十有八，又次之觀日者一十有二，又次之測雨雪類者一百三十有五，又次之觀象於全境者二百九十有二此二百九十二在大西洋濱四十四，在先奪羅連司灣一百三十六，在湖濱一百有五，在太平洋岸七，凡臺一百六十有七，日日報之阿打窪政府而鈞致之。日母士河側温度不過六十有五，阿打窪河、沙格尼河之岸，與夫那拔司果夏之北温度不過六十與英南境、法都、德意志中央略同，自先奪羅連司湖而奪倫脱、而金司屯、而夢奪里耳、而先奪羅連司、而貴壁，温度亦不過六十有五。凡温度增減，固視緯度之南北，亦視高度之異同。西人有平均高度法，謂亞細亞洲以一千一百五十一尺爲適中數，歐羅巴洲以六百七十一尺爲適中數，南阿美利加洲以一千一百三十二尺爲適中數，北阿美利加洲以七百四十八尺爲適中數，而加納大平均高度如三百尺，自大西洋濱至西比熱湖，每一英里高六因制，是每一華里高二寸許。夢奪里耳距海數百英里，先奪羅連司河過之，而其地河面高於海面僅十有八尺，況氣候時因海潮而異，即如西布路島受墨西哥灣温潮，南風一噓，薙雪如鐮，加納大西境王各拔島受太平洋風潮，英國南人謂與其故土相近，而夏暑之酷且此減於彼也，維多里温度不過八十，隆冬冰點亦不過二十二度。或謂加納大前爲荒陸，而識者曰：『否，其地掘不及泉已有沃土，此熱潮所不及蕩、沙飆所不及灼者也。哈奪送灣袤一千英里，廣六百英里，夏日温度六十有四，冬則温於西比熱湖三度，淡水湖多，自北緯四十四度至五十一度，湖水面積一十三萬平方英里，説者謂居五大洲湖面二之一，冬流不凝，氣候繫之。』難者曰：『如生聚難何？』詎知法郎西人先至，今且十代，據云父老或逾百歲。光緒十一年千八百八十五西北烽起，兵馳五千，從者千餘，而繦負之六千人踵相逸。時鐵道未全，乘車𩣡，蓋晨夕雨雪，訖於緯北五十五度，而途中無一觸疫者，非氣净證歟？難者又曰：『地利以天時而慳。』詎知農産且輸別國，即以頻婆言，一入英市，加納大之種至今猶貴於美利加之種也。夏霜損穀，西南之地有之，而非其常。厥土宜麥，亦無大害，而耳治者流，遂被全境以極寒之目，不亦謬乎！兹就温度之已測者述氣候表。

加納大地理圖小敘

加納大緯達北極，藉以平方計里，其不失真面者幾希，南侈北狹，其可已乎？以橢圓算之，緯北四十五度之經線相距寬四十二分四九五，北十度之經線寬四十九分二有二，愈北愈斂。至一分有五而止，此仰觀也，俯察即寓於是。翁打里約之阿打窪爲領地疆吏之治，貴壁之治曰貴壁，紐勃郎司委骨之治曰夫列低里可屯或譯福來格得力克吞，那拔西果夏之治曰哈里法可司，布林司埃奪瓦脱島之治曰差羅的屯，瑪宜脱拔之治曰維宜別苦，勃理治西科侖布亞之治曰維多里，紐反蘭之治曰桑若漢，諾司威士奪里土利之治曰耳黎吉來，圖説可互參也。島峽之斷續，湖河之脈絡，電線鐵道之正支，視聚米何如耶？述地理圖。

加納大疆域小敘

加納大疆域至今未盡理也，已成之部落凡九：一曰翁打里約，二曰貴壁，三曰紐布郎司委骨，四曰那拔司果夏，五曰布林司埃奪瓦脱，六曰瑪宜脱拔，七曰勃里治西科侖布亞，八曰紐反蘭，九曰諾司威士奪里土利。擬爲部落者五，而在諸司威士奪里土利境内者四：曰沙司可治王，曰愛司利哀亞，曰愛内筏司，曰諾泊爾大，其在貴壁北曰拉布拉奪。《瀛寰志略》僅紀六部：曰上加拿他，即翁打里約也，曰下加拿他，即貴壁也，曰新不倫瑞克，即紐勃郎司委骨也，曰新蘇格蘭，即那拔司果夏也，曰散約翰，即布林司埃奪瓦脱也，曰新著大島，即紐反蘭也，今之視昔已倍，後之視今，復何如耶？　其部落莫廣於諸司威士奪里土利，凡二百六十五萬英方里，是爲華方七百九十五萬矣，而莫狹於布林司埃奪瓦脱，僅僅二千一百三十三英方里，合之華方里即爲六千三百九十有九，然則此小於彼一千二百倍，而僑黎所趨在此，有土者安在其以大小論也。　不然加納大湖水面積而外，陸面積無慮三百五十一萬方英里或曰三百四十七萬三百九十二英方里，或曰三百三十七萬二千二百九十英方里，合華方里已爲一千五十三萬，大於英國三島五十倍，較之法郎西、義大利合計之地實有過之，而地利及耶不及耶？有土者又安在其以大小論也。雖然，居勍敵北而部落日增，有土此有人，抑亦未可限量。述疆域。

加納大地勢較高海面表小敘

加納大濱大西洋者曰紐反蘭島，曰布林司埃奪瓦脱島，曰那拔司果夏，曰紐勃郎司委骨，濱太平洋者曰勃里治西科侖布亞，而翁打里約一部落又南控五湖，北枕哈奪送灣，論者謂形勢得矣，而未若貴壁以安治可司島爲聲援，以先奪羅連司灣爲貫注也。視諸司威士奪里士利衆灣散漫，其不等檜下也幾希。山脈有二：一曰押山，即海岸山也，一曰落機山，並起西北，蜿蜒東南行，如分加納大爲六：一曰哈奪送灣畔，面積二百萬英方里，二曰先奪羅連司河畔，面積五十三萬英方里，其中七萬屬美，三曰瑪宜脱拔，面積五十五萬英方里，四曰先脱絨河畔，五曰大西洋濱斜地，凡面積五萬有二百一十四英方里，六曰太平洋濱斜地，面積三十四萬一千三百五英方里。近水之窪下若彼，沿山之崎嶇又若此，而《瀛寰志略》乃曰其地大半平坦，何見何聞而云然耶！彼人謂高於海面若干尺寒暖繫之、旱潦繫之，鐵道之軒輊亦繫之。述地勢較高海面表。

加納大四至八到表小敘

雲龍游加納大至自其南，蓋與美利加毗連也。進而諏之，其東濱大西洋，其西控大東洋，其北盡北冰洋，其東南如西，其西南如東，其東北枕丹屬地骨連蘭土，其西北鄰美屬地阿拉司格。此正隅崖略也。以言部落，綿蕞雖張，易轍未已，無論《瀛寰志略》爲影響談，即按之西人圖册，或以紐反蘭屬法，或以布林司埃奪瓦脱島併之那拔司果夏，皆與今異。界且未明，於正隅者何徵？雲龍徵之以今，不敢謂不變之正隅，亦聊爲正隅屢變之一證也。述四至八到表。

加納大部落名稱歸一表小敘

譯名以體例繩之，猶虞方言變轉難可畫一，況忽而諧音忽而會意乎？它書不足責，獨怪《瀛寰志略》亦復爾也。即如那拔司果夏，音也，其意爲新蘇格蘭，舍音用義，原可互參，例以它地，又不其然。何歟？伐異之見所不敢出，亦矛盾自懲云爾。述加納大部落名稱歸一表。

加納大山島岬峽表小敘

加納大山脈有二：一曰落機山，起自美利加地阿拉司格之西北極境，蜿蜒東南，入加納大之諸司威士奪里土利，二曰押山一名海岸山，亦起西北，時起時伏，見於紐勃郎司委骨。它山皆支脈也。島則層見迭出，或以爲部落如布林司埃奪瓦脱之類，或以爲部落之治如勃理治西王各拔島之類。就聞見筆之，難悉數也，若岬若峽，附著於篇。述山島岬峽表。

加納大河表小敘

加納大之大河有四：一曰先奪羅連司河，是自翁打里約東北流逕貴壁，長一千五百英里而入先奪羅連司灣者也，可通舟者六百英里。二曰沙司可治王河，導源諸司威士奪里土利，東南流一千五百英里入方迭灣，商舶便之。三曰瑪更治河，導源諸司威士奪里土利西北境，東南流一千二百英里入骨列奪斯列布湖。四曰夫列沙河，導源落機山，流逕勃理治西科侖布亞，四百五十英里入若日鴉灣，可通舟者一百英里，其水金沙出焉。此外諸水，或分洪流，或合巨浸，略彼微涓，訪兹别派，抑又聞之疆吏籌銀四百二十五萬一千二百一十圓備十五載修河之用，又銀一千二百六十七萬一千一百二十五圓供十五載修渠之用，此光緒八年事也，然則彼亦加意水利歟？述河表。

加納大湖表小敘

加納大之翁打里約是部落而以湖名者也，美利加人謂之恩打熱湖，其西與野里湖鄰，是二湖者即賴宜各拉瀑布之源，奔濤一落，無慮一百五十八尺，是爲五大洲第一瀑布，雲龍曾目擊之。野里湖之西北有湖曰費綸，費綸湖之西有湖曰密西根，密西根湖之北有湖曰西比熱，三湖流通，與前二湖皆在翁打里約之南。其在瑪宜脱拔部落者曰瑪宜脱拔湖、曰維尼別苦湖、曰維尼別可西湖，此外曰西打湖、曰士分湖，皆卓卓者，厥長皆出三百華里以上。次之在翁打里約者曰民比昆湖、曰先奪約西扶湖，在瑪宜脱拔者曰吴度湖、曰維尼比可湖，亦謂之維尼別苦湖，在勃理治西科侖布亞者曰奢勃羅阿湖，在諾司威士奪里士利者曰比骨湖、曰骨列湖、曰我羅司屯湖、曰的阿湖、曰以而麻湖、曰阿沙拔司骨湖、曰骨列奪司列布湖、曰骨列奪比阿湖。又次湖難枚舉。西人謂加納大湖當五大洲二分之一，雖難遽信，而面積一十三萬平方英里約之，不下華方里三十九萬云。略厥稍次，述大湖表。

加納大海灣海灘表小敘

海埠濱灣，若先奪羅連司蓋有之矣。地非臨海，而貫峽衝島無慮千二百海里，不啻以灣爲淵。若哈奪送者，罕有其匹，便商便漁，其可略歟？灘者又航海之所慎也，附著於篇。述海灣海灘表。

加納大風俗小敘

《瀛寰志略》云居民大半佛郎西人，士女面紫，眉目端好，不解沐浴，英人惡其不潔。噫，何耳食之不確如是！法郎西之苗裔與英吉利同爲白人，而面紫者印甸土人也，已詳《美利加圖經》者，此從略焉。撮厥梗概，曰形性，曰族類，曰服飾，曰飲食，曰居住，曰俗禮，述風俗。

加納大民數表小敘

加納大之民，《瀛寰志略》謂一百二十餘萬，非今數矣。先是民來自歐羅巴洲，散處於先奪羅連司灣墨西哥灣之間，沿海結廬，漸進漸北又漸西。當美利加未自立時同屬於英，同爲新地之僑黎。彼畔此守，於是由合而分，由南而北轉徙於加納大者數千人，何莫非忠於英者也。其遷自魯西阿納者，又法郎西苗裔居多，其始聚居貴壁，其繼復聚紐反蘭諸島。綜而計之，今無慮五百萬人矣，較之《瀛寰志略》何止三倍云！雲龍游之，欲徵其年民籍而曰未成，然其成數大較有四：一曰十年一計，由嘉慶十一年而道光十四年，而二十四年，而咸豐元年，而十一年，而同治十年，而光緒七年，前此無稽，後此猶有待也。二曰歲增，其增民難於美利加，無他，近北則寒，然自同治七年以迄光緒十一年，中間有歲增十三萬數千者。三曰民所自至初皆印甸土人，歐羅巴洲人趨之，法郎西未遑多讓於英吉利而英終有之，中國人無幾，別國僑黎則日以增，光緒十年、十一年可徵也。四曰已未入籍，其西北地曠人稀，其西南生聚稍易，而未若東南少而壯而老，英、法苗裔居多，土著漸與之習，而未入籍者初至三五萬有奇，是光緒十一年數也。述民數表。

加納大物産小敘

加納大之農産視土，有宜有不宜。即如翁打里約，宜冬麥、春麥、裸麥、烏麥、馬鈴薯，而不宜玉米，貴壁如之而兼宜淡巴菰，紐勃朗司委骨亦如之而兼宜菘，若布林司埃奪瓦脱，若瑪宜脱拔視此，而那拔司果夏則宜玉米，西北之耕種弗如東南遠甚。

他如果以頻婆稱，木以松杉著，動物夥甚，其獸以皮法耳、貂獺、猞猁著聲，然則羽不及巴西，而毛豈讓俄羅斯所産耶？先是厥地無家畜，二百年前墨西哥灣漂西船數駒於西布路島，西人航此携畜者踵相接，畜日以孳。

以鑛而言，金不如美利加，銀不如秘魯，雖然，金粒孕於山，金沙汰於水，銀苗又時出於穴，若銅，若鐵，若錫，皆有無互見。雜鑛以煤爲大宗，雖翁打里約無煤，而那拔司果夏之以有煤勝。那拔司果夏之以有煙雜出，微獨自用之，且輸鄰國。其他雜鑛與雜用飲食之屬抑亦有可徵者。述物産。

加納大農産大宗表小敘

加納大工不如農，而農難。西北之霜雪孰如東南雨露之爲愈也，沙石之荒瘠又孰若土田膏潤之爲愈也。雖然，不毛之地難概其他，即如翁打里約地闢一千九十三萬八千四百七十一野格，合之動物用物直銀九億八千九百四十九萬七千九百一十一圓，其中耕種地無慮七百四十萬三千二百八十一野格，直銀六億四千九百萬九千八百二十八圓。又有果園十八萬六千六百十六野格，牧畜草地三百二萬六千三百二十一野格，論者指爲農家之餘業。貴壁林地殆有過之而伐木者多，難乎爲繼，於是農事亦起，他部落輒歎不及。撮厥食最，辨厥土宜，述農産大宗表。

加納大食畜表小敘

加納大初無牛羊豕也，徙自歐羅巴洲，日寖蕃孳，歸英吉利後有增有減，而增數居多。牛或食，或取乳，而羊豕足食，彼人歲計可徵也。述食畜表。

加納大東南鑛金年表小敘

加納大歲産鑛金多寡有差，平均計之，以一百萬圓爲適中之數。金穴在勃理治西科侖布亞居多，是加納大西境也，而東南鑛苗亦未多讓，那拔司果夏鑛報自同治十年始至光緒十二年止，有足徵者。述東南鑛金年表。

加納大輸出表小敘

加納大輸出之物不必皆出於其地，以近達遠，以贏濟歉，大較有三：一曰鑛物，爲互市言，非爲辨鑛言，出自加納大者直銀三百八十萬五千九百五十九圓，非出自加納大者直銀三十萬四千六百四十九圓，凡銀四百一十一萬六百八圓。二曰農物，出自加納大者居多，直銀四百八十九萬二千九百十三圓，非出自加納大者直銀一千八百八十二萬六千二百三十五圓，凡銀二千三百七十一萬九千一百四十八圓。三曰工物，通商即以惠工，惜器非盡利，所由事未盡善也。欲得所無，先易所有，出自加納大者直銀三百七萬九千九百七十三圓，非出自加納大者直銀四十二萬七千六百三十二圓，凡銀三百五十萬七千六百有四圓，此皆光緒十三年數也。或計頓，或計嘎侖，或計布些耳，或計巴列，或計仙令。物之多寡輕重未可概論，而直銀計圓而止則一也。述輸出表。

加納大輸入表小敘

加納大之物輸自境外者，英吉利其最也，次之若中國、若日本、若美利加、若法郎西、若德意志、若日斯巴尼亞、若葡萄牙、若義大利、若和蘭、若比利時、若西印度、若南阿美利加洲、若瑞士，其餘亦非無徵。雲龍所知，至光緒十三年止自同治十二年始，此物直之繫年者也。凡輸入物，其有税者物不必有，欲其濟財用之不足，其無税者物不可無，欲其易彼物之有餘，此税之分有無者也。其物所自有差，若茶若加非來自美利加居多，此物之分類者也。述輸入表。

加納大海關税銀年表小敘

加納大海關計税輒自同治七年始。其出口物直約銀五千七百五十六萬七千八百八十八圓；其入口物直約銀七千三百四十五萬九千六百四十四圓，出入物直凡一萬三千一百二萬七千五百三十二圓，以視今數爲何如耶？物直之增減，關税之損益繫之，即屬地之貧富因之。於是綜其出入銀以圓計，而税銀則計圓而角而分，述海關税銀年表。

加納大互市美利加物表小敘

加納大南境與美利加犬牙相錯，以有易無，歲以爲常。光緒九年，輸自美利加者直銀四千一百六十六萬八千七百二十三圓，較前一年四千七百九十四萬七百一十一圓則減，而輸往美利加者直銀五千六百三萬二千三百三十三圓，較前一年四千八百二十八萬九千五十二圓則增八百萬有奇，其中有税物直三千八百六十五萬二千四十五圓，無税物直一千七百三十八萬二百八十八圓。述互市美利加物表。

加納大農産互市美利加表小敘

互市不獨美利加，而近莫近於是。互市美利加不獨農産，而多莫多於是。其植物以木勝，其動物以魚勝，而售之美利加者非以此爲大宗。穀果之取擕，牧畜之挹注，不謂如加納大者亦知以農爲本、以商爲用也。就光緒九年數述農産互市美利加表。

加納大互市百分率表小敘

物非自爲之，源源而來謂之輸入，以其所有易其所無謂之交易。百分物直而視其所居之數謂之百分率。執兩端而用其中，無過也，無不及也，謂之平均，不獨加納大然也。加納大出入之物直曰英、曰美、曰別國，可稽也。述互市百分率表。

加納大商物備較表小敘

光緒十年，加納大商物輸出之直約銀八千九百二十三萬八千三百六十一圓，較之前一年直銀九千一百三十一萬八千七百七十五圓，雖僅減八百有奇，究與日增異矣。易有無者引以爲歉，徵損益者安可略而不稽耶？述商物備較表。

加納大鉅商本利表小敘

加納大農工弗如美利加遠甚，而商則取法於英之經營。雖入以出絀未克裕如，而互市常贏，未可没也。即如光緒十一年所售直銀四百一十四萬三千八百六十六圓，其本四十二萬三千六百五十一圓，其利三百七十二萬二百一十五圓，可不謂厚乎？前此十年有足徵者。述鉅賈商利表。

加納大漁業大宗表小敘

濱海部落大率營業兼漁，而孰若加納大之漁爲大宗也？魚旺於夏，集舟如蟻。内以哈奪送灣爲淵，外以先奪羅連司灣爲藪，島岬之出納，湖河之取攜，居行既烹其鮮，别國教士之流輒飽其臚。光緒十一年，其出魚直銀一千七百七十二萬二千九百七十二圓，較前一年一千一百一十一萬七千八十九圓，厥數增矣。其輸魚於别國直銀七百九十六萬有一圓，較前十年光緒元年直銀五百五十萬一千二百二十圓數亦有增。《瀛寰志略》不詳物産而獨言魚，意謂舉其所尚也，況業日進乎！就光緒十一年數述漁業大宗表。

加納大夢奪里耳商舶表小敘

加納大海埠以夢奪里耳爲最，論者謂猶紐約之爲美利加第一埠也。即以光緒七年運往巴西之魚言，無慮九兆五千四百磅，直銀四十萬九千八百二十六圓。來自巴西者三千五百九十三萬四千六百九十八磅，蜜三十八萬九千九百五十五磅，糖汁七百四十五磅，凡直銀一百十萬五千六百七十四圓，後益日增，况歐羅巴洲乎？光緒九年輸出別國物直凡銀二千八百六萬五千四百五十八圓，入自別國物直凡銀四千五十二萬六千六百二十二圓，此皆指夢奪里耳言也。是年來歐羅巴船五百五十二艘，已載五十六萬六千八百六十四頓矣。合之他洲商船至埠六百六十艘、明年六百二十六艘、又明年六百二十九艘，較前有增有減。述夢奪里耳商舶表。

加納大商船出入頓數年表小敘

光緒十三年，加納大出入商船所載頓數無慮一千四百九萬九百九十八，此合翁打里約、貴壁、紐勃郎司委骨、那拔司果夏、布林司埃奪瓦脱、瑪宜脱拔、勃里治西科侖布亞諸部落而言，前此十有一年頓數可互參也，未始非通商損益之一證。述商船出入頓數年表。

加納大出入輪船帆船繫地表小敘

加納大之輪船入自英國者，一萬九千一百五十六，入自別國者一百四十五，出往英國者一萬七千三百七十三，出往別國者一百三十一，其帆船入自英國者二萬九千六十四，入自別國者三百六十八，出往英國者二萬九千六十一，出往別國者八百八十九，此光緒十三年數也。其中惟入自英國之輪船翁打里約獨少於貴壁，然視頓數則有過之，豈非艦以巨勝歟？或執艘概之，失其實矣。述出入輪船帆船繫地表。

加納大銀行表小敘

雲龍前游美利加之紐約，聞紐約一司銀行者席捲而逸之加納大，非其屬地，未如之何。或曰如其數微，必不願爲逋藪。噫，銀行利弊從可知已。又聞加納大銀行分支於紐約，互市切矣，而何如是？加納大之銀行其類有四：出納自官謂之國立，授憑自官謂之許立，部落分置謂之支行，與官無涉謂之民立。光緒十一年綜厥本銀無慮一萬萬七百六十二萬三千八百三十三圓。此其計本者一也。其歲入有貨直有罰鍰、有質物銀、有兑銀、有實銀、有實金、有代存，皆合以銀，計圓而止，此其分類者二也。其銀行微獨流通公用而已，孤嫠之日積、殷實之經營，半在其中。翁打里約、貴壁之存數多者無慮銀萬，其它則百圓以下亦不之拒，殆亦積纖成巨意歟？此其計存者三也。述銀行表。

加納大公債年表小敘

加納大非一國也，厥用不足，以債濟之，雖受稽於英國之君，而用與債皆籌於其地，且經營於其疆吏。或謂之國債不若目爲公債之爲愈也。或曰債六百五十萬磅，紐反蘭三十一萬磅，亦異乎所聞。光緒六年是其一千八百八十年，歲計之數可徵，十年一計之數亦可徵。是年凡負銀一萬萬九千九百一十二萬五千三百二十三圓，其中爲鐵道借者六千二百萬云。述公債年表。

加納大鐵道歲修增里表小敘

考加納大工，鐵道其大宗也。其道綱領有二：一曰太平洋，一曰大西洋，非西北荒蕪車軌無幾可同日語也。雲龍游自美利加，而翁打里約，而貴壁，輪鐵四馳，罔非大西洋一道，高軒之整而潔，同軌之正與支，皆弗如美利加遠甚。雖然，西道火車出美利加工居多，而疆吏經營亦何可厚非歟？先是英美鐵道既闢，加納大議亦如之，民難圖始。道光十七年千八百三十七乃創造鐵軌於貴壁，長一十六英里，裁合華里四十有八耳，其軌寬五英尺八寸。咸豐元年千八百五十一議拓三十四道，在翁打里約者半，在貴壁者亦半，其中二十道已成於道光十九年千八百三十九。厥後三年工罔有增，二十四年千八百四十四車道之運日益，其客二萬七千一百八十人，其物一萬二千六百三十九頓。二十八年千八百四十八，有人名馬治老丙，議自那拔司果夏之哈里法可司修至貴壁，於光緒四年工竣，而土人請通車道迄於太平洋海口，在咸豐元年千八百五十一，未之許也。同治六年千八百六十七，鐵道公司競拓鐵軌，其東道長九百英里有五，河橋一道則先成於咸豐八年也千八百五十八，其西道長三百英里有三。而軌道之狹侈斟酌於英美間者數矣，屢議屢更，至咸豐元年千八百五十一乃定厥議。美利加道凡五等，或寬四尺八寸有半如紐約諸處，或寬四尺十寸，或寬五尺，或寬五尺六寸，或寬六尺，於是擇其五尺六寸而從之，又用四尺八寸有半，則英美所同者也。又有東道寬三尺六寸，長二百一十二英里，又有西道近北寬三尺，長一百英里有四，此與英美異焉者也。窄道漸引八百五十英里有三，寬四尺八寸半者已至五百三十英里有七。考工於同治六年詳上，成道二千二百五十八英里，其在翁打里約及貴壁一千八百四十七英里，其在紐勃郎司委骨二百六十六英里，其他一百四十五英里。九年千八百七十而後，加納大議尠更張，工懲退縮，而工力亦日以省。何也？車機大力，能斜而上，於是山谷之洞達，津梁之鈎連，雖軒輊有差無礙也。若太平洋岸，若紐勃郎司委骨，若格布勃列屯島，四十尺中輒高一尺，而尋常軌道欲高一尺則以六十尺爲率，曲徑欲高一尺則又以一千五百尺爲率。馬直格宜司義士，英人也，創議拓道括地中海東西洋，使英屬地聯爲一道，官商分治，加納大人嘖嘖不置云。同治十年千八百七十一，勃里治西科侖布亞隸英後即拓鐵道，起奢勃羅阿湖，迄維宜培葛，數年工成。光緒七年增巨車孔道，分支不在其内，其支道若近河湖則輪舶濟之，電報引之，此省橋良策也。商修不足，官帑助銀二千五百萬圓，地二千五百萬畝向南稍低，工歷五年，鐵道公司成道二千四百英里，中有支道五百，修自官者六百英里耳。其地造道之難曰河，曰山，河橋長一千尺，山道長二百七十英里，至自維宜培葛約九百英里，每歷一百三十二尺約高一尺，其山高於海面五千二百九十二尺，是以山間軌道不足四十五尺即高一尺矣。勃里治西科侖布亞支道每二十二尺輒高一尺，用三十三頓報耳登文機器，車載重百頓，每一時許行十二英里，約華里三十有六，似此之道凡一百五十英里。其太平洋公司有車道二千九百英里有六，合之支道租道凡四千三百三十八英里，續修支道一百二十五英里，欲其達貴壁與翁打里約也。阿打窪河一橋長三千四百五十尺，厥孔一十有五，中二孔深四百八尺，高於水面六十尺，側八孔深二百四十尺，又側二孔深二百七十尺，又側三孔深八十尺，高於水面二十八尺，以鋼鐵爲之，用鋼二千八百頓、鐵八百頓，橋面鋼軌每碼重五十六磅，此車道橋之最也。橋軌形如『几』字，置之枕木，厥底宜寬，厥側宜堅，否則壓力難禁、擦力又易損也。枕木高四寸有半，或至五寸，其間相去三尺。光緒二年千八百七十六，鐵道修至五千一百五十七英里，十一年千八百八十五增至一萬七百七十三英里，凡西人歲計輒以六七月爲起迄，非以年終爲始末也。是年冬，車道增至一萬一千二百七十五英里，用鋼十萬頓、鐵二十五萬頓。此十年中光緒二年至十一年，或言歲增三百十餘英里者，蓋平均言也，實言之則多寡有差。述鐵道歲修增里表。

加納大鐵道費年表小敘

鐵道之費宜省，然亦有萬不可省者。即如狹道之費省於侈道，夫人而知之，庸詎知狹道則壓力易損，修費日增，一也。機車一或不稱，任重易覆，二也。此其故加納大人非不知之，而道有寬有狹，費限之也。勃里治西科侖布亞之道工艱則費亦巨，官助銀二千五百萬圓乃成。其車計至光緒十二年千八百八十六，凡有機器者三百三十有六，載客者三百四十有五，運物者八千，費銀一萬二千六百八十八萬四千六百一十有三圓，中有三百一十一萬四百三十四圓用以租道。其軌道費計至光緒十一年千八百八十五，凡銀六萬二千五百七十五萬四千七百有四圓，中有二千萬圓出自外假，其利之不見有餘以此。是年入銀三千二百二十二萬七千四百六十九圓，一年車行竭來積之爲三千六十二萬三千六百八十九英里，費二千四百有一萬五千三百二十一圓，計里合銀居百分之七十四有二分之一。就本合利，居一釐有四分釐之一，其利雖微，而拓道未已，意謂責日輕則利日重也。述鐵道費年表。

加納大官工經費出入年表小敘

雲龍游加納大在光緒十四年秋，諏前一二年工費而册未出也，得十一年即西一千八百八十五年之數。其入凡三百六萬五千五百有二圓，其出凡三百二十七萬八百十一圓，是入數不敵出數二十萬有奇。又推而溯其前二十年出入之數，有敵有不敵也。述官工經費出入年表。

加納大考工雜識小敘

加納大鐵道工而外無卓卓者。雖然，議院官紳猶津津然曰：『有能以一藝空前者輒與專利文憑，罔有吝。』雲龍輶軒所至，見木工倚水爲機，不爲少矣。善事利器，殆將有追。述考工雜識。

加納大政制小敘

自乾隆二十五年千七百六十，加納大地屬於英，行政之權一遥制於英國之君，而就地之議法立法，同治六年以前千八百六十七非兵争即黨異也。大同之約既行，加納大無所謂東西矣。政所自出，大略一十有四：疆吏，一也。官之記録在樞密院，二也。裁判官治獄，三也。陸有鐵道局、水有運河局，四也。土木之工有長，五也。地理有局，六也。或司官署，或司文册，或司印刷，或司文具，謂之政務部，七也。或司燈臺，或司水役，或司海税，或司商舶行止，或司養魚，謂之海濱部，八也。或司額兵鄉兵，或司礮臺塞堡，或司陸軍學校，謂之軍務部，九也。或職金庫，或轄銀行，謂之財務部，十也。關税有專司，十一也。或司地賦，或司舟運，或司食用，或司度量衡之屬，謂之内税部，十二也。郵政有局，十三也。或司特許文憑，或司豐歉歲報，謂之農部，十四也。此外有騎役局，有司印甸土人事局，則繫之樞密院，微獨難以美利加，概且難盡以英吉利例也。述加納大政制。

加納大官制小敘

加納大海陸軍官制別詳《兵要》。其疆吏所謂臯分拉迎起夫者，猶中國總督也，加納大領全地之第一疆吏視此。所謂魯挺登特臯分拉者猶中國巡撫也，加納大諸部落之疆吏視此，皆任自英國之君。其它屬地或官非民願，易之至再至三，加納大未至於斯。然爲有自主權之屬地，是以疆吏以下佐貳官，疆吏實進退之，議院之員則舉自民。述官制。

加納大學校表小敘

翁打里約有總司學校官長一，小學校生四十七萬五千，中學校生一萬三千，其大學校在會城者三，在外邑者五。又有農學校、女學校、盲啞學校、稚犯學校，皆有官司之，貴壁有總校長一，佐者三十有五。其生多寡有差，少長各從厥便：紐勃郎司委骨以五歲至二十爲限，那拔司果夏以七歲至十二歲爲要，布林司埃奪瓦脱以七歲至十三歲爲要，瑪宜脱拔學尠嚴限，所由生數較多矣，勃里治西科侖布亞以六歲至十六歲爲期，有生十五即設一校，以三人理之，諸司威士奪里土利有生十一即設一校，亦以三人理之，欲其弦誦日增也。紐反蘭大小學校四百八十。

部落學校之費或助自官，或集自民，或半籌自議院，或束修增自諸生，有同有異，有增有減。述學校表。

加納大大事編年表小敘

編年斷自乾隆二十五年，前此加納大猶未屬英也。英屬地不皆有自主權，而加納大有之，不詳，《四裔編年》所略，欲徵安危所繫、利害所關，其道末由。衣豈無領？疇其挈之，網豈無綱？疇其理之。述大事編年表。

加納大電報表小敘

加納大電線十年一綜計之。光緒六年，翁打里約電報公司報前一年千八百七十九加納大全境電局一千六百一十有九，其電鐘一百七十二萬四千三十，其入銀四十七萬八千四百三十五圓三十二仙，其費銀三十三萬五千五百七十三圓八十三仙。明年千八百八十電局一千六百七十有四，是增五十五矣，其入銀五十五萬八百四十圓一仙，其費銀三十五萬八千六百七十六圓八仙。除費銀而外，據彼人言歲積銀四五萬圓，計自光緒元年始，此利之繫年者也。光緒六年又其綜計電費之期，其一千六百七十四局，各費銀一百二十五圓，凡二十萬九千二百五十圓，其柱一萬二千七百三里有四分里之一，每一英里費銀六十圓，凡七十六萬二千一百九十五圓，其線二萬一千五百六十八英里有半，每一英里費銀四十圓，凡八十六萬二千七百四十圓，其水底線費銀三萬一千六百三十圓七十九仙。局之在阿打窪、貴壁、夢奪里耳諸處者，凡費銀二十九萬九千六百五十二圓三十八仙，支自帑銀九萬三千三百九十圓二十五仙，支自鐵道公司者十一萬四千九百九十九圓十一仙，支自銀行及局中者五萬九千四百有二圓六十八仙，綜而計之，銀二百四十三萬三千二百六十圓二十一仙。合本銀言，非僅就歲費言，此費之分類者也。述電報表。

加納大雜事小敘

不拾遺、不閉户之風未敢於加納大信，豈富庶未臻故歟？抑清議之權亦遜美利加歟？而因陋就簡之譏，彼又豈不欲免歟？於是删其繁瑣，觀其扶持，曰刑略，曰補救，曰保險，曰新報，述雜事。

加納大郵政表小敘

加納大之郵局歲入銀二百二萬二千九百九十六圓，費銀二百四十五萬八千三百五十六圓，其郵路一千八百九萬一千九百九十六英里，是一英里費銀十三仙有半也。傳别國信，其重五錢需銀三仙，傳境内信，其重如前需銀一仙，重數增則銀數亦增，此光緒十三年大略也。十年一較其損益，西一千八百八十五年，當我光緒十一年，以前十年較之，則當光緒元年也。述郵政表。

游歷古巴圖經敘

華黎饑驅，僑海國無慮數百萬，航古巴島百之一二耳，然亦十數萬。光緒四年倒懸頓解，而是島土著困虎苛如初，防口甚，道路以目，嗟嗟，彼孳孳爲利者猶亟亟甘鴆也。謂無人焉可，隸土其有常乎？得如議售猶幸。雲龍游古巴裁十八日，紀述古巴事之書已有譚氏《古巴雜記》，論者謂難出巢臼，其然耶？其不然耶？文求其是，奚必己出？雖然，譚記今已二載，測天猶是而歲月異，察地猶是而舟車異，問俗猶是而喜怒異，民生物産猶是而增減與盈虛又異。糖商浸被鄰奪，淡巴菰工亦視昔數縮，若水師，若疆吏，若大小學校，總之不離有退無進者近是，欲仍譚説烏乎仍，况恥剿襲，志也，難强同體也。

爲類九，爲子目三十七，爲卷二。時譚權領事，問難倚之，而諧音、轉注得李隨使之騏力居多，惜僑黎尠見者，寡聞職此。光緒十五年四月十七日，傅雲龍自敘於太平洋嘉力舟。

古巴經緯表小敘

古巴，日斯巴尼亞屬地也，居北阿美利加洲東南，爲西印度群島之一，開方無幾而割員有度。緯線起赤道北十九度五十八分或曰五十分，非也，訖二十三度十分，經線起中華京都偏東一百六十八度三十分五十四秒，訖一百七十八度四十分五十四秒，以英吉利計，則起偏西七十四度七分，訖八十四度五十七分十二秒，附島難可並計也。述經緯表。

古巴寒暑表小敘

古巴夏不如冬，冬曰乾天，雨恒起夏四月，訖冬十月西五月至十一月，然有終年雨者，雨多之年，夏灣納二十七寸有八，少則十二寸有七。雪不恒有，咸豐元年、五年西千八百五十一、千八百五十五一再雪。七月至九月西八月至十月多大風，十月至正月西十二月至二月無貿易風，而北風一日再至，然風輒偏西。其東恒地震。凡高海面千尺之地多爽，終年不衣棉也，沿海風亦解慍而溼熱甚於内地，温度惟嘉慶十八年千八百十三至一百有四，餘則暑恒九十，寒亦六十。述寒暑表。

古巴分疆表小敘

古巴一島部落六：曰夏灣納，爲轄全島疆吏之治，曰兵納里屋，曰馬丹薩，曰山得客拉納，曰波都樸領希皮，曰山地亞低古巴。島人謂之部路分錫亞，如中國之道隸部落者，名拔底多，猶州縣也，大小有差，又其次名得耳民羅司末力息拔理司，猶郵鎮也。與其虛擬，曷若原名之存實也？述分疆表。

古巴四至八到表小敘

兵納里屋在夏灣納西，餘四並在其東，此西印度群島之巨擘也。其東米希岬，距赫基島九十七里奇兒美得禄四十八，有峽名穗多阿，其西三安多宜呵岬距欲家丹海岸二百六十一里有奇奇兒美得禄一百三十，其南距若米加島一百七十一里有奇奇兒美得禄八十五，其北距美利加之佛勒里答二百六十一里有差奇兒美得禄一百三十，然環島皆海也。全島寬狹四十里至二百六十一里有差奇兒美得禄二十里至百三十里有差，平均之爲一百六十餘奇兒美得禄八十。面積廣袤，古巴以奇兒美得禄計也。述四至八到表。

古巴部落名稱歸一表小敘

古巴之拔底多二十九詳《分疆表》，就地問名，譯人人殊。部落凡六，如夏灣納，如馬丹薩，當以案册爲據，餘則審音立目，聊袪兩歧，敢云一是耶？述部落名稱歸一表。

古巴城市小敘

海國大率無城，況島耶？然古巴之夏灣納則昔有今無。其街衢略似美利加，然絜穢殊塗。述城市。

古巴島山合表小敘

古巴人言島曰基，言群曰音低鴉，言西曰威士多，謂古巴爲群島西者也，古巴一島耳。雖然，北岸島五，小島六，鏈島三十七，小鏈島五百二十一。鏈島者灰石結成，色白，南少於北，而喀尤拉葛島方里一百有五英里三十二是其著者。附島以兵諾士爲大。山脈斜畫古巴，段落向東轉西，而東南高，其高八千尺者昔納山也，從旁他迭墨希至沽溜士岬者是，餘難枚舉。兹撘島六十有四，山三十有一，述島山合表。

古巴水表小敘

河以果多爲最，源出希拉迭魯可布林山，入碧烏拉赫斯必郎惹灣，通小舟一百六十五里英里五十，此外通舟僅十六里英五或二十里英八耳。泥罹河有瀑布二百尺，有天然橋。自北至南，河流不下二百六十，然多而短，撮著名者三十有一。其湖凡三，鑛泉難更僕數，撘厥大要，衫林鵝而外皆硫泉也。述水表。

古巴疆域雜識小敘

古巴地形狹長而伸縮，北稍圓轉，東南高於西北，海岸之北尤窪，潮汐競澆，溼熱職此。內地奇闕時聞，拉雜及之。述疆域雜識。

古巴風俗小敘

古巴屬日斯巴尼亞國今已三百九十八年計至光緒十五，土人雖自有俗，已習其十之八九。秘魯初亦同屬，若服色，若飲食，若居處，若昏祭，類非逕庭，而主奴之性，黨伐之情，則難可同日語。略彼所詳，同中見異，述風俗。

古巴人數表小敘

《瀛環志略》言古巴民七十萬，少於《古巴雜記》七十四萬六千七百二十八。《古巴雜記》一百四十四萬六千七百二十八，少於今光緒十四年四[一]千八百八十八十五萬九千八百九十八按西人書云一千七百七十四年人十七萬一千六百二十，一千七百九十一年人廿七萬二千三百，一千八百六十年人二十八萬，内五十萬四千爲白人。人類凡五：一華人，一日斯巴尼亞人，一諸國人，一土人，一黑人。其華人散居夏灣納及外埠阿格沙山宴多尼約偉羅司，又兵納里屋及外埠巴拉西我士括納海阿迭美沙，又馬丹薩及外埠嘎耳低納司北美哈歌郎，又山得客拉納及外埠施拉馬連納沙華刻楠低，有增有減，而島册云四萬三千二百九十八，數如厥册，總數乃符，然較之中國領事所注與採訪册新增之數互有微異。

黑人居三之一，未滿奴限尚在十萬以外。綜而計之，人凡一百六十萬有六百二十，男居十之六。述人數表。

古巴華人往還表小敘

華人至古巴自道光二十七年始西千八百四十七。先是誘入糖寮，月銀四圓，八年爲期，得滿工紙可易行街紙爲自主之工，月貲二三十圓或倍。而工主於期滿勒爲助工，鞭棰且甚牛馬，逸則拘官所，若橋若道，唯其所驅，久無主認，行復賣之。事聞，同治十二年令前副都御史陳蘭彬往詰，光緒四年訂約置總領事等官，乃釋所拘二千餘人，給行街紙四萬三千有奇，爲通書郵則繙譯譚乾初力居多。此四十二年間來者不下十二萬有奇此外未登岸者一萬七千有奇，或病或溺，或鎗或自盡，注領事册者四萬三千二百九十二較彼册少六：：滿州一，廣東三萬八千二百三十四，廣西三百四十一，福建三千七百三十三，浙江一百有五，江南七十八，江蘇六十三，直隸十五，江西百六十七，安徽、河南各八，湖南百七十六，湖北山東各三，山西、甘肅各二，四川五，雲南一，貴州二，安南國入華籍者百四十九，生於古巴者百九十六，其餘八萬有奇，歸僅百之一二。貿貿然來，初呼豬崽，近則非商不遽至，是以增者寥寥，而册數未與聞也。述華人往還表。

古巴物産小敘

物産繫地，據英吉利人著書言，古巴農地二百六十六萬三千野格，荒地七百四十四萬一千四百三十五野格，林地一千五百三十九萬一千野格，牧地有二：一不假人力者八百六十七萬四百六十野格，而出自人闢者八十三萬二千野格，此與古巴人所計奇兒美得禄異矣，然梗概已見此。

産物陸地也，沿海鱗介充斥，難盡見聞。述物産。

古巴錢法表小敘

古巴銀錢無自鑄，用美利加、墨西哥兩國銀錢。來輒穿小孔一，不欲如蚨復回飛也。金錢鑄自日斯巴尼亞國，其最爲十七圓，次對開，次四開，次八開，次十六開，厥數有差，厥等凡六。銀紙之等次十有三，其用僅抵銀錢十之四。全島六部，用銀錢［紙］者三：一夏灣納，二兵納里屋，三馬丹薩，餘用實銀。其金半兩，合銀八圓有五。先是流通金錢約三千萬至三千五百萬，銀底約百萬有奇。銀紙之存夏灣納國銀行者，光緒六年西千八百八十年四月三十日報約五千七百八十五萬七千圓，内四千四百五十萬是爲巴西代製。其銀之輸自外國，光緒二年千八百七十六六百十六萬九千圓，明年九百四十一萬四千圓，又明年九百一萬一千，五年四百七十一萬二千圓，六年五百二十五萬七千圓，越四年遂衰。述錢法表。

古巴税略小敘

古巴人之蓄怨日斯巴尼亞大抵以税重故，然問歲貢其國幾何，則曰無地非磽也，鑛非匱也，蔗與淡巴菰之類非遜也，而官肥民瘠，道路以目，斂者自若，光緒十年西千八百八十四災異四出，黑人晝攫，其國有減税議而實政未聞，詢厥底蘊，且諱言也。人税自有表，爰就得聞述税略。

古巴人税表小敘

人税以行街紙爲左證，舊章之易新例在光緒七年西千八百八十一，視歲入之盈虚課税征之多寡，紙年一易，厥等有七。僑逮三載曰長居，其期未及曰寄居，税外有費，寄居不征也，華人則領事代領其紙。人納册費銀紙二圓或銀一圓有不用銀紙處，年老廢疾免。述人税表。

古巴通商物直表小敘

古巴通商外國自嘉慶二十三年始西千八百十八，越四十一年少旺，時咸豐八年也。論者謂裨日斯巴尼亞國，而於古巴人尠益。光緒六年千八百八十歲計白糖五十四萬六千四百七十九頓，糖汁十八萬五千頓，農物産直九千九百萬圓據英吉利人所著書，嗣是有增。按所産之糖輸歐羅巴者十之二，輸美利加者十之八，直近六千萬圓，不獨夏灣納以淡巴菰爲一大宗也。光緒十年千八百八十四，墨西哥、德意志糖多直廉，古巴糖滯，寮主停工者多，銀行爲之不支，至今猶未盡復。出口貨之直，彼人出示十年前之數，黄銅而外凡直七千八十九萬四千四百二十九圓六角四仙，亦其梗概也。述通商物直表。

古巴銀行表小敘

古巴孤嫠銖積寸累悉藉銀行蓄之，漁利之素封無論已。聞夏灣納諸銀行所藏銀數，光緒六年春西一千八百七十九年十二月三十一日約八百六十五萬七千圓，越三月一千八百八十年三月三十一日約九百八十四萬九千圓，越一月四月三十約一千五十二萬二千圓，亦似日益以進，而十年千八百八十四糖商一蹶，銀行閉者接踵，一在夏灣納，一在山得客拉納之沙華刻楠低，虧銀無慮數百萬圓，其國下令分償數成，然償無幾。今存銀行四，其大者一，餘則或商或農，而當産一行則新議開置也。述銀行表。

古巴鑛表小敘

金鑛少而不王，銅鑛初見脈於道光七年西千八百二十七，銅以戈布刀山爲最。距衫沙戈二十四里有奇奇兒美得禄十二，有鉛有水銀有煙煤，此外石油、雲石、安質母尼、麻苦捏沙鹽、信石之類往往而有。擇厥大要述鑛表。

古巴鐵道火車表小敘

鐵道火車，工之巨者。或曰古巴鐵道道光十七年西千八百三十七長四十五里從夏灣納至詭列土，光緒六年千八百八十長四百六十里，皆約略詞也。按古巴之計里曰奇兒美得禄，算學家謂其一當八分英里之五，不如直言英一里之六分二釐有五，合華二里有六釐也。車運之計重曰多列納達美得力格，其重三千二百四磅有八分磅之五，然則合華三萬八千四百五十五兩有五，爲三千一百五十三斤七兩有五。道分東西，綜長四百二十五奇兒美得禄，約英里二百六十四，合華里八百七十一，其西造至兵納里屋之剛梭拉西甕得猓特，一百五十五奇兒美得禄，即九十六英里有五百五十馬［碼］，合華里三百一十七里，每奇兒美得禄費銀二萬五千八百圓，即英里費四萬一千五百萬二十三圓，合華一里費一萬二千五百八十二圓七角二毫有奇。其東每奇兒美得禄費銀四萬二千七百圓，數多於西十之四，其工較早，其物較備。述鐵道火車表。

古巴陸軍表小敘

古巴全島疆吏曰喀必黨赫列君羅，其職武也。島分部六，夏灣納、兵納里屋、馬丹薩之疆吏所謂喀必納朵羅者，管民不管兵，其兵管自武職，此外三部兵與民同管於喀必納朵羅猶中國巡撫管標兵也，然陸兵分隊自有專司：曰步兵，隊有大小，曰馬兵，有馬一千五百，分屬三隊，曰礮兵，分置礮臺水口，曰機器兵，曰工兵，或鑄鐵廠，或礮工廠，若兵甲，若鎗藥，若鞍轡，若礮臺電線，皆指使之，曰營醫，分内外科兼製藥，曰文兵，謂之得兒時吾，或傳兵法，或持軍令，或司文册，或助疆吏司軍費，亦分步、馬二隊，凡此皆正兵也。其備兵曰測量兵，儲之以修礮臺等事。其雜兵，曰守衛兵或呼紅衫褏，有兵差局，曰民兵一云鄉約局兵，一云義勇，亦分馬、步隊，不受官家月餉，其隊大小視部而分，有自保身家意，曰救火兵，好義者爲之，入局月助銀三圓，衣冠自備，國家待若鄉兵，示優異也，曰牧師兵，其首名阿奇必説，誦經於軍中醫院，曰罰兵，是犯軍法罰爲鄉約局兵者也。後三者無定額，民兵救火兵而外，合之水師歲餉月六百五十萬一千一百有一圓五角。先就島兵有額者述陸軍表。

古巴水師礮船表小敘

聞日斯巴尼亞水師三千，其官正一副六，又次十四。司機器官九十二，管礮兵官五十九，管水師官三百六十一。糧弁三百有一，醫一百六十四，軍律官二十六。謂管駕兵船官曰格布丹，一等二十，其副百，二等四十，其副二百五十八，三等八十七，水手一萬二千九百七十六。其兵船一等十二新造六、練船水師學堂六、廢四，二等十新造六、測海船二、練船一，三等二十新造

一、運船三、練船一，又礮船四十七一將成、運礮船一、礮艇十新造六、水雷艇十三一將成、躉船六，而分駛古巴者水師裁十之一，礮船居十之三。其中一船名山地希馬得力宜達，造自乾隆三十一年，置礮一百十二，而兵船不恒泊也。昔聞英吉利人著書言古巴兵常二萬，兵船三，礮三百，水手四千，覈與今數不符，豈數以時異耶？述水師礮船表。

古巴礮臺表小敘

古巴有修礮臺工兵。全島六部落，惟波都朴領希皮無礮臺：夏灣納八，兵納里屋二，馬丹薩三，山得客拉納一，山地亞戈低古巴五，凡十有九，或曰六臺，非也。匪惟臺尠足持，礮亦舊式居多。述礮臺表。

古巴兵事小敘　據《圖經》補入。

未屬日斯巴尼亞以前，古巴土人不知火器爲何物，平地一轟，聞聲四潰。得之既易，撫之無難，與民休息，伏莽其何滋乎？悖入者，興戎之媒也。述兵事。

古巴疆吏表小敘

武可兼文，泰西通例，微獨日斯巴尼亞國也。古巴第一疆吏以武治民，曰喀必黨赫列君羅，猶之中國總督。夏灣納諸部落疆吏各一，曰喀必納朵羅，猶巡撫也。拔底多之治民官曰阿閏打免度，猶知州、知縣也。然官與地多寡輒有差，如夏灣納轄拔底多六，而所設阿閏打免度則十有二，蓋一自[至]八皆以夏灣納名而分治之，它率類此，要皆視一喀必黨赫列君羅爲轉移。喀必黨赫列君羅一任或三年，或五年，受代靡定。歲禄銀五萬圓，與美利加伯理璽天德同。國王選之，大臣議之，可然後任，誠重之也。雖然，恣飽私橐，輒尠善政。先是咸豐四年西千八百五十四或欲刺其國女王倚薩比牙，賄閽人左右徧，獨土耳塞否，謀乃洩。土耳塞，一百長耳，遂任此，此猶録功，餘檜下矣。刑事有治訟官佐之。述疆吏表。

中國駐古巴總領事等官表小敘

中國之設官古巴自光緒五年始。先是無官保護，華工被誘作苦[工]至十六萬六千有奇，官設，夙虐一清。凡招工地非先設官，其奚可哉！其奚可哉！古巴總領事一，馬丹薩領事一，隨使無定額。述中國駐古巴總領事等官表。

駐古巴各國領事表小敘

領事之駐此者，中國而外二十有七。阿美利加洲居其大半，中國領事雖自有表，然此難闕如。述駐古巴各國領事表。

古巴刑略小敘

有聽訟官，刑視兵輕。有治律學科與醫等，與美利加亦大略同也。就其異者述刑略。

古巴雜事小敘

古巴一島，其人類雜，其風俗雜，其政事之見聞亦罔弗雜。匪第惟是，事分則瑣，事合則連，爬羅剔抉，差勝於遺。述雜事。

古巴學校表小敘

古巴外虞秦蠶，内困虎猛，不勤而戲，且詡厥園曰大宫，曰巴依列，不出大地五名而外則何益矣！而亦有學，尚律與醫，家有子二，輒分習之。學校大者一而已，在夏灣納，其餘曰中曰小，曰畫曰蓺，凡七百六十有六，英吉利人著書謂波都朴領希皮亦有大學校，與所聞異矣。其學生數百人，男居百之四十五，女居百之十五，黑人男居百之五，女居百之六。述學校表。

古巴藝文小敘

游古巴時或嘖嘖稱詩人司馬宜牙、赫力及押，而雲龍若罔聞者，中外體異，未必與政教時一一相表裏。繼聞問學有若士迭納卡把里約，天文有若委宜司，而未見著述，惜著述家又靡遑甄撦也。述蓺文。

古巴金石小敘

古巴兵器、鑛具、園欄、橋柱，多銅鐵爲之，大率鐫日斯巴尼亞字，然非新即率，所見難可入録。石刻訪近古者，聊具甝涔云爾。述金石。

游歷秘魯圖經敘

雲龍遵朝諭游歷秘魯，於光緒十四年冬十二月十三日至自古巴，明年春正月二日即有巴西國之行。無他，程逾十萬，期以二年，雲龍之鹿鹿舟車莫遑寢處以此。此十九日中，諏事歷地，摹圖譯文，亦既獲其崖略，而未嘗不歎如秘魯者，真所謂天時不足恃，地利尤不足恃也。不然，沿海雖無一雨，而高原澤多，氣净而潤，有春秋無冬夏，天時之勝於古巴如此。答拉八嘎爲其銀鑛最，硝山亦甲大地，地利之等於美利加又如彼，何農不可務？何工何商不可興？西人謂其有利權國也，而貧與弱一至於是。其官以減禄爲捷徑，其兵以半餉而濫竽，其兵輪以一蹶而未即復，無怪其外侵内鬨，而僅以交際左支右持也，誠如是亦奚足述！雖然，十五國之詩不删鄭衛，春秋一百五十餘國不略滕杞，豈非以勸與懲固未可偏廢歟？而況以華人著述秘魯國事之書前此未之有也。於是撮厥大要，分爲十有一類：曰天文，曰地理，曰國系，曰風俗，曰食貨，曰考工，曰兵略，曰外交，曰政事，曰文學，曰敘例。析其子目凡四十有二：蠶食亦懼，輿圖如故，赤道以南，隱割二度，述經緯表第一。當我京師，日午未移，較之彼都，差逾五時，述中國秘魯較時里差表第二。不雨而腴，濱海塗紆，不旱而浄，高邊之區，述氣候第三。割員起止，開方視此，二度一格，如掌可指，述地理圖第四。亦安亦危，而亦相維，曰郡曰邑，聊復擬之，述分疆表第五。海西陸東，斷續異同，述四至八到表第六。土酋其先，西屬世延，自立爲國，五十餘年，述沿革第七。有革有因，於海之濱，述海埠舉要表第八。譯既音殊，絲棼將無，豈曰一是，矛盾可乎？述秘魯國部落名稱歸一表第九。島岬星羅，灣港舶多，述海道大要表第十。航海有聲，西人稱英，志杜敷衍，庶不虛行，述海濱雜識第十一。火山煙馳，雪山雲支，問其脈最，曰地安師，述山第十二。阿馬所納，河以長名，低低嘎嘎，湖莫與京，述水第十三。耳治所存，難盡欲言，述地理雜識第十四。厥跡已陳，嗟彼土人，書缺有間，孰創孰因？述立國以前代系表第十五。合衆之美，以彼擬此，而亦有權，立國其始，述國系表第十六。嬉與勤殊，習亦嗜俱，述風俗第十七。幅錯犬牙，生聚有差，述人數繫地表第十八。類聚西東，有異有同，述民數分類表第十九。植蔗地腴，養馬獸殊，應有儘有，而果腹無，述物産第二十。銀穴四開，而硝山摧，述鑛産第二十一。謂一梳者，即一圓也，鑄銀則多，鑄金蓋寡，述錢法表第二十二。利柄競操，而赧臺高，述國債表第二十三。兵食足乎？民信有無？述國計第二十四。商亦取攜，而非國黎，述商務雜識第二十五。糖寮工催，庶其甘回，述田寮工表第二十六。工尠自爲，舉其所知，述考工第二十七。軌道平平，而以高名，述鐵道表第二十八。其轍則符，其道或殊，述鐵道分數異同表第二十九。旁觀則清，對鏡則明，述別國鐵道比較表第三十。外食如蠶，内玩虎耽，述兵略第三十一。通商從同，此重惠工，述中國使臣以次表第三十二。論交未已，賴有此耳，述别國駐秘魯使臣領事表第三十三。槎使如初，交質非歟？述秘魯使别國表第三十四。亦吕例如，彼則權輿，述大事編年表第三十五。灌頂之刑，聞所未經，述刑略第三十六。無速無遲，郵筒四馳，述郵表第三十七。或後或先，或斷或連，述雜事第三十八。文亦不同，非譯曷通，學豈其異，嬉難爲功，述學略第三十九。劉班遺恉，備譯述耳，游歷之責，不盡在此，述蓺文第四十。豈好奇乎？今古事符，貞樂不多，聊勝於無，述金石第四十一。實事之符，與鑿空殊，猶之曝背，敘以貢愚，述自敘第四十二。圖經非先，其例有專，述專例第四十三助雲龍見聞者，駐秘魯代辦使林怡游也，斠字者雲龍子范初、范翔也。

秘魯經緯表小敘

經緯［綫］者，隨處之子午線，亦即隨處之中線也。中國以京都觀象臺爲中線，秘魯國則以其都利馬爲中線，自中國中線偏東一百六十二度至一百七十六度，而表就治言，未就起訖言也。其國緯線原起赤道以南四度訖二十二度，蓋在中國京都緯度南四十三度至五十八度也，今除答拉八嘎與達格納二部落，則南少二度矣。然畫地之議猶未盡決，聊因彼志甄録如初。述經緯表。

秘魯氣候小敘

五大洲無雨之地在東半面亞細亞洲者，若蒙古之腹地、西藏之高原、澳大利亞之中央與夫亞拉伯、波斯、俾路芝諸國，又有亞非利加洲摩拉哥國與夫撒哈拉之高原、埃及之南疆，在西半面者，北阿美利加洲獨墨西哥高曠之野耳，南阿美利加洲有若迄地馬拉，有若委内瑞辣之北，而秘魯國海岸亦其一也。雲龍於光緒十四年冬游秘魯，沿海童山，草無一碧，問之土人，則曰不見微雨十載於兹矣。於是叩其所以，良由不毛之地，沙石既廣，受日熏灼，空氣遂熱，潮汐之溼，熱氣化之罔有或遺，其難成雨一也。天文家言秘魯風來自東，海溼一卷，雨霰皆西，無草無木，難可受溼，其難成雨二也。而山腹則否。雲龍游秘魯國都利馬之基格納山，山麓漏日，而層巒雨不得止，豈非樹木致雨之一見端歟？綜而論之，嶠嶺之氣冽，平陸之氣温，巖谷之氣和，海曲之氣燥，固未可一例視也。述氣候。

秘魯地理圖小敘

秘魯國載於《瀛寰志略》僅七部耳，厥後拓土至二十一部落，惜乎其南之答拉八嘎已入智利，是以圖内以黑點間之，達格拉一部落亦駸駸乎有久假之勢。西南一面濱海，然就航海之程言，則曰東岸也。以在天二度爲圖之一格，經緯瞭如指掌。分圖屬草，而惟以總圖鐫銅於游日本時者，時限之也。述地理圖。

秘魯分疆表小敘

秘魯國人無所謂郡與邑也，譯者以中國之誼例之云爾。《瀛寰志略》云地分十二部，曰加拉架，曰加波波，曰馬拉該波，曰哥羅，曰都盧詩羅，曰美黎達，曰瓦黎那白亞不勒，曰瓜牙那，曰古麻那，曰巴爾塞羅那，曰馬爾加黎大，而雲龍游歷時則不第唯是，曰利馬，其國都也，此外曰比五納，曰嘎哈馬格，曰阿馬所納，曰羅乃奪，曰龍拔野格，曰利必達，曰安嘎奇，曰晚羅戈，曰呼甯，曰古四戈，曰嘉里約，曰温嘎威里格，曰阿牙古曲，曰阿不勒馬格，曰補羅，曰倚格，曰阿勒吉拔，曰莫格谷瓦，曰達格納，曰答拉八嘎，凡二十有一部落。然答拉八嘎已割入智利國，達格納雖十年之期未届，而千萬之銀奚償？所屬自有國章，難可云非久假矣。於是僅録其部落一十有九，其屬如中國郡者九十有一，如中國邑者七百三十有九，述分疆表。

秘魯四至八到表小敘

秘魯國面積方里據英吉利人書云五十萬。利馬爲其國都，都之西曰嘉里約，都之東曰呼甯，呼甯之東曰晚羅戈，都之北曰安嘎奇，曰利必達，曰嘎哈馬格，曰阿馬所納，曰龍拔野格，曰比五納，都之南曰温嘎里威格，曰阿牙古曲，曰倚格，曰阿不勒馬格，曰古四戈，曰補羅，曰阿勒吉拔，曰莫格谷瓦。又有二部落曰達格納，曰答拉八嘎，一質於智利，一入於智利也，而秘魯人則曰暫議云爾，姑如厥志。述四至八到表。

秘魯海埠舉要表小敘

秘魯不濱海之部落曰嘎哈馬格，曰阿馬所納，曰羅乃奪，曰晚羅戈，曰呼甯，曰古四戈，曰温嘎威里格，曰阿牙古曲，曰阿不勒馬格，曰補羅。其國都利馬即嘉里約部落境也。其濱海者，曰比五納，曰龍拔野格，曰利必達，曰安嘎奇，曰嘉里約，曰倚格，曰阿勒吉拔，曰莫格谷瓦。此外曰達格納則暫屬智利者也，曰答拉八嘎，則已非其有也，而秘魯國説則曰是固有者。述海埠舉要表。

秘魯國部落名稱歸一表小敘

雲龍既依馮繼先《春秋名號歸一圖》爲《合衆［國］名稱歸一表》，雖非一是，差免兩歧矣。繼游秘魯，其方言猶沿日斯巴尼亞，其見之英法人所述秘魯事之籍，又不盡同日斯巴尼亞語，而况游非一地、譯非一人耶？不董里［理］之，將毋紛如？述秘魯國部落名稱歸一表。

秘魯海道大要表小敘

秘魯之西南濱海，峙者爲島爲岬，流者爲灣爲港，星羅之嶼，風舶之涯，不勝録且未遑録也。兹撮厥著而要者，得島十有九、岬十有三、灣六、港九，海濱雜識可互參也。述海道大要表。

秘魯海濱雜識小敘

英吉利人航海有聲，雲龍推求其故，蓋於東、西二洋繪圖著説，罔有或遺，於南阿美利加洲海岸尤能詳人所略。舟主輒挾一册圭臬視之，惜乎其無從購也。雲龍游秘魯時亦欲以目證耳，以問助學，雖周密難期，而詳略或亦互見歟。述海濱雜識。

秘魯山小敘

安地師山爲南阿美利加洲山脈之宗，微獨秘魯然也。而秘魯諸山鑛苗出之、河源導之、舉國形勢又繫之，况基格納山之鐵道爲五大洲最高者，游目所及，其可忽諸？述山。

秘魯水小敘

河以長言，以阿馬所納河爲第一，蓋一萬二千九百六十英里也三萬八千八百八十七華里，而《地理全志》云華里三萬一百五十，《地理説略》云一萬五千。湖以闊言，以低低嘎嘎湖爲第一，蓋一萬二千英[方]尺也。阿馬所納河不僅流秘魯國境，而阿馬所納一部則以河名。秘魯他水或入太平洋，而入阿馬所納河亦多。河水之異，泉眼四噴，時出河底，亦見所未見也。汲泉之井録不勝録，而西流之溪亦難概略。述水。

秘魯地理雜識小敘

雲龍游秘魯日淺，停峙之脈絡、水陸之關隘，亦惟撮厥大要不虚跋涉云爾。舟車耳目，鉛槧繫之，述地理雜識。

秘魯立國以前代系表小敘

宋大觀元年以前秘魯無稽，此後計至明嘉靖十三年，其部落曰英格斯，土酋十有三，歷年四百二十有七。嗣是日斯巴尼亞人碧沙羅得地，其國遂以碧沙羅爲疆吏，在[嘉靖]十四年，譯者比之中國總督。其後歷任四十有五，歷年二百八十有七。逐吏自立爲國，時我大清道光元年也，名秘魯曰上秘魯，名玻利非亞曰下秘魯，如是者四年，歷任八。由是秘魯於道光五年自爲一國。綜此三變，凡七百八十三年。述立國以前代系表。

秘魯國系表小敘

秘魯立國斷自道光五年，前此與玻利非亞猶一國也。擁土方里五十萬，不建號、不世及，一似以華盛頓爲規，天道地寶，亦未爲遠遜百十，而安危異轍，肥瘠異形，無它，所由異也，立國固不在襲跡哉。伯理璽天德四年一更代，例許復任，而聯任則否，有故則副得代理。其間同治十一年權任之阿列納，則部臣代也。自始至今歷年六十有奇，歷任已七十二，則及期者少也，而其人僅五十有二，則復任者多也。述國系表。

秘魯風俗類識小敘

《職方外紀》謂孛露以珍寶嵌面，或以金銀環穿唇及鼻臂股，或繫金鈴，復飾重寶，夜中光照一室，此殆指土人舊俗言歟？又言宮室以黄金爲板。雲龍按：孛露即秘魯也，而游目所逮，皆不其然，移風易俗，時使然也。於是諏其族類，察其形性，觀其服飾，辨其飲食，探其居處，考其俗禮，述風俗類識。

秘魯人數繫地表小敘

昔覽《萬國地理全國[圖]集》曰：伯路國民二百七十九萬，伯路即秘魯也。雲龍游歷其國民數轉減，僅二百六十二萬一千九百二十有四，其間僑黎往往而有，即如華人無慮五萬九千，非入籍也。説者謂智利一戰溝壑無算，而不第是，蓋答拉八嘎已生聚於智利户口册中，達格納雖曰議猶有待，而林總已不屬矣。述人數繫地表。

秘魯民數分類表小敘

華人之至秘魯國自道光十八年始，光緒元年已十一萬有奇，然生存者五萬九千耳。糖寮甘苦，今勝於前。其僑利馬嘉里約者一萬二千有奇，餘則散居，多寡有差，或曰三百有五萬，非實數也。其入籍之民出自日斯巴尼亞裔者凡二百一十一萬九百二十有四，其他來非一國，白黑雜見。先是黑者爲奴，掠買風熾，咸豐五年千八百五十五禁之，著爲令，自是黑人亦視爲民，而土著則所謂赤人也。述民數分類表。

秘魯物産小敘

《職方外紀》所謂孛露者即秘魯也。據其書言：『五穀百果草木皆上品，鳥獸之多、羽毛之麗，亦天下第一。出金，獨不産鐵。』雲龍觀之不盡然也：其農不逮美利加遠甚，其羽毛亦難與巴西匹，鐵鑛之多雖不如銀，然亦未爲不産。其植物以蔗爲大宗，蔗宜旱，而秘魯海岸十年曾不一雨，六年之獲出於一年之植，可不謂易乎！其動物以養馬爲它國所罕，養馬形略似羊，不惟驅策倚之，且鑄之銀錢，亦珍之也。厄馬之禽虒如牛，碧格福羅爾之禽嗜花如蜨，又其次也。然致富以鳥矢最。述物産。

秘魯鑛産小敘

《職方外紀》謂秘魯獨不産鐵，何所見而云然耶？特不逮銀鑛多耳。日斯巴尼亞銀甕四開，利權一握，秘魯自立而後，藉使以農濟工，經營一如美利加合衆國，安在其懷寶嘑饑也？硝山之冠頓非其有，可惜也已！述鑛産。

秘魯錢法表小敘

秘魯有鑄錢局。金云可鑄而未見其鑄也。鑄銀自嘉慶二十三年始，日可鑄二萬五千梳，一梳即一圓也。錢式：一養馬，一螺，一木。其重約中國六錢六分，每百四十梳可易美利加銀百圓。其銀紙，三年前十五梳直銀一梳，光緒十三年銀一梳易三十紙梳，今無用者，惟納税每百圓入銀九十五，以紙梳一百五十抵銀五梳，蓋收銷也。同一銀紙，美利加與銀無差，且便於銀也，而秘魯則否，所由異矣。述錢法表。

秘魯國債表小敘

美利加合衆國債初以餉絀而不妨有，今以利輕而不必無，而秘魯則否。利以五六分爲率，無一輕者，未給之利無慮銀五千數百萬，遑言所借之數也。有外債有内債，内債孰謂？謂借自國人者也，綜數三十六千八百四十五萬七千九百四十梳。述國債表。

秘魯國計小敘

聞之秘魯人言：囊括而西，執政者不無其人，國計之絀以此。其然耶？其不然耶？以地不愛寶之區而有民不聊生之慮，非國難爲計也。於是問其關榷，諏其地直，撮其歲計之出入，述國計。

秘魯商務雜識小敘

秘魯初亦以商爲務，然多不自爲。商於秘魯者以英吉利、美利加人爲最，華人及法郎西、德意志人次之，其餘諸國又次之，雜物則義大利人互市居多。外受蠶食，内滋角觸，於是民貧而商亦不王。綜其大要，曰銀行，曰保險，曰輸出輸入，曰商船，述商務雜識。

秘魯田寮工表小敘

此糖寮工也，秘魯之工獨此有聲耳。何以不言糖寮？若酒，若棉，若醯，若麵包，實兼製之，土人呼曰阿先達，譯言田寮也。先是寮凡四千四百七十有三，光緒二年千八百(六)[七]十六，工數十有一萬；今也地割則寮減，於是寮工不逮三之一。述田寮工表。

秘魯考工小敘

秘魯之工以糖寮爲大宗，華工初被誘入，其苦與古巴無異，中國設官，倒懸頓解：工貲自得，食力者甘之矣。其寮工多非昔比，其硝工半已它屬，其鳥矢之工雜出，其酒工供醉有餘，滋利則不足，而棉花工廠，一而已，況工主半出別國，與美利加之自課之而自利之又有間矣。述考工。

秘魯鐵道表小敘

秘魯鐵道自同治初年始，其嘉里約峩羅里牙一段雖未蕆工，其高已爲五大洲之冠。造自別國者，成於美利加人點格士十有二段，此外第曰公司，不專出一國也。凡鐵道一千七百二十七[英]里有半，合華里五千九百一十一，每英里約費銀十一萬五千六百七十一圓，即[每]華里約三萬八千五百五十七圓也，拾羅得巴司葛所費尚無定數。此外二十段，凡費一萬四千有八十九萬圓，然八底約士至阿沽納士一段，又答拉八嘎一段已議歸智利矣，此近年數。或謂光緒六年千八百八十其鐵道一千七百四十四［英］里，費二萬萬一百七十一萬千六百七十三圓，是擬數非碻數也。述鐵道表。

秘魯鐵道分數異同表小敘

秘魯鐵道或官或商，或議或停，此據已成者言，田寮短道不在其內。修自何國公司即從何國算法，計長之里與尺既遞增之，復並數之，計高之尺或先增後減，依地勢言也。述鐵道分數異同表。

秘魯與別國鐵道比較表小敘

秘魯鐵道寬者四尺八寸有半，次則三尺六寸，較之別國八尺之廣、三尺之狹，蓋有異焉。其尺以十二寸計，匪獨秘魯鐵道然也。雖利之虛實在彼不在此，而工費繫之，其可忽諸？述秘魯與別國鐵道比較表。

中國駐秘魯使臣以次表小敘

中國與秘魯立約，當同治十三年五月十三日，爲秘魯立國五十年，即西紀一千八百七十四年六月二十六日也。命出使美日秘大臣自光緒元年十一月十四日始，而陳大臣未至秘魯。其至秘魯遞國書自鄭大臣始，其以參贊代辦秘魯使事自徐壽朋始，其爲嘉里約領事自劉福謙始，隨使多寡往還靡定。述中國駐秘魯使臣以次表。

别國駐秘魯使臣領事表小敘

秘魯國事弱矣危矣，内外交困矣，而國系未之或絶，論者謂其計之得賴外交耳。玻里非亞與約密甚固無論已，即面和暫和如智利，亦禮厥使不少衰。不然，嘎綏勒士之役壁壘四逼，别國使臣咸欲爲之排難解紛，何也？然則外交亦曷可少哉！中國使自有表，其他有二等，有代辦，下此有總領事、有領事、有副領事、有代理領事，述别國駐秘魯使臣領事表。

秘魯使别國表小敘

秘魯之使别國也，中國而外凡國十有三，設總領事之國十有八，設領事之國二十有三，設副領事之國十三，設代理領事之國七。其使皆二等，其領事不盡有禄，有之者四：一在巴西之巴拉，二在埃瓜多之瓦亞基，三在美利加之紐約，四在科侖布亞之巴拉馬，皆總領事也。述秘魯使別國表。

秘魯大事編年表小敘

秘魯國事，《四裔編年表》曾未一及，今依《游歷美利加圖經》例，以光緒十五年爲斷，而自道光五年始，前此猶非自爲一國。述大事編年表。

秘魯刑略小敘

秘魯無死刑，常律不外監與罰二者，雖然，鎖項之鐵、灌頂之水，毛髮不生，可不謂非刑乎？無虐非罪，無曠犯工，有可取焉。述刑略。

秘魯郵表小敘

秘魯郵紙行用之法大略與美利加相似，信遞中國京都以兩月爲率，新聞紙不出其境無郵費，凡信取收單記號謂之單包，無論輕重若干，每封加銀一角有半，交信至宅酬使二仙，如入信筒則月支一圓。今據光緒十四年一千八百八十八郵寄出入數述郵表。

秘魯雜事小敘

華工之僑秘魯自道光十八年始，計至光緒年間，無慮十一萬有奇，今存者五萬九千耳。瑣尾流離，存亡參半，甚至非癃即盲，盲工院之興以此。若此之類見聞無多，難自爲篇，聊復唏嘘識之，非敢瑣屑視之也。若電線，若新聞，閣筆自休，其奚可哉！述雜事。

秘魯學略小敘

秘魯人非不言學，而嬉不敵勤，既尠專門，復無傑出。雲龍舟車所至且苦其文與英又異也，於是考厥文字，諏厥學校，述學略。

秘魯藝文小敘

美利加蓺文既附之文學矣，雲龍訪秘魯圖籍録目如之。雖然，譯美利加書往往而有，而此則尠，爲可惜也。方雲龍游其國都利馬，目治耳治一如游美利加時，而地異言異，文字又不無互異。有著述家，約西其名，苦羅背路左其姓氏也，見雲龍以手代口、以圖諏册，叩門欲證所學，而言不盡意，作而曰：『恨不易舌而語也！』存目待譯其庶乎！述蓺文。

秘魯金石小敘

金石家於中國言之，亦偶證經史云爾，何論地背南洲耶？更何論立國已晚如秘魯耶？雖然，沿革證之，戰和徵之，民用之異同又視之，安云文殊物罕而不録也。述金石。

饗喜廬文二集卷八

游歷巴西圖經敘

雲龍既述《游歷日本圖經》三十卷、《美利加圖經》三十二卷、《古巴圖經》二卷、《秘魯圖經》四卷獻之，而復述《游歷巴西圖經》十卷成，敘曰：

往聞中國西航阿非利加洲而至巴西僅四十餘日程耳，雲龍則東航地背，取逕獨闢，由日本航太平洋而美利加合衆國、而英屬地加納大、而日斯巴尼亞屬地古巴、而秘魯國，中間假道新加拉那大國之巴拉馬埠，即東西洋之一蜂腰，西人鑿之而功未奏，長夏不冬，水青而毒，光緒十四年華工至者四百，未幾而罹疫半矣，行人之視爲畏塗以此。槎行赤道，是爲埃瓜多國之境，彼人謂赤道曰埃瓜多，故以名國。既至秘魯，按圖索之，東鄰巴西如犬牙錯，詎知隔一安地師山，雪不得融，鳥難可逾，無車而驢，野人逐逐，非紆航而南取道智利國、巴他峨尼國，無以至也。中間麥哲倫峽在緯南五十四度，爲近南冰洋之第一峽，再南則足跡罕至，《瀛寰志略》所謂風烈霧迷，濤瀧之猛惡倍於大浪山，舟過人人額手喜若更生，即此地也。著裘猶寒，過此則溽暑如初，以冬爲夏。輪泊巴西國都，光緒十五年春二月六日也。豈無華黎？已忘華語，方音半沿於葡萄牙，先譯英文，乃轉漢字，重譯之言，至斯而信。彼都無雨六閲月矣，黄疫四起，日損三百餘人。水筒欲斷，旱魃之驕彌甚。其君居里約熱内路之伯德禄第二園側，而自避暑於伯託波利司，相去四十邁當，七日一至都治事，大吏如之。或勸雲龍休矣，雲龍則謂巴西爲南阿美利加洲第一大國，亦五大洲大國之一，遵朝諭至止，雲龍以前未之有也，創始之記載倍切於人云亦云，而況百聞不如一見，有游歷責，豈避暑來耶？游卜其晝，兼卜其夜，輪蹏於彼都者十有二日，宅瀛艦於海濱者二日，莫之遑息，此何以故？一因旋美利加之輪舟歷二十一日乃得一行，逾此則資無以繼也。一因游程無慮十萬，游期限於二載也。雖然，瑣屑可略，要領所不欲忽，險夷可忘，利弊與損益斷不欲昧。於是就鄭繙譯官汝騤所知巴西往事不吝於言者，而復以目證耳。以今較昔，未嘗不歎巴西可以農勝也。難者曰：『尚農曷若美利加歟？』雲龍曰：『此耳食也，美利加農工商均無偏重，若巴西者，其土宜農爲五大洲冠，其稻獲輒數倍而耨弗如華，其麻種自異常而土未盡利，其棉性堅而韌而織虛厥機，其語茶若沙，傳自中國湖北人，而能植不能製，通國焙茶華工八耳，第而曰金石之工匱、羽毛之工稀云爾哉。論者謂可以養僑黎數十萬，無怪其陽約互市，陰亟招工，其願未諧，其計轉秘，隱引工於新加坡者數矣。與其瑣尾於後，曷若杜漸於前之爲愈？然與其斷而不斷勢將伏虐於中，又曷若要信於外之爲愈也？而非申之以約，護之以官，是誠未可輕許，游歷巴西之大要莫此若矣。此而緘默，臣心安乎？』於是依日本諸國圖經例分類十：曰天文，曰地理，曰國系，曰風俗，曰食貨，曰考工，曰兵制，曰政事，曰文學，曰敘例。爲子目五十有二：

居赤道南，五度有三，測自我京，天豈漫談？述經緯表第一。彼都午時，減我京師，約略計之，五時有奇，述中國、巴西較時里差表第二。旱虐偶耳，而游值此，我冬彼夏，難一例視，述氣候第三以上天文。開方割員，洲南海邊，南狹北侈，厥圖銅鐫，述地理圖第四。沿葡萄牙，而自立誇，六十七載，君去何耶？述沿革第五。陸西海東，高下難同，述形勢表第六。疆吏所立，其分二十，述部落表第七。厥郜已細，厥邑四隸，述邑表第八。正邑維繫，《元和志》例，述四至八到表第九。譯文輒殊，况重譯乎。不畫一之，豈矛盾無？述巴西國部落名稱歸一表第十。危峰雪支，起伏雲馳，其脈維何？曰安地師，述山第十一。島若星碁，而岬附之，述島第十二。以河長論，曰亞馬孫，入河入海，源流名存，述水第十三。水不在大，通舶則會，互市者流，竭徠是賴，述通舟河道表第十四。初亦無渠，亦濬亦疏，述渠第十五。鑛泉非寒，格致一端，述鑛泉第十六。埠隝其良，燈臺有光，述海濱雜識第十七以上地理。二代之系，前非其例，述國系第十八國系。其同亦多，其異則那，述風俗類識第十九風俗。既招徠之，復生聚之，注籍成數，十兆有奇，述人數繫地表第二十。金石非虛，種畜猶疏，羽毛競美，而疇克如，述物産第二十一。甲穿層顛，犀照重淵，地不愛寶，洲南其然，述鑛産第二十二。蠶桑亦知，農其最宜，述農務第二十三。互市行止，盈虛繫此，述商略第二十四。海口物奢，進出有差，述進口出口貨直表第二十五。對鏡易明，且較絀嬴，述别國商務比較表第二十六。亦賦亦征，而出稅輕，述海關出口物税表第二十七。預計隔年，量入則然，述財用第二十八。三品之幣，重輕有制，述金銀銅錢比較表第二十九。築臺赧如，有實有虚，述國債繫地表第三十。其土陳陳，闢亦日新，述食貨雜識第三十一以上食貨。居肆之工，而重從戎，《周官》遺意，不謀而同，述兵器工第三十二。鐵道工長，官不如商，述鐵道官工民工表第三十三。知機無方，利器者良，述考工類識第三十四以上考工。海陸軍殊，而練異乎？路遺無拾，人火無虞，述海陸兵制第三十五。軍學專家，勿剿襲誇，述海陸軍學第三十六。螺輪巧拙，木不如鐵，若魚水雷，聲銷跡滅，述兵船表第三十七。僑黎遄征，護之以兵，述新疆戍兵第三十八以上兵制。富强未全，而四其權，述政第三十九。以禄勸忠，而數不同，述官禄表第四十。有要盟者，《春秋》意也，述外交第四十一。一以貫之，大要可知，述大事編年表第四十二。異曲同工，庶其折衷，述中國巴西度量衡比較表第四十三。禁罰而已，例準西視，述刑略第四十四。息息相通，西將毋同，述電報表第四十五。有總有支，傳舍星馳，述郵表第四十六。或清議參，或風化諳，述雜事第四十七以上政事。敎學籍注，亦趨亦步，述學校師生表第四十八。鳥亦知止，誰甘遯此，類聚群分，彼其之子，述問學類識第四十九以上文學。居志勿違，求是知非，遷固之體，雖具而微，述自述第五十。例貴通權，豈曰無專，述專例第五十一。

巴西經緯表小敘

巴西國起赤道南緯五度三分，訖四十度。其國都出南極高度二十二度五十四分二十四秒，居中國京都緯南三十八度至六十九度，其經線在中國京都東五十一度至西一百八十七度，即爲英緑威東三十五度至西七十三度，而巴西人輒從法郎西巴黎起算，謂里約熱内路在其西四十五度二十七分，彼此互參，經緯益著矣。述經緯表。

巴西氣候小敘

雲龍航海至巴西國都里約熱内路在光緒十五年春二月六日。彼都以冬爲夏，正溽暑時也，赤烏流沙，時疫四起，日損其都人二百有奇。問何以故，則曰無大雨六閲月矣，無微雨亦再閲月。僑居逸不可止，雲龍乃晝夜兼游，十數日遂行而雨。説者謂巴西北境，赤道增熱，濱海彌溼，彼都已在東南，藉非旱虐，猶不至是，内地苦熱蓋寡，於是進而諏之，曰寒暑、曰晴雨、曰風信、曰氣候。

巴西地理圖小敘

雲龍游巴西時曾創其二十部落分圖之艸，而後僅得以總圖鏤銅版於日本東京者，一限於時，再限於工，爲可惜也。總圖以南下北上，符圖學之正例，以北寬南狹合地形之橢圓，五度一格，合海里三百，是爲華里一千，其廣三十度，其袤不及四十度。海埠之大要、亞馬孫河諸大水之源流如聚米、如視掌。述地理圖。

巴西形勢表小敘

巴西東北迄於東南皆濱大西洋，而正東突出，是以形勢彎環。其陸地岡阜紆蟠，河流出之。其高山曰中嶺，曰東嶺，曰西嶺，曰北嶺，而中嶺最高，嶺矗雲表，高於海面二千九百九十四法尺詳《度量衡比較表》，或云三千一百四十尺，其國它峰莫於京矣。部落二十之界線無一直方，地勢有平有險，有峻有窪。述形勢表。

巴西部落表小敘

部落今分二十，而《瀛寰志略》僅載十有八：曰里約熱内盧，即里約熱内路也，曰勝賓盧，曰三達加達里拏，曰勝伯德禄，即里約哥蘭的叟路也，曰馬的噶羅索，即馬的噶拉士也，曰迷那日來斯，即迷拏日來斯也，曰斯不黎多三多，即斯不列多散多也，曰巴義亞，即巴希亞也，曰塞爾日貝，曰阿拉痾瓦斯，曰伯爾能不各，即伯能不各也，曰巴來罷，曰北里約哥蘭的，即里約哥蘭的諾的也，曰西阿拉，曰標意，即標希也，曰馬拉娘，即馬拉瀼也，曰加郎巴拉，即巴蘭拏也。

今又有二部：曰巴亞拉，曰亞馬孫，則未之載也。於是稽其部落之治著要於篇，述部落表。

巴西邑表小敘

巴西無邑名也，然既譯厥部落略如中國之省，則其屬官所理亦猶邑也。美利加無郡，此亦不言郡而言邑也。二十部落之邑凡八百一十，其中如巴亞拉之馬可巴、標希之巴來拏希拔、西阿拉之阿拉可治、里約哥蘭的諾的之阿拏古、勝竇盧之三多司，雖未逮濱海之國都部治，而要皆即邑即埠，商工倚之也。述邑表。

巴西四至八到表小敘

巴西國境從衡八百三十三萬七千二百一十有八法方里。按法里云者，即所謂啟羅邁當是也。華之一步爲五尺，華之一里爲一千八百尺，華之一方里爲三百二十四萬方尺，以華合法，每一啟羅邁當合華一里有二百八十六步四尺二寸一分，每一方啟羅邁當合華五里一百三十八步一十二尺六寸三分，綜而計之，約華方里一千六百萬，此成數大略也。其疆居大地十五之一，居南北阿美利加洲五之一，而居南阿美利加洲七之三，彼都人士之言如是。東海西陸正隅可掌視也。述四至八到表。

巴西部落名稱歸一表小敘

巴西人自謂其國曰拔拉西，然巴西之目相沿久矣，若此之類，難可變易。《瀛寰志略》謂其部落之名里約哥蘭的諾的者曰北里約哥蘭的，此又以義改音，不言諾而言北也，又一部落名里約哥蘭的叟路，叟之言南，相爲對待，而《瀛寰志略》未詳厥名，漫載之曰勝伯德禄，此不敢沿者也。於是列所用名，繫以異稱，述巴西國部落名稱歸一表。

巴西山小敘

巴西崇嶺盤紆，其山脈凡四：曰中，曰東，曰西，曰北，而中最高。彼人所謂西拉多馬山者是也，高於海面或二千九百九十四尺，或三千一百四十尺，或七千八百尺，近西之峰一萬有三百尺，皆以法尺計。巴西高地無出其右，巴蘭拏河、三藩司河、焦奇天漢夏河，皆導源於此。他山分合，瞰若兒孫矣。巴西無火山，山名輒隨地而異，略厥岡阜，諏厥大者，述山。

巴西島表小敘

巴西國之部落不濱海者曰迷拏日來斯、曰痾阿斯、曰馬的噶拉士、曰亞馬孫，外此十六部落之海岸無慮四千啟羅邁當。碁布星羅，小嶼無算，而巨島以馬拉可爲最：從二百七十五啟羅邁當，衡一百七十三啟羅邁當，其次曰墨西晏拏島，曰加維那島，皆在亞馬孫河入海之口。於是撮厥卓卓，而以岬附著於篇，述島表。

巴西水小敘

亞馬孫河爲天下長河第一，何論巴西水也。厥河之長，諸説紛如。巴西人以啟羅邁當計，蓋用法里也，以一萬二千九百六十英里約之，則謂一萬九千四百啟羅邁當者似覺近是，即爲三萬八千八百華里有奇也。其源導自安地師山，在秘魯、烏拉圭諸國之間，東流入巴西國西境，其部落即以水名曰亞馬孫，然秘魯人方音呼之爲阿馬所納，故亦以之名其部落，非上流異名也。入巴西境後，屈折東流二千五百啟羅邁當，逕巴亞拉部落，又屈曲東北流一千三百二十八啟羅邁當入大西洋。其寬初爲一二啟羅邁當有差，海口一臨，流寬百倍，無慮一百八十啟羅邁當。其深平均二百六十四尺，海口深五百十三尺，最深處一千五百二十尺。潮起水亦起，水面高於潮退時一十六尺，閱時未半，水流六啟羅邁當有奇。每當帆輪風利，沙岸之離目不及瞬，而河水仍劈潮行也，洪流奔馳，罕有其匹，而枝流一十有八，且有長逾經流者。或曰合計其長，逕境無慮七千啟羅邁當。其流於地面不下二萬六千四百方啟羅邁當。次之曰巴蘭拏河，導源西拉多馬山，洪濤四溢，瀑布雙飛，土人名其左右飛瀑曰斯地奇達士，高十七尺，寬二千二百尺，相逼而出七十尺之狹港，猛激狂奔，聲聞三十三啟羅邁當，水氣煙騰，射日如雪，雖其名遜於阿美利加洲賴各宜瀑布，亦一奇觀也。又次曰三藩司河，亦導源於西拉多馬山，分流貫注於迷拏日來斯，而巴希亞，而伯能不各，而阿拉痾瓦斯與塞爾日貝之間，入大西洋，方未入，有急泉名波老阿方騷，分爲飛瀑七道奔注於河。又有巴拉圭河，導源於馬的噶拉士，流入巴拉圭國，河名以此，雖曰巨浸，而逕境非長。又有焦奇天漢夏河，亦導源於西拉多馬山。其餘諸水巨細有差，而以亞馬孫河視之，皆檜下矣。就雲龍目治耳治之河凡四十有一，述水。

巴西通舟河道表小敘

巴西商舶初多用帆，滊輪公司既立，竭來水上，其國輒出帑助之，歲約銀三百四十三萬六千密耳來司，於是航路二十有八，屬巴西公司居多，而美利加紐約之道猶在外也。嗣航歐羅巴洲之艦亦民立之而官助之。其航海恒由巴亞拉之伯廉埠，而里約哥蘭的諾的，而望提維地奥埠，遂與巴拉圭河之舟路相接。其駛湖以望加保湖、遮歆鴨湖、巴道司湖爲道，而通河之道無慮三萬二千三百一十有八啟羅邁當，非就河長源委言也。若亞馬孫河，若巴蘭拏河，若馬低納河，若三藩司河，若亨瀉河，若打巴約河，若披勒士河，若熱發黎河，若巴拉赫力河，若阿拉瓜牙河，若柳倭宜噶魯河，若巴巴猓拉西貝河，若巴拉河，若熱格青哈拔河，若格博里河，若甯圭河，若鐵飛河，若如緑瓦河，若麥橋棃河，若焦奇天漢夏河，若巴野迭河，若巴拉拉西拔河，若美廉河，若意他披庫盧河，若巴拉西八迭索河，若巴拉西八迭猓多河，皆非短航支駛可同日語也。

述通舟河道表。

巴西渠小敍

巴西鐵道既開，河道復如梭織，故運物不甚加意於渠也。雖然，内地農工或以舟車阻，於是鑿渠濟之。若里約熱内路，若馬拉瀼，若斯不列多散多，若巴蘭拏，若勝竇盧，無慮渠道九千二百九十九啟羅邁當，約以華里近二萬云。其他塞爾日貝諸部落，或中止，或測地，不在所計中也。述渠。

巴西鑛泉小敍

辨鑛泉質性亦格致學之一端也。所含或一或兼，而以勝者名泉。巴西著聲之目，曰鐵泉，曰鹻泉，曰硫㵸泉，曰鹽泉，凡此皆非熱泉也。其不含硫質而泉自熱者曰熱泉，其視質性而熱度有差者曰熱鹻泉，曰熱硫泉，此又中國温泉類也。浴有宜有不宜，説者謂迷拏日來斯之熱硫泉爲五大洲冠，其信然歟？ 述鑛泉。

巴西海濱雜識小敍

巴西海埠四十有一，國都枕潮，即要埠之最也。其船隝則將作倚之，其燈臺則商舶視之，致遠鈎深，難可與瑣屑同日語。述海濱雜識。

巴西國系小敘

道光二年以前千八百二十二年前爲葡萄牙國屬地，其立爲君主之國以是年爲斷。十一年，國君伯德禄第一歸王葡萄牙，而其子伯德禄第二嗣之，尋游泰西，而國人視之重於其父。雲龍於光緒十五年千八百八十九至其國都見之，談游蹤不倦。退而喟然曰：其子孫必有以好游貽悔者。庸詎知未越年，而伯德禄第二以去位去國聞於海外矣。其上嗜游，其下假權，而易君主爲民主之議起，一似以美利加合衆國華盛頓爲規。合衆國南北兵解而後投籌公舉，未爲顯涉於私，而巴西時事則陽卜僉同，陰挾兵脅，始已滋弊，久殆不堪。然無論民主之議果否何如，而至光緒十五年止，自道光二年始，其世二，其年六十有八，固儼然一君主國，不獨爲南阿美利加洲第一大國，且爲五大洲大國之一也。述國系。

巴西風俗類識小敘

往讀《職方外紀》，曰伯爾西國人善射，前矢中的，後矢即破前筈，連發數矢，相接如貫，無一失者。俗多裸體，獨婦人以髮蔽前後。鑿頤及下脣作孔，以貓睛、夜光諸寶石嵌入爲美。婦人生子即起作務如常，其夫則坐蓐數十日，服攝調養，親戚問候，遺弓矢食物。素無君長書籍，亦無衣冠，散居聚落，喜啖人肉。按所謂伯爾西者即巴西也。雲龍游於其國，求如所云，十無一合，豈概傳聞異詞耶？抑古今俗不相同也？巴西未自立國以前，獉狉之風未可言書難盡信，雖然，以古例今，安云紀實？就目證耳，庶足徵乎！曰族類第一，曰形性第二，曰服飾第三，曰飲食第四，曰居處第五，曰俗禮第六，述風俗類識。

巴西人數繫地表小敘

《瀛寰志略》云巴西國道光年間户口約四百萬：葡人八十萬，雜類四十萬，黑民十五萬黑奴子孫贖爲民者，黑奴百餘萬，土人暨各國人七十餘萬，去雲龍游歷巴西時僅四五十年耳。今之人數已一千三百二十有三萬，蓋三倍有奇矣。其中華人之僑彼都者不下五百，他亦多寡有差。諏厥職户籍者，得其都城與二十部落之數，迷拏日來斯民二百萬，其最多者也。述人數繫地表。

巴西物産小敘

巴西瑰奇之寶、羽毛之美、草木之蕃有用之木二萬餘種，土人亦不盡知名，論者謂爲五大洲冠。以目質耳，非異説矣。同食五穀百果，而樹根之粉、棕汁之醯則異，同出子種根生，而本末皆花之葛葛瓦、瀆鹽胎臘之棕草則異，同乳脂者膏者羸者羽者，而不飛之烏黎果那、不走之嬾面、鼻端一角之汪碧立司、線舌食蟻之安多蟻答，又其異也。同孳卻行仄行連行紆行，而四足稜尾之格列、項鈴攝蟾之嘎司嘎肴、又其異也。然雲龍游目所注在彼不在此：其地腴宜農，其鑛厚宜工，其國東環海島，湖河趍之，農工苟寖以精，又焉往而不宜商！而惜乎其農其工時以無人慮也。述物產。

巴西鑛產小敘

巴西五金莫若金剛石有聲，雖然，金剛石之利今仍英吉利人操之，無他，工不逮也。善事利器，子語其能越乎！銀無專鑛，而時雜出於金與鉛與銅，亦不得謂五金非備矣。雲龍游彼都時，仿［訪］英人美人之僑居而留心鑛產者，謂光緒九年千八百八十三，先多約翰低列公司出金二十三萬三千九百二十六澳達拔司，此即八十三萬七千八百五十八庫蘭也。凡海關金直，一庫蘭云者當一密耳來司詳《度量衡比較表》，而一澳達拔司當三庫蘭有五八六也，其他視此。堂比脱羅公司出金五百八十五澳達拔司，比多基公司出金九千五百五十三澳達拔司，散達拔而拔而公司出金一萬二千四百十三澳達拔司，巴西公司出金三千六百九十九澳達拔司。其輸入之數，凡金貨二十一萬四千二百佛郎，［即］二十八萬八千一百七十磅、巴西政府之金八千密耳來司，其輸出之數，金貨一百四十二萬二百九十七庫蘭，此直一百四十六萬四千六百有三密耳來司也，銀條二十萬四百九十庫蘭，此直八千一十有九密耳來司也，金貨一百一十三萬七千七百九十四密耳來司，銀貨十三萬四千四百三十六密耳來司，此光緒十一年千八百八十五數也。銅錫鉛鐵，多寡有差，雜鑛之屬有足珍者。述鑛産。

巴西農務小敘

巴西國計以農爲大宗，其視秘魯何如也？雖然，地廣人稀，膏腴之地叢木蔽之，荆棘又遏之。其謀招華工，微獨開鑛已也，又微獨樹蓺五穀已也。即如種茶一事，自嘉慶十七年中國湖北人至彼創植以來工寖旺，而今僅八工耳。其工雖尠，其土則沃。以麥田百分計之，歐羅巴洲地産百之二十分，巴西恒居百之六十，若里約哥蘭的諾的往往居百之七十，可不謂宜農爲大地冠乎，而况蕃孳輒相倚伏也。於是諏而録之：耕種第一，植物院第二，蠶桑第三，牧畜第四，物産所略，互詳於斯。述農務。

巴西商略小敘

巴西農工兼尚，而商亦三致意焉。大較以銀行爲經，以市廛商舶爲緯。銀行弗逮美利加遠甚，雖然，利權不假手於人，意外之虧輒出帑以助，而市廛之消長繫之，商舶之損益繫之，即國用之盈虚亦繫之。述商略。

巴西進口出口貨直表小敘

巴西海濱既長，河口佐之，金石工起，農牧益利。其商之易興，勢使然也。自嘉慶十四年千八百八開港互市以來，有進無退。先是巴西出口之物例須先經葡萄牙國，歲直銀二千二百六十萬密耳來司。道光二年後千八百二十二自有通商之權。同治二年千八百六十三至十三年千八百七十四，進出口貨直銀三百四十七兆二十七萬九千四百密耳來司，其中進口者直銀一百五十五兆十二萬六千密耳來司，出口者直銀一百九十二兆十五萬三千四百密耳來司，是已出口多於進口矣。論者謂巴西商務日增，截長補短，約歲增千之二百有六七也。光緒十三年千八百八十七進口之貨直銀二百有九兆四十萬六千六百九十四密耳來司，而出口之貨直銀二百六十三兆五十一萬九千五百九十三密耳來司，較之前數爲何如耶？於是乎有備較之貨直。其出口之貨若酒以利脱耳計，若棉，若獸革，若羊毳，若馬尾，若樹膠，若金沙，若金剛石，若紅木，若糖，若漿粉，若加非，若茶，若椰，若淡巴菰，皆以啟羅格郎計，而進口貨則視用物之消長爲商販之減增。光緒十三年進出口貨，凡直銀四百七十二兆九十二萬六千二百八十七密耳來司，二十部落可約計也，於是乎有繫地之貨直。述進口出口貨直表。

巴西別國商物比數表小敘

巴西與別國通商，出口入口之帆船、滊船無慮一萬有奇，所載五六百萬頓，舟子三十三萬有奇。論者謂互市日增，其故有五：西洋滊船商物便之，一也。國有銀行交易而退，二也。待商之優外無異視，三也。鐵軌一通以陸達海，四也。河海滊船國帑助之，五也。彼都人就貿易之成數以萬分較之，聊據所聞述別國商物比較表。

巴西海關出口物稅表小敘

關稅之增減恒視商物之盈絀，此中消息，不待知者而知也。光緒十五年雲龍游巴西國，得其前七年千八百八十二海關記以備較之數。即其國都里約熱內路第一海關也，凡輸出之物直銀三千七百九十八萬八千九百十三密耳來司，比之前一年少一千二百萬，説者謂由加非之直頓減。其海關税約三百三十一萬五千九百八十二密耳來司，即百分之十也。述海關出口物税表。

巴西財用小敘

自嘉慶十三年以來始千八百有八巴西財用掌於其國户部。其海口四十有二，而海關之大者二十有三。其部落有税關，又分税於邑之要隘，而税關之大者二十有一。若此之類罔弗提挈於户部。歲於國會集議時預計明年出入之財用，而籌其不足、留其有餘，交下議院覈之，乃上之於其國君。雲龍游歷彼都，諏知光緒十三年千八百八十六年至千八百八十七年，以一年爲期進口物直銀二百有九兆四十萬六千六百九十四密耳來司，入税銀七十八兆有一萬六千一十密耳來司，則是取三之一，可不謂重乎！出口物直銀二百六十三兆五十一萬九千五百九十三密耳來司，入税銀一十九兆二十六萬三千四百六十一密耳來司，則是所取不及十三之一，可不謂輕乎！其工商之通惠在此，其利權之奧窔亦在此。內地税銀一百四十兆四十九萬四千七百八十四密耳來司，其年入銀二百有一兆四十二萬五千密耳來司，出銀一百九十八兆八十二萬七千密耳來司，雖僅餘一百數十萬，而已非入不敷出比矣。於是綜其盈虚，較其損益，曰關税第一，曰歲計出入第二，述財用。

巴西金銀銅錢比較表小敘

巴西鑄錢第一局創於康熙三十三年千六百九十四，時猶未自爲國也。其局在巴希亞之山賒維多，既而遷於國都，又遷於伯能不各，四十一年千七百二復之於都城，五十四年千七百十四又置局於巴希亞，六十年千七百二十一又置廠於迷拏日來斯，越四年千八百二十五厰工乃興。其巴希亞之局於道光十四年千八百三十四停鑄。先是金銀銅錢鑄無異工，而迷拏日來斯之廠僅鑄金錢。康熙四十二年千七百三各局所造之錢行於國中者凡銀錢一百五十萬三千有三十密耳來司，金錢七十二萬二千八百二十二密耳來司。自是厥後，其錢兼能行之葡萄牙國。其都局自康熙四十二年千七百三至道光十三年千八百三十三鑄金二百一十六兆二十五萬七千六百二十九密耳來司，鑄銀十六兆四十六萬有八百六十六密耳來司，又至道光二十七年千八百四十七鑄金五十七萬四千七百密耳來司，鑄銀四萬八千三百五十九密耳來司。又同治十二年千八百七十三鑄金四十四兆六十四萬二千有三十二密耳來司，鑄銀十八兆五十七萬七千九百有一密耳來司。巴西産一鍾金曰巴竦利龕，由其都城鑄錢局與金相摻，多寡之數，若第一等金八十八分九釐，則巴竦利龕爲十一分一釐，若第二等金九十分二釐有五，則巴竦利龕爲九分五釐有五，若第三等金九十二分三釐，則巴竦利龕爲七分七釐，其大較也。雲龍於是考其金銀銅錢之本質若干、雜質若干，述金銀銅錢比較表。

巴西國債繫地表小敘

巴西國債有虛欵、實欵之分。曷言乎虛欵？指道光七年千八百二十七前之債與夫户部兑鈔官局紙幣而言也，其前債已還而外欠銀三十三萬八千一百七十三密耳來司，又由卹孤會等處借銀三千二百八十九萬七千九百有一密耳來司，同治十年千八百七十一增長當伯德禄第二鐵道，議由户部兑鈔不得過銀二十兆密耳來司，厥後兑鈔約銀十七兆七十二萬五千二百密耳來司，其紙幣減至一百四十九兆五十萬一千二百九十九密耳來司，尋因都城商務不王，議由户部添發兑鈔，以日計息，或增紙幣，以助銀行之所未逮，不得過銀二十五兆密耳來司。計其國貸與銀行之欵，凡銀一千六百有三萬三千五十密耳來司，已還一千二百萬密耳來司矣。曷言乎實欵也？指借自别國之外債與借自國民之内債而言。其章定於道光七年千八百二十七及同治八年千八百六十八，由户部以時還之，嗣因增築鐵道，復借英銀五百萬磅，每百磅鈔合銀九十六磅半，年息五分，時外債凡英銀一千九百九十三萬一千二百磅，合巴西銀一百七十七兆十六萬六千二百二十二密耳來司，已還英銀三十六萬四千六百磅，尚欠一千九百五十五萬六千六百磅，合巴西銀一百七十三兆九十二萬五千三百三十三密耳來司。所借民債銀二百八十五兆十六萬七千七百密耳來司，其中借於道光七年者詳上銀二百五十七兆六十七萬二千七百密耳來司，借於同治八年者詳上銀二十七兆四十九萬五千密耳來司。此夙債大略也。光緒十四年千八百八十八，其外債二十二兆九十五萬一千七百密耳來司，其内債四百三十七兆三十萬六千七百密耳來司，而其國債之分見部落有足徵者。述國債繫地表。

巴西食貨雜識小敘

巴西拓土之新疆有三：一開自其國，一開自其部落，一開自其居民。此三者之民已至四萬三千七百二十有一，加以釋爲民之黑奴八千八百一十有六，其居新疆之民凡五萬二千三百七十有九，食貨之亟亟於新疆一也。有土無人，如荒蕪何？食貨之亟亟於客民二也。野地土著不知耕作，先之以養，繼之以教，食貨之亟亟於土人三也。述食貨雜識。

巴西兵器工小敘

巴西之工有官有民，而其海陸軍器則皆設自官。其居工有專局，其董工有專官，其工多土著而參以外工之精，其蓺尠外假而廣以擇善之學，雖水火之機力半屬棉蕞，弗逮美利加遠甚，而門逕無殊，勸懲有術，將作之人官物曲未始非水陸之勝負相爲倚伏也。述兵器工。

巴西鐵道官工民工表小敘

巴西之築成鐵道昉於同治七年千八百六十(七)[八]，懼民之難圖始也。於是揀諳練官，分歷里約哥蘭的叟路諸部落，講求築路之法，國會議之而定。凡鐵路每年能獲利四分者許由其國家保資本年息，以七分爲率，不足之數以帑補之，無所取之，取諸勵也。其許保之本不得過銀一百兆密耳來司，不願保本者，每築一里政府津貼若干，欲其衆成也。初成道六，凡長六百八十三啟羅邁當。同治十三年千八百七十二成道十有五，凡長一千有二十六啟羅邁當。越二年，已行之道二十有二，長一千六百六十啟羅邁當，將成之道十有六，長三百六十二啟羅邁當，測量之道二十有八，擬長六千五百三十一啟羅邁當，截長補短，歲成之道以一百三十八啟羅邁當爲率。其在里約熱内路者，已成之道長三百十四啟羅邁當，已測之道七百五十五啟羅邁當，未測之路三百六十五啟羅邁當，凡長一千四百三十五啟羅邁當。其在迷拏日來斯者未測之道長二千四百六十三啟羅邁當，方測之道長一百五十一啟羅邁當，凡長二千六百十四啟羅邁當。其在里約哥蘭的叟路者，已成之道長四百六十六啟羅邁當，將成之道四百十三啟羅邁當，凡長八百八十啟羅邁當。費約三百數十萬密耳來司，此光緒以前巴西鐵道大略也。雲龍既游厥國，諏其高下曲直之軌，考其驗鐵枕木之工，雖弗逮美利加遠甚，而亦漸拓漸益。其寬或一邁當有六，或一邁當，約以華尺不過三尺有奇。其長，官工之道二千一百七十有三啟羅邁當，民工之道五千四百一十有七啟羅邁當，無慮七千五百九十啟羅邁當矣，約華里一萬五千成數。其費數倍於前，其利亦與之俱。述鐵道官工民工表。

巴西考工類識小敘

兵器之工、鐵道之官工民工，自有表。說者謂巴西百工以瀛機爲宗，堪與英美並駕齊驅，雲龍核其實，不敢遽信其然，而較之秘魯諸國，有過之而無不及也。巴西於工，既重視之復寬待之，凡罔傷風化靡害身心之藝聽行無阻，祛厥嫉能者而重懲之，觀賽會物産獲獎之多即工藝不讓他巧之證矣。其勸工之法有五：工肆著效冠厥群，輒由政府佽助之，優以利權，一也。若棉花之工，優者或免當兵，二也。精工成物，出口免税，國内商販譏而不征，三也。置機器購自别國專備工廠之用，則記數免税，四也。凡獨出心裁創造一物，則給文憑許自享其利，雖不得逾二十年之限，亦由議政院視工展期，五也。考内地之工，若糖，若酒，若樹根粉，若米粉，若麥粉，若茶，若油，若醋，若蜜，若鹽臘，若淡巴菰，若鹽魚，若燭若布，若繩索，若瓦器，若此之類其多者也。其有昔資他助今皆自爲者，曰化學物，曰航海器，曰機器，曰鏡，曰玻璃，曰陶器，曰假石，曰油布，曰地氈，曰輭皮，曰革履之屬，曰醫具，曰顔料，曰馬車，曰油，曰漆，曰冰，曰紙，曰淡巴菰捲，曰鼻煙。於是略其瑣屑，撮其巨要，鋼鐵諸工第一，汽機汽鍋諸工第二，鐘表工第三，木工第四，金剛石工第五，石工第六，瓦工第七，織棉織毛工第八，製皮工第九，縫紉工第十，冠工第十一，糖工第十二，酒工第十三，淡巴菰工第十四，油工第十五，燭工第十六，鰜工第十七，述考工類識。

巴西海陸兵制小敘

巴西立國五十餘年，海、陸二軍規模具矣。同治四年迄於十年與巴拉圭交惡，搆兵六載，倚水師力居多。陸兵有募有額，募兵云者，猶言民勇也，雖曰六十一萬六千五百九十有六，而足備精兵者僅二十之一。額兵即正兵也，有事之數，非常額也。雲龍游其國都，諏知步騎與礮隊凡一萬一千七百四十有八，雖精不如美利加，而汰弱杜糜之意將毋同歟？其海軍正兵三千，餘兵一千一百二十有二。别有礮隊千人，可陸可海，操縱自如，此又美利加兵制所未逮者也。述海陸兵制。

巴西海陸軍學小敘

海陸軍學校有五：曰小學校，曰中學校，曰兵法學校，曰礮兵學校，曰操礮學校，而里約哥蘭的叟路馬步兵學校尚在其外。海軍學校以測算爲一大宗，又小學校一，爲初學設也，以繪圖始，以測海進。其軍日增，其學未已。述海陸軍學。

巴西兵船表小敘

南阿美利加洲無國無兵輪，況其國最若巴西乎？先之以刳木揚帆艦，樓二三層有差，所謂夾板船是也，亦謂之木帆船。繼之以瀛輪，重之以鐵甲。當道光間創機下瀨之時，適巴西立國之始，以因爲創，以鐵被木，所謂火輪船是也。其意在折衝則謂之礮船，其偵通聲氣則謂之巡海快船，其水中猛擊寓於滅跡銷聲則謂之魚水雷船。雲龍游巴西國，彼人輒咨中國兵船所自始，應之曰往昔水戰與今異，然樓船之女牆、走舸之蒙衝、游艇之疾駛如風，何莫非兵船、水雷之屬之權輿也。說者又謂巴西兵船悉造自西，亦不其然，即如戰船名徐納珍老者，造自巴西海軍官工，船機以精捷著名，或且謂英工罕與之比云。方水戰，其兵船七十有七，其中鐵甲十有五，木帆五十有五，其螺紋礮七十有二，其滑膛礮六十有五，其馬力凡抵一萬一千一百八十有八。又增小鐵甲二、小木兵輪九，凡兵船八十有八，而水雷船猶在其外。厥後兵解，戰巡之艦增減以時。欲防其損則爲之雙底，欲鋭其前則爲之撞嘴，欲利其輪則爲之雙螺，欲杜其漏則爲之隔艙，時則有鐵甲船二十有三。兵輪之礮利在重，巡海之艦利在速，時則有巡海快船六。厚甲固勝於薄，薄甲亦勝於木，而木質猶勝於無也，時則有木帆兵船四。巴西魚水雷孰若美利加之精求無煙無聲也，鱗接翼舒，亦戰亦守，時則有水雷船十。於是審其首尾立柱相距之數而謂之長，量其中段兩脅相距之數而謂之寬，船尾入水非深於前中，則輪與柁不克舒展自如也，測而準之，謂之入水。海水重於河水，其浮力亦增，然計壓力輒從淡水，欲其有餘也。凡淡水一立方邁當約受重力一頓，船之水線以下體積能壓水若干即爲若干頓，深而測之謂之壓水。一馬之力能於一分時起重三萬三千磅高至一尺，抵而積之謂之馬力。非於船腰增之使長，無以避水之阻力也。以海里計謂之速率。若甲若質、若機式、若舟人、若造舟之年，以類相從，似較師船表爲少詳也。述兵船表。

巴西新疆戍兵小敘

巴西闢荒戍之以兵，其意與古者屯兵同而不同。屯兵者即農也，戍兵則一以威難馴之野性，一以安招徠之僑黎也。述新疆戍兵。

巴西政制小敘

巴西國權分等凡四，譯厥大意：一曰律政，二曰監督，三曰行政，四曰按察。一國之政柄，國君與國會同握之，而政權則部官代行之。其部落因地以治，而一期於國制無大違。其民之利益範之勿過，而若與民主之國之民隱爲表裏。述政制。

巴西官禄表小敘

巴西國之分區以分職而異，其略有四：其一爲舉官言也，部落二十，分之爲區，而區各一會，其區四百三十有二，其會一千五百七十有二，投籌人一百有九萬三千五十有四，備入選者二萬有一十六。通國會士五百七十有八，國會之下議院士一百二十有二，國會之上議院士五十有八。其國定章：凡曾掌封圻握兵柄者不得選入議員，若税務官、若按察官、若巡捕官、若學校官，均不與議。其二爲行政言也，部落二十，分之爲區六百八十有五，中有大城二百二十五、小城四百六十。其三爲行教言也，部落合之爲十二，又分之爲區十有九，爲中區二百三十六，爲小區一千五百五十有三，設監督十二、副監督二百三十六。其四爲按察言也，分部落爲區三百四十有三，分小區四百五十有二，每區設會審堂一，每堂設按察官一、國家法師一、會審官或十有一、或七或五不等，惟彼都會審官十有七，國中大小之獄悉由按察審之，或有不公則控。此分職異地之大較。或疑爲通國八百一十之邑時有變更，而指此爲疆域之界，誤也。海陸軍官別詳《兵事》。其國會上議院有議官，其數居下議院官之半，又有監議官。下議院與上議院官皆有律政之權，分部之官凡七：一曰閣部兼教部，二曰義部，三曰户部，四曰外部，五曰兵部，六曰海軍部，七曰農工商部，皆有正有副，其副或譯之爲書記官，此皆有行政之權者也。此外有監督官，有按察官，有税務官、巡捕官、學校官，又有樞機大臣、電報大臣、郵便大臣，又有疆吏以次諸官，其職守已詳《政制》、《電郵》諸科矣。而其於古者養廉勸忠之遺風亦有符者。述官禄表。

巴西外交小敘

巴西外交非若秘魯之倚爲安危也。雖然，外部既立專官，議約一以西爲鵠。其願與中國立約於光緒七年者，陽開互市，陰務招工。夫招工誠未可輕許也，以彼宜農之土半蕪，毓鑛之苗猶秘，又慮西人壟斷，其勢不招華工不止，聞已於新嘉坡諸地隱誘數數矣。與其潛引滋虐，又孰若祛其弊孳其利之爲愈也。過此以往，華工不招斯已耳，苟難竟違其請，則置官以領之，申約以衛之，其庶無覆古巴轍乎。述外交。

巴西大事編年表小敘

巴西大事不外兵與農與工與商，而天時之寒暑或出非常，地利之損益不狃故智，君主民主之更議亦似有莫之爲而爲者。欲徵立國以來六十八載之盛衰，或亦有取於斯也。至光緒十五年止，自道光二年始，述大事編年表。

巴西刑略小敘

巴西法律不盡沿葡萄牙法，蓋事事參之法郎西，豈刑章何獨不然也？其治罪無死刑，其監與罰輕重有差，其不宥惡上下無異視，其罪人課工與美利加無大差違，而民重犯法不拾遺、不閉户之遺風亦時一見之。述刑略。

巴西電報表小敘

雲龍於光緒十五年春游巴西國，雖電線弗逮美利加，而關要消息亦罔或滯。諏厥綫里，則曰一萬八千三百六十四啟羅邁當，皆官理之，無民有之者。先是咸豐二年千八百五十二創試短電於其國都，六年千八百五十六引而伸之於必除勞波烈司，此内有海線一段，約長二十啟羅邁當。同治二年千八百六十三將防里約熱内路海口，遂續自都城，而海口礮臺而扶里約岬，尋因與巴拉圭國交兵，由都城造雙線以達南疆。此線既克報警，兼利商務，嗣是電報日擴。同治年間已有陸線六千一百二十啟羅邁當，水線八千五百二十三啟羅邁當，電報支局八十有七，鐵路公司自立之電尚在其外，電資匪昂，商民便之。海電西通歐羅巴洲，北通美利加國，而毗連之智利、巴［烏］拉圭諸國更無論已。方咸豐十一年千八百六十一、同治元年千八百六十二間，僅有必除勞波烈司之電，入資不過三百二十八密耳來司，南線一成，增至三千密耳來司。同治五年千八百六十六至六年千八百六十七增至二萬六千密耳來司，十二年千八百七十三十三年千八百七十四增至十七萬一百密耳來司有奇。當同治五六年間詳上，電費二十一萬一千六百八十五密耳來司，十一年千八百七十二至十二年千八百七十三，其費增至一百二十二萬八千十四密耳來司，十三年千八百七十四其費減至一百十九萬三千四百八十八密耳來司。厥後增減有差。美利加之使巴西者曰絨懷多，曾訪電線告於其國，豈雲龍奉朝諭游歷彼都而敢憚勞耶？於是詢其電報、電話得力風之數，稽其官報民報之資以密耳來司計述電報表。

巴西郵表小敘

巴西郵政欲陸道之四通已非易易，況重洋乎。即以秘魯言，按圖不啻牙錯，而峻險阻之，土番滯之，非由智利諸國無以達也。不然，雲龍游車何不逕達，而必紆道南航耶？郵政總局置於其都，分設二十部落者皆支局也，大邑亦有代理之人。凡國内河海之信遞自其國公司，而逾大西洋猶託別國公司理之，時則有英公司六、法公司四、義公司一，其遞英之郵若倫敦、若沙淡頓、若里華浦、若科茂司，其遞法之郵若波島、若夏華、若馬賽，其遞比利士之郵若晏晝蒲，其遞義大利之郵，若薦那華、若尼布魯士，其遞日斯巴尼亞之郵若巴賒郎拏，其遞葡萄牙之郵若烈司濱，若勝雲仙，其遞秘魯國之郵若倚格、若嘉里約，罔弗朅來如期，而其政府特假以公司權利，取諸無舛也。凡郵政通之別國，非立約不可，巴西通郵之國曰英吉利、曰法郎西、曰日斯巴尼亞、曰比利士、曰義大利、曰德意志、曰美利加、曰秘魯，引而伸之，不第惟是。據巴西人言，曾於同治十二年夏至十三年夏千八百七十三年至千八百七十四綜計信資入銀九十一萬一千九百七十七密耳來司，出銀九十三萬二千九百八十七密耳來司，而光緒十二年夏至十三年夏千八百八十六年至千八百八十七入銀增至三百有七萬五千二百八十一密耳來司有三百十三列司，其出銀亦增至三百四十六萬五千七百八十三密耳來司有三十五列司。其郵局以合而理，其郵便地則以分而多，蓋不下一千八百六十有二云。述郵表。

巴西雜事小敘

巴西之新報有清議權，匪惟議院一可，新聞四喧已也。即問學中，若法律，若醫藥，若格致，罔弗報。其報或日一印，或七日一印，或月一印，疏密有差，他如樂部亦知風化繫之。嘻，異矣！聊就所聞述雜事。

巴西學校師生表小敘

巴西學校雖非概立自官，而皆官爲經理，置總巡官一，與其部落治民之吏以時稽其興廢。日館而外復設夜館，鳩年長之弟子而課之。凡部落學塾，計厥歲入，而歲費其三之一。學分等二：一童塾，一黨庠，其童塾課句讀與書數，其黨庠則增象緯、輿圖、經史、格致之學，旁及繪畫音樂之技。其師男女無異視，凡欲爲師，必先試之。如童塾之師則考其葡萄牙文與夫句讀、書數，如黨學之男師則考其算學地理英法臘丁文字與格物學，如黨庠女師則考其句讀、書數、地理、英法文字與縫紉事。凡創書館，司事者將恒用之籍、預立之章、教習之姓名品學、書館之大小位置，報之政府，禁書而外，無論何種書籍均許儲之。凡男十歲以上不與稺女同館。先是同治十三年千八百七十四、光緒元年千八百七十五，其國都撥義學費銀六十五萬八千六百四十一密耳來司，在都書館一百四十二間，其中義塾九十有三、民塾四十有一、夜館八，男女學生凡一萬七千二百七十有九，每館設正掌教一、副掌教一、牧師一，又副教習數人，其都又有國學二，一建城中，一建城外，在外者學生得宿而學焉，每館設正副掌教各一、牧師一、教習數人，均由其國試取，學生亦自行束修以季入之，而數甚微，不敷者國爲之助。入學七年爲期，屆滿則試其可者而給文憑，猶言秀士。所學之事爲葡萄牙、臘丁、希臘、英、法、德文與夫經史、算學、輿圖，以及繪畫、音樂。兩館學生數百人，入選者不及十人，得獎牌者一二人耳。總巡官歲集兩館國學之教習，議其準繩而糾其偏。雲龍既游彼都，諏而筆之：其學校屋凡五千八百九十間，其歲入銀二千三百一十一萬九千五百七十有六密耳來司，其歲費銀五百二十五萬二千八百一十四密耳來司，其師七千三百八十，其生增減有差，光緒十五年凡二十一萬一千三百四十二，較前數年增二萬有奇。述學校師生表。

巴西問學類識小敘

巴西士人文字書缺有間，立國以來沿葡萄牙文，而所習又尚法郎西文、兼英吉利文。老農、老圃之學彼都人士重之，已詳《農務》，兹就士與商與工所學之派類而聚之：醫學第一，法律學第二，商學第三，鑛學第四，工學第五，盲人學第六，聾啞學第七，樂學第八，教士學第九，圖畫庫第十，會文第十一，博物院第十二，天文學第十三，技藝學第十四，論文雖異，言學則同，格致其有窮乎！述問學類識。

游歷地球圖敘

雲龍遵朝諭出洋游歷之國六：日本也，美利加也，秘魯也，巴西也，英屬地加納大也，日斯巴尼亞屬地古巴也。而舟車所至，假道層出，於是由日本國而美利加合衆國，而英屬地加納大，而日斯巴尼亞屬地古巴，而新加拉那大國，而埃瓜度國，而秘魯國，而智利國，而巴他峨尼國，而英屬地巴別突司島，而丹屬地先塔盧斯，而美利加，而日本。凡往還一十有一國，歷程一十二萬有八百四十四里，異途無論已。即往還同航太平洋，而潮線亦異。往時起緯三十六度五十七分，屈曲北行四十五度十六分，又少南行三十九度二十二分而至美利加之三法蘭昔斯哥即舊金山，爲日十八地自西而東，舟亦自西而東，日速十七分，故閏一日於期間。還時較往時更北數度，行日十五地東行，舟西行，日遲十七分，故少一日。何也？算學家所謂循大圓弧而行之理非此無以見也：緯線近北愈狹，圓弧愈小，程以狹而省，即行以省而速，所謂大周行船，非歟！凡繪地圖，球面有三：一以赤道爲圓，曰平球，是猶置身北極外而俯視之也，南亦如之，如僅續游歷加納大圖，此法庶其可乎？蓋與我京同近北極也。［二］以某處地平爲圓界，曰偏球，游非一地，難可概此。一以子午圈爲圓界，曰正球。圓錐切線之法不外乎是。或謂航海難問面積，何若墨加禱法乎？曰大周行船法省於墨加禱圖中之程多矣。是以航海者先視圓弧之大小，次定行舟之曲線，如由橫濱至三法蘭昔斯哥，欲東先北，是其明效大驗。是圖以正面圖西，以斜面補東，以朱線識游程往還，謂爲切線法之正球可也，謂爲大周行船法之變格亦奚不可南北花旗即南北阿美利加洲別稱，亦互見例也。鏤銅版於日本。述游歷圖。

游歷天時地理合表敘

居今言游難矣。畏難輒阻，自忘返者爲之。又習恒春與秋若秘魯，恒夏若古巴，若巴拉馬，以太陽紀歲，以休息紀日，問以正朔，幾幾忘之。非無跋涉，莫探奥窔，視不游其奚以異。雲龍因是自省，不容一地虚游，不敢一日負游。視游日之晴雨，即隱以一綜地利之厚薄，視游地之寒暑寒暑室内外度數有異，據所測言，即合以徵人事之損益。是游起光緒十三年八月十六日，迄十五年十月十七日，爲月二十有六，爲日七百七十七百八十二日中除小建月一十有二日，航太平洋往閏一日，還減一日，仍符原日，爲水路八萬一千五百四十有九里，爲陸程三萬八千二百六十有四里，凡華里一十二萬八百四十有四。地要已見《圖經》，日知復詳《餘紀》，而非以日計地，以地繫日，安在其能若列眉若指掌也？述游歷天時地里合表。

游歷日本圖經餘紀前編敘

雲龍游歷之國六，假道之國五，而以日本始。或曰：此島國耳。詎知地背以相反而鑑，日本正以相因而觀。以彼學唐而後至於今已一千二百年有奇，事事以中國爲宗。同治七年效西如不及，當變而變，不當變亦變。據事直書，按而不斷，以爲感，可也，以爲懲，無不可也。雖然，欲知彼而不知己，是之謂騖外。雲龍不得不於天津、上海視南北洋之門户，凡涉兵與商與工與學，罔弗綜厥因革以爲同異互參之據，獨日本云爾哉！日本前游以光緒十四年四月十九日航太平洋前一日爲斷。述《游歷日本圖經餘紀前編》。

游歷美利加圖經餘紀前編敘

凡游合衆國華盛頓都至自三法蘭昔斯哥者，輒由嘉里符尼亞，而列法達邦，而尤達部，而歪阿明部，而拏布拉士格邦，而愛呵窪邦，而伊利那倚斯邦，而英鼇阿納邦，而倭海約邦，而賓夕佛尼亞邦，而紐約邦，而紐折爾西邦，而瑪理蘭邦，以至其都。此自西至東之中央鐵道。雲龍行南太平洋鐵道何歟？耳聞密士昔比河工與中國黄河相頡頏，不得不假道紐阿林究其源流，僅言弗與歸道複猶其次也。或曰是有二危：德格瑟斯軌拓無人之地，路劫宜鑒前車，一也。暴風損人畜無算，相去二日耳，二也。然皆履如坦道，既著《密士昔比河工説》，遂游厥都，擇聯邦工肆之善事，若舟若車，若兵，農器，若五金鎔鑄，撮厥大要，著之《圖經》。而心目所治，依日識之，航海以太平洋爲寬，瀛車亦難可以南太平洋鐵道爲短也。光緒十四年秋八月十五日車發士伯林飛耳，將有英屬地之游，遂以是日爲斷，述《游歷美利加圖經餘紀前編》。

游歷英屬地加納大圖經餘紀敘

雲龍游時之久暫，未嘗不視歷地之廣狹。若加納大，大於英三島者三倍。而游時最暫，無它，一限於時，一限於費也。雖然，天之經緯，地之鉛[沿]革，兵制之異同，商船之出入，工肆之良窳，農務之進退，漁獵之損益，學校之大小，疆吏議紳之黨伐，翁打里約貴壁之險要，罔弗以見證聞，撮厥綱領。而吴爾富凜凜有生氣，尤於貴壁低徊不置云。且南冰洋於游巴西道中極之，而北冰洋則於加納大北境近之。述《游歷英屬地加拿大圖經餘紀》。

游歷美利加圖經餘紀二編敘

雲龍再游美利加合衆國華盛頓都，蓋至自英屬地加納大，時光緒十四年八月十九日也。將有古巴、秘魯、巴西之游，而非此末由得費，且非此末由得各國使臣護照，否則逕行焉，假道焉，無俟輾轉道左爲，不其快歟？雖然，有紓地無曠時也。舟車一停，丹鉛再接，雞未鳴即起伏案，卷非夜過半不掩也。此數十日間，已屬之草無論已。即如兵制之簡要、兵事之勝負，與夫水師之阻道、兵艦之考工、礮臺之宜泥不宜石，罔弗諏之筆之。爲異日排比計，十月二十九日投筆行矣，以前一日爲斷。述《游歷美利加圖經餘紀二編》。

游歷古巴圖經餘紀敘

凡由美利加合衆國往古巴島，大率航自紐約，海程一千二百三十九，合華里四千有八十八，捷航四日爲期。否則航自紐阿連，海程七百五十，合華里二千四百七十有五，捷航三日爲期。而雲龍欲補未游，道出灘壩以此。將行，聞灘壩疫起而亦進，弗改途也。古巴亦北阿美利加洲，以其埠果龍爲斷，述《游歷古巴圖經餘紀》。

游歷秘魯圖經餘紀敘

以赤道言，巴拉馬尚居北緯，以阿美利加言，巴拉馬已屬南洲。果龍爲大西洋止境，巴拉馬則爲大東洋始境，故記秘魯之游始此。巴拉馬屬新加拉那大國，瓦亞基屬埃瓜度國，皆在秘魯北，其南有國曰智利，與秘魯毗連。麥哲倫西亦智利境也，東有巴他峨尼境，過麥哲倫峽即南冰洋矣，人跡罕至，故去路以麥哲倫峽爲斷。述《游歷秘魯圖經餘紀》。

游歷巴西圖經餘紀敘

前卷《游歷秘魯圖經餘紀》以麥哲倫峽爲斷，然泊牒宜嘎達在光緒十五年正月二十六日，未移時而行，越日午正，尚有峽道三十海里在内。不斷而斷，此承接例也。天時之春秋異，地輿之背面亦異，游最後又最遐，旱且最虐，而生還猶幸。紀游起正月二十七日，訖三月十八日。述《游歷巴西圖經餘紀》。

游歷美利加圖經餘紀後編敘

雲龍三至美利加，惟國都不得不複，而紐約亦其要津也，餘則取徑各别。此游爲第三次，由其國都西至三法蘭昔斯哥，所馳中央鐵道稍近於北，與前編自西至東之車行近南非一途矣。

一則秋陽赤野，一則夏雪崎嶇，輶經未曾，聞見因之以異，蓋不欲陳陳相因，虚勞跋涉也。不第惟是，航太平洋一萬五千里有奇，往還程同，而所行潮線微亦有異。就熟既視其人，乘風又會其時，或紆或直，或遲或速，安在其可刻舟求歟。述《游歷美利加圖經餘紀後編》。

游歷日本圖經餘紀後編敘

雲龍昔去日本，以光緒十四年四月十九日航太平洋前一日止，今來日本，以十五年四月二十八日航太平洋至横濱始。東西往還，已不下三萬一百六十四里。昔以游爲主，今以記游爲主。所游諸國，以美利加爲富國之翹楚，而不得不以日本爲中外之樞紐。按圖徵文，在己非在人矣。雖然，弗清轇轕，曷專槧鉛？是以東京至止，先補地背《圖經》，既而肆力於日本，晝夜排比，隨編隨印，以銅版鏤圖，以鉛字列表，以石印濟木雕所不逮。八月既望，瓜期届矣，猶竭力自效，不欲寸分陰曠也。述《游歷日本圖經餘紀後編》。

游歷圖經餘紀敘

雲龍既述《游歷日本國圖經》三十卷、《美利加合衆國圖經》三十二卷、《秘魯國圖經》四卷、《巴西國圖經》十卷、《英屬地加納大圖經》八卷、《日斯巴尼亞屬地古巴圖經》二卷，凡八十六卷，或印或繕，圖皆鏤銅，先後進由總理各國事務衙門王大臣察覈，恭呈御覽。凡此皆紀事體也，不依編年體。紀見紀聞，則里差何以較時，豈獨人與地行順則日增，逆則日減，末由見歟？問學之大小何以日新，徵兵之水陸何以月異，策國之損益又何以歲不同也，而況舟車之流年較閉户之課功爲尤迫，重譯之晨夕較同文之寒暑爲易奇，未敢云事事借參悉關國計，然使曠一分光陰，將毋虚一日跋涉，何以副志？何以對君？此雲龍所以晝游夜記，既揭全體之大要入於《圖經》，復探致遠之知幾著於《餘紀》，而不欲以浮聞雜，並不敢以膚詞飾也。遵旨游歷之國六，合之假道之國凡一十有一，詳《游歷圖敍》爲華里一十二萬有八百四十四，爲日七百七十。以光緒十五年十月十七日旋我京都，明年就途所草，編之斠之，起夏五月，訖秋七月，成《游歷圖經餘紀》一十五卷。分編一十有二，自爲敍曰：

舟車所馳，朱以識之，潮線軌線，視掌如斯。述游歷地球圖第一。寒爲冰券，燠尠塵坌，足跡計里，逾十二萬。述游歷天時地理合表第二。洲殊文殊，此非殊塗，中外同異，其樞紐乎。述游歷日本圖經餘紀前編上下第三。地背輪駛，亦陸亦水，瀛力之長，莫長於此。述游歷美利加圖經餘紀前編上下第四。英其多屬，此曾駐足，極北近之，忠義聊録。述游歷加納大圖經餘紀第五。飛瀑流回，紐約重來，爰諏爰度，道左徘徊。述游歷美利加圖經餘紀二編第六。旱虐未息，呼行不得，而避莫遑，冬暑相逼。述游歷古巴圖經餘紀第七。地背之南，赤道舟探，海濱無雨，水影何藍。述游歷秘魯圖經餘紀上下第八。春秋異華，游其最遐，時方炎旱，狹彼騫楂。述游歷巴西圖經餘紀第九。來非去路，駛七朝暮，夏雪薄凝，車軌尠誤。述游歷美利加圖經餘紀後編第十。蜻蛉一洲，補所未游，既記且斠，兩載倏周。述游歷日本圖經餘紀後編第十一。不鑿空沿，不緐縟編，以日繫月，以月繫年。述游歷圖經餘紀敘例第十二。

游日本詩變前編敘

晉泰康五年日本應神天皇甲辰，見《宋史》倭得漢文陳隋間，彼所謂聖德太子者著《舊事記》，是用漢文之椎輪，然未云變。其改倭爲日本一變，學唐尚矣又一變，而學泰西則始於明治元年，時我同治七年矣。越一十有九年，而雲龍遵朝諭游歷日本，以九月二十九日至長崎。明年爲光緒十四年，以夏四月十九日航太平洋游美利加之前一日爲斷，是爲前游，凡一百九十七日。見其一以泰西爲變之鵠，若鴟嚇之耆鼠，若羨魚之結網，若琴瑟不調改而更張之，如不及它，雖善變皆自以爲弗逮也。夫暫安而久危，曷若變之爲愈？朝爲而暮悔，又曷若不輕變之爲愈？雖然，拘於墟，篤於時，是又尚變者之羞也。詩以紀事，非歟？雖有不變之律與不變之聲調在，而若地與人與官與事必鰓鰓焉動入於古，豈其實耶？而要之萬變而不離其宗者近是。游歸之明年至天津，又明年以餘力董理詩草，補厥不足，得古今體一百九十六首，目曰《游日本詩變前編》，時光緒十七年夏五月。

游古巴詩董敘

古巴之游，於光緒十四年十一月三日至自華盛頓，越十八日即有秘魯之行。此十八日中，諏事歷地，摹圖譯文，何暇言詩？明年二月十七日由巴西旋紐約，輪艦餐案可伏，既編《古巴圖經》與《餘記》，遂補紀游詩古體三十二首，起二十六日，訖二十九日，不持寸鐵，白戰非歟？未敢著摸稜語，亦未敢雜欺世語，燈下屬草逮十之九，海雨猶敲窗催也。學書鑄丹，學犀照水，网网見之，將毋卻步，而三百四十七舟非命一萬七千三十三人，知必有耳吟而泣下者。噫！

游秘魯詩鑑敘

秘魯畔日斯巴尼亞借智利力，而强弱異轍，其立國規模一如華盛頓，而安危殊途，一爲因人鑑，一爲襲跡鑑也。長民視位如傳舍，瘠民職此，懷寶啞饑，又好逸者階之。以古鑑曷若以今鑑，以水鑑曷若以事鑑，游詠所及，亦聊自感自懲云爾。

游巴西詩志敘

巴西紀游詩古今體凡八十有七首。前七詩作於智利駛巴西舟中，至巴西國都後，游且晝夜並卜，安有餘力學詩？旋紐約海航一月有奇，古巴詩草既屬，以此繼之，起光緒十五年三月一日，訖九日，中間風浪輟二日。舟經赤道數詩，隨時續也。旱虐生還，無病而呻，鳥獸草木之名識小云爾，若曰多識，則吾豈敢。然觀興群怨之旨，求志久矣，寓正於葩，聊復見志。何詩無志？何游無詩？獨以名此，何也？巴西游最後，後先一志，志吾志者或亦有取於斯。

景日本延喜本文選第五殘卷敘

敘曰：雲龍至自南北美利加洲之第三日，從貴陽陳君衡山得見日本延喜十三年良峰衆樹所刊《文選》殘卷，刊當五代梁乾化六年，即鳳曆元年，去唐六載耳，僅存曹子建《送應氏詩》第二首、孫子荆《征西官屬送於涉陽候作詩》一首，爲可惜也。

往讀陸深《燕閑録》，謂隋開皇十三年十二月八日敕廢像遺經悉令雕刻，《筆叢》亦謂雕本肇隋，行於唐，擴於五代，精於宋人，之二説或者疑之。今質宋前槧本夫奚疑！日本百萬塔藏《無垢浄光經》，厥式不一，皆出鏤版。據《孝謙天皇記》刊於神護景雲四年，爲唐大曆二年，亦唐槧一證也，先於是本一百四十五年。程大昌《演繁露》云古書皆卷，至唐始爲葉子，葉子云者，即今書葉。而是本猶存唐前卷式，上下墨欄，縱則無之。《五代史補》謂《文選》鏤版於孟蜀母昭裔，後此二十載有餘矣。

按曹子建二詩，宋本在第二十卷，下有五詩，非卷終也。是本題《文選》卷之五終，以宋本斠字，曹詩『親昵畢集送』，宋本『昵』作『昵』。孫詩『傾城遠迫送』，宋本『迫』作『追』，『迫』似勝,『吉凶如糾纏』,宋本『纏』作『纆』,『憂喜相紛擾』,茶陵本云五臣作『擾』,袁本云善作『繞』,《考異》曰非也,善注引《神女賦》,『紛紛擾擾』不作『繞』,傳寫譌耳。或疑《考異》爲臆斷,今得是本,正與善注所引合。寫官豕魚,可資以正。宋本作者輒書字一如孫子荊,此本書名,凡此皆可與宋槧互質異同,鱗羽無多,萬難當叢書之一,雖然,所見槧本,莫前於此。千載外物,視同河洛,少云乎哉? 景而刊之,原璧歸之陳君。光緒十五年夏五月朔。

明日跋曰:

此源親房藏本,有印。按日本史:親房,具平親王後,家稱北畠,畠與畑同,猶言旱田也。畠、畑字中國並無。源其氏,北畠其姓,親房其名也,任參議在永仁、延慶間,永仁元年即元至大元年,然則鈐印時去今已五百七十餘年。

景唐刊卷子本陶文敘

敘曰:雲龍既刊日本延喜本《文選》第五殘卷,陳君衡山助訪圖籍,復得卷子本陶淵明《歸去來辭》,後署『大唐天祐二年秋九月八日,餘杭龍興寺沙門覺遠刊行』。三『兮』並作『矣』,『熹』不作『晞』,與《文選》宋本同。『揺揺』與陶集宋本『遥遥』異,『壺』與《文選》宋本同。以『絁』爲『絶』,與《論語》津藩有造本『令色』之『色』作『㐌』微異。『遺』,陶集宋本作『違』,『胡爲遑遑欲行之』與《文選》、陶集並異,『何』、『胡』誼複,行字較勝。它如『洎』、『願』、『鄉』、

『秐』、『秄』、『皐』，别體之字，莫遑毛舉。或曰：『此陶集也，集文此其最後一首，紀年署欵，卷終據也。然文目下題「陶淵明」三字，則非專集可知。』

或又曰：『安知非重刊本？』曰：『非也，可證者三：後題大唐，一也。日本刊書非增序跋即署欵鈐篆，旁增彼文，此則刊之餘杭沙門，不雜一字，二也。背面寫經，墨剥殆盡，可辨者數行耳，彼僧獲自中國，藏西京法隆寺，西書競尚，乃弁髦視之，其爲唐刊夫奚疑？三也。延喜本《文選》刊在五代梁乾化三年，此先於彼雖僅九年，然唐時槧本此尤碻證矣。』亟景刊之。大清光緒十五年秋敘於杲東京。

二李唱和集跋

《二李唱和集》，中國逸書也。陳君衡山得北宋本景而刊之，屬雲龍跋。按：李昉、李至，《宋史》、《東都事略》並有傳。昉與李崧同宗同里，時謂崧爲東家李，昉爲西家李。昉饒陽人，至真定人，非同里矣。是詩署『昉上』、『至上』，其爲唱和原卷之式無疑。昉文慕白居易，今觀二李詩皆與白近，微獨昉誦白句結太宗知己也。行十九字至廿四五，《經籍訪古志》云十九至二十，誤。存葉五至廿五，中間闕第十三葉。字體粗細有差，闕筆字外，有奪有蝕。景雕一如厥舊，可珍也已。餘詳陳君跋語。光緒十五年夏。

映雪樓雜著敘

光緒十五年，雲龍歸自南北阿美利加洲，方草《日本圖經》諸書，莊儆庵出其叔王父芝階先生《映雪樓雜著》屬敘。敘曰：

先生所著《南宋文範》、《金文雅》活字本，江蘇書局刊本、《碧血録》活字本、石印本，皆行於世，《職官述》二卷與此《雜著》未之刊行。《雜著》文凡八十有奇，藉非導源於經，别派於史，出入於諸子，則其爲文未克臻此。微而顯，曲而晰，言中有物而澄澈無一翳。樓名映雪，文境似之，非清曷真？非真曷正？讀先生上何睿堂書，未嘗不肅然於初志不欲以剽竊弋名也。如《海塘議》、如《練勇説》，濟世之志不其躍然歟！僅僅著述壽世爲可惜也。雖然，立言不朽，視立功、立德未易低昂也。先生名仲方，秀水人，舉於鄉，官内閣中書。

中井兼之篆體正變敘

粤稽《漢·藝文志》秦書八體，五曰摹印，又曰繆篆屈曲纏綿，以摹印章，此印篆之椎輪，然大率銅鑄，用石則元爿未之有聞。元會稽王冕以花乳石刻之，其時尚則處州燈明石也。秦印鮮矣，漢印往往而有，半與金石相出入，其精者罔或背六書之原。《周禮》六書僅存其目，斯文未墜，賴許洨長《説文解字》一書矣，與康成訓詁並重。自假宋學者遁空疏而樸學一厄，自冒漢學者矜穿鑿而樸學又一厄。明末顧亭林，碩儒也，於許學未窺奥窔，吾於檜下何譏。至我大清，許學獨闡，遠邁晉唐萬萬，段氏玉裁、嚴氏可均、王氏筠、鈕氏樹玉，皆説文學大家也，它若畢氏沅、姚氏文田、江氏聲、錢氏大昕、桂氏馥、孔氏廣居，後先輩出，類難枚舉。雖然，就全書著録莫段氏若，精到得未曾有，而誤改處亦所不免。雲龍擬復其舊，萃長棄短，求是注疑，名曰《説文解字正名》，以纂《順天志》、應游歷試，而未遑卒業也。西人初用臘丁文，今以法郎西文通行之。日本非中國同文者與？易西紀後學西文如不及，漢文寖廢，遑問許學？不意通籀篆有如中井兼之者，家在小西湖南，霜鬢種種然，髮短心長，手一編斠正不置，出餘技篆印，有古法，以所著《篆體正變》問敘於雲龍，始惜繼幸，終乃不勝大願。惜閔齊伋《六書通》卑卑不足道，古森厚孝易分類爲偏類，刺謬彌滋，曾何正之足云。繼而思之，縱非許學之萌芽，抑亦漢文之碩果矣。中井目覯手注，不下三十餘書，點畫互參，幸也幸也！推之西學，若步算、若輿地，皆表裏樸學者也，自西學觀之爲西學，自樸學觀之即爲漢學，解人不當如是耶？由是而象形，而諧聲，而會意，而指事，而轉注，而通叚，西人且不難通於許學，且不難進於孔孟之學，况同文若日本哉！况通漢文若中井者哉！光緒十三年冬十月廿五日，即明治二十年十二月九日，敘於東京永田町。

中邨敬宇文集敘

光緒十四年冬，雲龍游日本東、西京，言學問中君子人者，輒曰：『其中邨敬宇乎？』時雲龍欲商邃學且未遑也，遑問文邪？而餉雲龍詩，虛懷谷如。十五年夏，還自南、北阿美利加洲，嘗一造廬借書，遂視文集已編之卷凡十有六。其前六卷，惟第四未之刊行，以後則補遺也，且曰願得一言爲子孫寶。籲，采葑之懇切，一至此哉！時雲龍又纂《藝文志》、《金石》，而文徵猶未之逮。秋七月，始蒐古今文集百數十種，求不逐流又不泥古者，其敬宇文乎？以六經爲注脚，以五大洲時務爲經緯，文人之文豈其匹歟？集中《用字群玉序》曰：『不拘拘於文字而善道所欲言，好文也。』《送三島沖叔序》曰：『文凡百疵病無不可醫，惟僞不可醫。』旨哉言乎！賴山陽《書杜集後》一字訣曰真，斯文得之。人第震富贍如江河，沛然莫之能禦，猶末也。雲龍《游歷圖經》有《文徵》一科，一以實事爲宗，摎敬宇文較他集獨多。嗟嗟！判古今爲二者，俗儒也，居今而薄今者，腐儒也。欲祛二弊，非通儒吾誰與歸？同人社宗匠則敬宇也。不高崖岸，不限藩籬，蓋欲得奇才異能育之也。跡其言行，與文往往相副。儻所謂學問中君子人與？後先之待與守有責也夫！

偉人傳敘

史學不自經學來，有才未必有識。日本治經之漢學家始於伊藤維楨，而物雙松繼之。伊藤生於寬永四年，爲明天啟六年，著《論孟古義》在寬文初，是爲我大清康熙時。其正史有西山源光圀《日本史》，明朱之瑜弟子安淡泊佐之，而著《日本外史》、《政記》，則爲道光時人賴襄，求之近世蒲生氏重章，殆其匹與。光緒十有三年，雲龍遵游歷諭至東京得蒲生詩，答詩有『偉人傳莫雜時情』句，時猶未見所著也。一日持傳問敘與評，雲龍以爲評非古也，進游西京有日矣，聊倚裝敘。敘曰：

六經無『偉』字，《埤蒼》作『瑋』，《説文解字》『偉』訓『奇』，不變不奇，輕變亦非奇，惟窮則變，變則通，萬變而不離其宗，是之謂奇，是之謂偉，不然若風雲，若滄桑，變也，而何以有不變之日月山海在？若强弱，若工拙，亦變也，而何以有不變之孝悌忠信、禮義廉恥在？孝悌忠信、禮義廉恥之道即堯、舜、禹、湯、文、武、周、孔之道，中外一以貫之者也，溺西法者方以一線不絶爲多事，而不謂有爲偉人傳如蒲生其人者。蒲生字絅亭，一字子闇，舊藩召之，唱尊攘論被放歸東京，自號青天白日樓主人。明治初仕史官，尋罷，灌園俎橋畔，夜輒坐擁書城，下筆有聲，雖嚴寒酷暑不一停，刊十六卷矣。新成一卷爲義集第四編，蓋以仁義禮智信編帙也。或以人不易偉疑，則自敘不云乎？司馬遷《滑稽傳》，優孟、優旃皆以爲偉，而況所傳忠孝居多，藉非經學未易解此，後世有爲蒲生傳者，當不易吾言矣。賴襄鐵研歸蒲生者且五年，徑四寸，厚寸許，形員，額有雲紋，然則是書也，當亦默契作《外史政記》者之初心，而後先輝映，並行不朽，豈偶然哉！豈偶然哉！十一月廿五日戊寅。

元田永孚詩集敘

光緒十三年冬，雲龍游西京。十四年春航復東。所目詩卷無慮百數十，作者大氐性靈居多，求紀事不數數覯，遑言學也！今乃得之東野先生，永孚其名，元田其氏也。官由侍講而居顧問，清要職也。樂天，樂四時，樂讀聖賢書，樂聞古事，樂老少，因以五樂名園。聞雲龍將以記載餘力續《東瀛詩選》，由友示所著《講筵餘吟》、《五樂園詩鈔》、《別鈔》。誦其詩，如見其學。横子楠生贈詩，有『飽嘗泗水源頭味』句，良非虛語。集中詩如『縱使報酬勞夙夜，不如聖主愛臣深』、『石閣珠樓非我願，夢消槑月半窗煙』，未嘗非詩人之詩，而性靈中見學養。『若減家家一分用，拯來天下幾寒饑』、『誦經常有陛前坐，横槊曾無馬上行』，紀事也，而體用中見經緯，憂國愛君之心動溢字裏。就詩言學，居斯位宜，因位見學，作是詩愈宜，謂非於詩選自成一家言與？而非學人之詩，疇克臻此？

高島易斷敘

高島氏著《易斷》十卷，與其《易占四編》相表裏，而問敘於雲龍。敘曰：《易》之辭危，羑里尚矣。至精至變至神，幽贊於神明而生蓍，其見端耳。然謂蓍象非《易》則否否。日本學漢學殆二千餘載，一變學西，輒與舊異，庸詎知西學源流亦範圍不過而不自知歟！算學自畫卦始，含萬物而化光，未始非化學、光學之目之濫觴。坤道承天時行，未始非地繞日動之説之端倪。雲龍於游日本見《易》道曰『窮則變』，於游横濱，見高島氏合於《易》者，曰『器尚象，動尚變』。高島氏名嘉右衔[衛]門，字吞象，象以爻見，即象其物宜之謂。嗟乎！《易》亦難言。辭主理，或失則襲，筮主數，或失則虚。當泰西人欲創横濱瓦斯燈時，非高島氏燭利民之理，鈎利用之數，幾何不利歸之彼？鐵道亦圖始難，高島氏自横濱達神奈川填鐵道基納之官，即所謂高島町者是，後乃營居町側，重櫻老梅争露松石間，國人呼高島云。入其廬，圖書雜陳，《易》學居多。先是，學《易》未能，有罪入囹圄，不自以旡妄之災解，而讀《易》知悔，七年乃出。改過勇，遷善則勤，可不謂風雷益歟？與譚，尠厲語，而眉宇有奇氣。自言積金六十萬，一旦國家有緩急，上之。問何不仕？曰：『商，吾本色也！』然獨受從五位，亦褒章變例。雲龍肅然曰：獨筮云乎哉！形而下者謂之器，舉而措之謂之事業。不圖於游歷見之，不圖於日本貨殖中見之。或且沾沾焉就《易斷》一書謂其尚辭尚占也，無乃淺之乎視高島歟！

診病奇侅敘

王君惕齋見丹波氏元簡所著《診病奇侅》二卷爲醫者導診腹一法，欲付手民，而問敘於雲龍。時游美利堅有日，倚裝讀一過，未嘗不歎其得《内經》遺法，刺禁論之説，微中國無傳診腹法者，不圖日本得之。然其醫學自允恭時新羅醫士金武至國始，在晉義熙間。嗣求漢醫書於百濟而醫學起，丹波氏有聲，傳言爲漢靈帝五世孫阿知王後，元簡君著有《醫賸》三卷、《傷寒論輯義》七卷、《類聚方要補》十卷、《素問識》、《醫方絜領》諸書，而是書未見刊本。其説外感診脈，内傷則診腹，其法診時仰卧，不得則左卧，又不得則右卧，先胸，次胃經，次任脈，次脾經天樞，次臍下，次諸空所，則腹四隅骨際，此其定式也。男女老少肥瘠與新久輕重，此其相應也。二者其要也，殆與中國推摩小兒腹疾略近。本片假文，譯者松井氏操也。惕齋刊之，是亦仁術一端歟。光緒十四年夏四月四日。

海南遺稿敘

光緒十三年雲龍游日本東京，耳海南能文名，罔獲一見。明年見遵義黎大臣所作墓誌銘，輒喟然曰：『能文如海南，竟不一見耶！』又明年，雲龍歸自南北阿美利加洲，見重野氏安譯，固與海南同官修史局者也，手海南遺稿視雲龍曰：『其稿半在梓人手，願一言可乎？』曰諾。時方草《圖經》考工諸科，未遑讀也。既而纂《圖經》文徵一科，從黎大臣獲真子《扶桑木記》，真子，海南女也，能文世其家，非歟！適見海南仲弟服部嘉陳記其遺事，遂讀其遺稿，而不啻如見其爲人。嗟嗟，居今學者離儒之患滋而顯，辟儒之患深而微。善夫海南有《宋名臣言行録後集定釋敘》曰宋人之弊畏人攻其短，不敢展脚做事，漢唐人所爲事屬於國，所以盛也，宋人各成己名，而國事則日非，何其言之痛切若是歟？班固不云乎，辟之琴瑟，不調甚者，必解而更張之，廼可鼓也。臨淵羨魚不如退而結網，斯言也，更化者師之，是其所長也，然欲不至離經畔道不止。而海南則曰漢學體也，洋學用也，漢學道也，洋學器也，用與器實而易，執中人以下可與，體與道虛而難捉，非才性超化不可能，又何其言之持平若是歟？雲龍爲之轉一誼，曰技近於道，其庶乎一以貫之也，觀其議復拜跪類非逐流比，而惜乎僅以能文名也。雖然，海南與重野諸人修紀略及編年史若干卷，又著《支那通信始末》五卷附録二卷、《水户黨争始末》一卷，晚年欲作《儒教類編》，雖曰未就，而所成書沾溉來者已不少矣，能文豈虛也哉！遺稿文不概梓，梓凡四卷。

海南姓藤野氏，名正啟，官由昌平學校教授至正六位、勳六等。

儒學本論敘

長尾氏楨太郎以所著《儒學本論》屬述。雲龍喟然曰：嗟嗟，居今論儒，難矣！生於斯，長於斯，西學恣張，而獨述《儒學本論》，尠不嗤其迂且腐矣！雖然，儒學非它，堯、舜、禹、湯、文、武、周、孔之學，中外古今一以貫之，如布帛，如菽粟，如水火，不可須臾離者也。其條目始格致，終治平，自非樸學者爲之，不從知物入，遂遁於虚。假誠正以語治平，而改輒不應，不爲西學所竊笑者幾希！或勝［騰］其説曰：形而下者其用實，形而上者虚語耳，不如廢之爲愈。嗟嗟！堯、舜、禹、湯、文、武、周、孔之學非它，君臣、父子、夫婦、兄弟、朋友之道也。人一日不絶，則儒學一日不廢。慨末學流弊，遂並其本疑之，可乎哉！可乎哉！西學不外格致，曾子四角不掩之説即地圓之説之祖，孟子謂千歲之日可致，殆亦算學門徑歟？彼詡新奇皆自聖門發端，特初不欲以游藝名家，書缺有間，學者寖失尋繹，轉讓彼以實用勝，此學者所當愧而思奮也。是書僅見上卷，儒言居多，然如所謂惟拘文校字爲務者，訓詁支流，而亦非經師訓詁也。要而論之，薄今泥古，不至跬步難行不止。藉忘儒本，雖曰權利罕與之京，而利耑則競，權重則傾，不以堯、舜、禹、湯、文、武、周、孔之學濟之，非所敢知矣。以爲然耶？否耶？光緒十五年秋敘於日本東京。

慊堂文集敘

雲龍纂《日本藝文志》既畢，中郵君敬宇出視《慊堂文集》五卷，其第二卷末之見，其文有經術氣，殆後起之物茂卿歟？ 其考古如銅鼓，如走湯山鐘銘，於狩谷氏未遑多讓。其《蠅説》一篇於小人情狀洞如觀火，非深閱歷所未克道，惜乎《文徵》爲期所限，不及益此集中文爲可惜也。雖然，蓺文續志請俟它日。慊堂其字也，姓松崎氏，名明復。光緒十五年季秋敘於日本東京。

星崗山記敘

雲龍述《游歷日本圖經》三十卷，校讐之役資籾山氏逸也力居多姓籾山氏，名逸也，將竣，出所著《星岡山記》屬敘，曰：『侍左右二閱月，見晝夜無片刻暇，是以欲請而躊躇數四也。今歸有日，敢請一言。』雲龍曰諾。

星岡其舊居也，記之意不在境，記之境輒見於詩。其詩有曰『真箇長安居不易，贈袍脱劍一人無』，不禁愴然久之。雖然，抑鬱四溢，亦知有並此而不敢一露者乎？ 又安知非詩以窮而工、文以變而奇、問學以憤悱而啟發，正蒼蒼者之所以因材而篤乎？ 籾山性沈潛，通漢學，旁通西學，適用才也，豈終窮耶？ 而况著作林即以是爲嚆矢也，籾山其勖之。

饕喜廬文二集卷九

日本傳國三神器跋

雲龍按：日本傳國神器三：一八咫鏡，亦曰神鏡，二天璽，亦曰八阪瓊之曲玉，三草薙劍，亦曰寶劍。據《日本國史》往往言此三種，天照大神授之皇孫天津彦彦火瓊瓊杵尊，當中國黄帝時也。傳至御閑城入彦天皇懔懔神威，遂依舊鏡與劍别造之。而傳世之八咫鏡、草薙劍，置倭之大和國笠縫邑立磯城，神籬命皇女豐鋤入姬齋守焉，而天璽則仍置宫中温明殿鎮座内侍所，爲護身御璽，非出人爲，是自然璽也。厥後八咫鏡置伊勢國今屬三重縣五十鈴川即天照太神宫，草薙劍置於尾張國今屬愛知縣吾湯市郙，即天藂雲神宫也。天璽在宫，至今不替。據《神寶圖形神秘書》詳《藝文》云：『鏡，日也，玉，月也，劍，星也。』仲哀天皇時有奏宜慎而莫怠者。又按此三者無字，時無文也。中國劍始神農，有《管子》、《越絶書》可據。《潛確類書》曰皇帝液金以作神物，於是爲鑑，豈物已流傳歟？又按《日本紀》云素盞烏尊配於出雲州，時持十握劍割大蛇尾，尾中有寶劍，初此蛇帶劍時，其尾常有雲氣，曰天藂雲，劍尊以此劍納皇太神宫，神曰『我所失劍也』，後名草薙劍，或曰《倭漢三才圖會》神代令石凝姬神造寶鏡爲三種之一，於傳有之，此類是也。其人言之鑿鑿，難可以削，輒據圖説著録之。

日本天璽瑞寶十種跋

雲龍按：日本所謂天璽瑞寶十種者：一、贏都鏡，亦曰圓輪鏡，二、邊都鏡，亦曰八葉鏡，三、八握劍，四、生玉，五、死反玉，六、足玉，七、道反玉，八、蛇比禮，九、蜂比禮，十、品物比禮。據《神寶圖形神秘書》言，天神彥靈尊賜天孫櫛玉饒速日尊或謂皇孫天津彥彥火瓊瓊杵尊，非是，其子宇麻志摩治命獻日本盤，余彥天皇奉之皇殿行鎮魂祭，教詔曰：『若有痛處者令兹十種，謂一二三四五六七八九十，而布留部由良，由良止布留部，如此爲之者死又反生矣又云布留之言本。』詔呪法也。日本神武以前謂之神代，其目後世易之未可知也。比禮云者，以毒傳刃之濫觴，相傳已久，存而不論可也。

日本伊豫道後碑跋

雲龍按：《伊豫道後碑》，《好古小録》題《伊豫國道後湯碑》。據言文云法興元年十月，歲在丙辰，爲推古即位四年丙辰，『元』一作『六』，誤也，法興願盡五年復轉元年也。碑佚，文見《釋日本紀》所引《伊豫國風土記》，今依録文聊著綿蕝云爾。《伊豫國風土記》述立碑之由，其言曰：湯郡大穴持命見悔，恥而宿奈毗古那命欲活，而大分速見湯自下樋持度來以宿奈毗古奈命，而浴漬者蹔間有活起，居然詠曰『真蹔寢哉』，踐健跡處今在湯中石上也，凡湯之貴奇不神世時耳。於今世染疹痾萬生，爲除病存身要藥也，天皇等於湯幸行降坐五度也，以大帶日子天皇與大后八阪入姬命二軀爲一度也，以帶中日子天皇與大后息長帶姬命二軀爲一度也，以上宫聖德皇爲一度及侍高麗惠總僧葛城臣等也。於時立湯岡側碑文記云《服部元喬有道後温泉碑》，蓋寶曆中爲松山藩撰也，近始上石，藤野正啟作碑陰記，云聖德大子立碑湯岡信矣，惜其碑不知所在。天武十三年四國地大震，土佐田圃五十萬頃陷爲海，伊豫温泉壅塞，意碑亦此時没土歟？天武十三年當唐武后垂拱元年乙酉。

日本如意輪觀音大士造像記跋

雲龍按：大和國法隆寺有銅觀音像座之記，二行，第一行十四字，第二行二十四字，正書，作於日本推古十四年，當中國隋大業二年。狩谷望之謂金石文之傳今未有先於是者。今蒐伊豫道後碑在隋開皇十六年，先此十年矣，然金文莫前於是。望之又云前人未見，此拓本罕見之證。其友松崎游法隆寺，使和田持正鈔望之文納之寺僧，在文政己丑，其記見之《古京遺文》及《金石文字墨帖一覽》。『丙』作『帀』，『寅』與多賀城碑同，『願』作『顚』，『禮』作『礼』，皆别體字，『無』作『旡』，則古體字。此精拓本得自中井兼之。

日本金堂藥師造像記跋

雲龍按：銅像在大和國法隆寺，其記見火燄背，五行正書，長九寸三分，寬四寸六分。造像後於觀音像一年，丁卯當隋大業三年，記池邊大宫者，用明天皇宫曰池邊雙槻也。以丙午即位，與記符。其後推古天皇爲欽明天皇中女，用明同母妹也，其太子曰廄户豐聰耳，即記所謂東宫也，西田謂之藥師如來，其文『御』、『歳』、『㠯』、『坐』，皆《干禄字書》之俗體，『邉』、『故』、『藥』、『然』、『堪』、『卯』，皆别體字。

日本上太子藏聖德太子瑪瑙石記跋

雲龍按：《瑪瑙石記》在畿内道大阪國［府］河内國睿福寺，高四寸有奇，寬五寸有奇，正書六行，第一行泐，第二行存『今年辛巳』四字，第三行存『足稱美政』四字，第四行存『千四百餘』四字，第五行存『王大臣寺』四字。考之《日本史》、《日本紀》、《扶桑略記》、《水鏡法王帝説》、《太子傳曆》、《太子傳補闕記》，聖德太子爲用明第六子，母至馬官廄户而産，因名曰廄户，推古廿九年卒於斑鳩宫，卒之年爲辛巳，當唐武德四年，與碑辛巳字合，真耶？ 贋耶？ 非所敢知。集古十種已著録矣。

日本宇治橋斷碑跋

雲龍按：碑在畿内西京府山城國常光寺。行書三行，文曰：『浼浼横流，其疾如箭，修修□人，□騎成市，欲赴重深，人馬□命，從古至今，莫□□□。世有釋子，名曰道登，出□□□，□滿之家，大化二年，丙午之歲，扣立此橋，濟渡□□，即因微善，爰發大願，結因此橋，成果彼岸，法界衆生，普同此願，夢里空中，導其苦□。』水湮入土，尋出而失其半，近人補之。造宇治橋者道登，非道昭也，足證《續日本記》之誤。大化二年爲唐貞觀二十年，去今一千二百四十五年。或謂之菟道斷碑，蓋日本方音語宇治與菟道同也。

日本釋迦佛造像記跋

雲龍按：釋迦佛造像亦銅也，正書一百九十六字，在火燄背，十四行，高廣並一尺一寸一分，推古二十九年皇子廄户豐聰耳卒，當唐武德四年即辛巳也。越二年癸未，爲武德六年，據狩谷氏云，廄户之卒實在此年。《金石年表》題『大和法隆寺釋迦師如來』即此。

日本法隆寺釋迦銅立像背銘跋

雲龍按：釋迦如來銅立像在畿内道奈良縣大和國法隆寺，銘在佛背。有字處高四寸有奇，寬二寸許。正書四行，均十二字。文曰：『戊子年十二月十五日，朝風文將其零濟師慧燈爲[illegible]加大臣誓願敬造釋迦佛像，以此願力七世四恩六道四生俱成正覺。』戊子爲推古三十六年，當唐貞觀二年。先是雲龍致書半井真澄拓觀音座下字，書發，已得之矣，而覆書以此易彼。[此]《古京遺文》所未逮，適爲雲龍所得，旁觀詫爲神助云。

日本二天造像記跋

雲龍按：二天造像記爲《金石年表》所未逮。法隆寺金堂有四天像，此在二像銅光燄背，《墨帖一覽》題『二天像造像記』，其記二，一二行，第一行六字，第二行八字，長四寸四分，一亦二[二]行，第一行七字，第二行六字，長增前記九分，並正書。二記次序依拓本，與狩谷異。其定爲白雉元年，已詳《古京遺文》，時唐永徽元年。工首一爲德保，而鐵師則乎古也，一爲大口，而『木閈次』，以『閈』爲『閉』，《段注説文》『閉』下云王逸少書《黄庭經》三用『閈』字，即閉也，中從午，蓋許書本作門午，午所以歫門，『春』字下云『午，杵者也』，然則『午』亦『杵』省。歫門用直木如杵，轉寫昧其本，始信如段説。此記閈字猶存古體，摹本誤閈，今從中井兼之獲精拓本入圖，《集古》本題銅斛銘，誤也。《好古日録》云百濟國造。

日本敦賀常宮鐘銘跋

雲龍按：鐘在北陸道福井縣越前國敦賀常宮，正書十行，行字有差。太和爲新羅年號，其元年當唐貞觀廿一，則太和七年爲唐永徽四年，時日本白雉四年也。《東國通鑑》：新羅景德十六年唐至德二年十二月置九州，改郡縣名，以沙伐州爲尚州，領州一、郡十、縣三十，歃良州領州一、小京一、郡十二、縣三十四，菁州爲康州，領州一、郡十一、縣二十七。鐘文曰『菁州』，在未改康州前一百有四年。

日本船首王後墓誌跋

雲龍按：日本銅版墓誌之存今者以船首王後墓誌爲最，古在大阪府河內國古市郡古市郵西琳寺。天智七年當唐總章元年，去今一千二百二十八年。長七寸七分，寬二寸二分，面背各四行，面第一行廿四字，第二行、第三行各廿三字，第四行、背一行各廿四字，第二行廿二字，第三行廿字，第四行十二字，闕字十有二。『氏』作『氐』，『等』作『䒭』，『能』作『䏻』，『寶』作『寶』，皆《干禄字書》通字。《干禄》『躭』通『聃』俗此，『志』作『惣』，又『兒』作『児』，『第』作『弟』，『丑』作『丒』，『牢』作『窂』，皆《干禄字書》所謂俗也，『沛』作『沛』，『須』作『湏』，『異』作『異』，『葬』作『塟』，『兄』作『𠑹』，『靈』作『霊』，皆別體字。

日本小野朝臣毛人墓誌跋

雲龍按：小野朝臣毛人墓誌，在畿内道西京府山城愛宕郡高野河北山上一町許。《金石年表》云今亡，狩谷氏亦未之見。《輶軒小録》云銅版長一尺九寸，寬一寸九分，《盍簪録》收之，《好古小録》云闊二寸，圖依原式，面文一行廿四字，背文上八字下十四字少小，正書所見撫本也。天武六年丁丑，當唐儀鳳二年，後船首王後墓誌九年。

日本新田部碑跋

雲龍按：新田部碑《集古十種》著録之，下截漫滅，以穗積碑例此，『親』下當是『王』字。存者第一行曰『白鳳十一年壬午正月』，第二行曰『太政官二品新田部親』，第三行曰『左大臣□位□』，正書，其立碑時當唐永淳元年。

日本那須直韋提碑跋

雲龍按：碑高三尺八寸五分，寬一尺五寸八分，文字所逮高一尺九寸三分，寬七寸七分，正書八行，行十九字。在東山道橡木縣下野國那須湯律上�，俗稱笠石。其文曰：『永昌元年己丑四月，飛鳥浄御原大宮那須國造追大壹那須直韋提評督被賜。歲次、庚子年正月二壬子日辰節彌，故意斯麻呂等立碑銘偲云爾。仰惟殞公，廣氏尊胤，國家棟梁。一世之中重被貳照，一命之期連見再甦。碎骨飛髓，豈報前恩？是以曾子之家無有嬌子，仲尼之門無有罵者。行孝之子，不改其語。銘夏堯心，澄神照乾，六月童子，意香助坤。作徒之大。合言喻字。故無翼長，飛無根更固。』凡一百五十二字。那須直其姓氏也，韋提其名。日本無永昌元年，與碑正合，日本人强謂爲朱鳥四年，係洗者改爲永昌元年，今碑石拓本具在，無改作形。日本對馬島八幡宮鐘爲新羅國造而曰『天寶四載』，朝鮮錢文偶鑄洪武，類此可證也。大和國興福寺有南圓堂銅燈臺，銘云『歲次景申』，諱『丙』爲『景』，非唐制耶？而日本貞金且從其諱，國人無異辭，何獨於紀年疑也？一碑年號無關紀年輕重，以信而疑，安用金石爲？凡作贋物，欲亂真也，既無永昌年號，改此何爲？改『四』爲『元』又何爲？如曰隨意改作，又安能與己丑無紊耶？原拓石印以質中東信古者，臆説舌辨，均非雲龍所屑爲矣。『督』作『[illegible]』，『辰』作『辰』，『乾』作『乹』，古通用字，『節』作『莭』，『嬌』作『嬌』，『尼』作『𡰪』，『喻』作『喻』，古俗字，《干禄字書》可斠也。『庚』作『庚』，『碎』作『砕』，『髓』作『髓』，類皆别體。

日本采女墓所碑跋

雲龍按：采女墓所碑原高一尺七寸五分，寬七寸，文字所存高八寸，文五行。第一行云：『飛鳥浄原大朝庭大弁』，第二行云『官直大貳采女竹良卿所』，第三行云『請造墓所形浦山地四千』，第四行云『代他人莫上毁木犯穢』，第五行云『傍地也』，第六行『己丑年十二月廿五日』，凡六十字，正書，《金石年表》《河内形浦山碑》即此。河内國石河郡春日邨形浦山在畿内道大阪府境，土人謁呼帷子山碑，後徙建同邨妙見寺，不得仍沿《河内形浦山碑》之目矣。《古今遺文》鈔本見二，一藏之中井，曰《采女氏塋域碑》，一藏之黄邨，曰《采女氏冢地碑》。雲龍則謂不如取碑中文定其目曰《采女墓所碑》。己丑爲持統三年，當唐永昌元年。『庭』作『庭』，『丑』作『丑』，《干禄字書》所謂俗字者也，『庭』、『廷』古通用，采女其氏也，『卿』作『卿』，『形』作『形』，『毁』作『毁』，皆别體。

日本藥師寺東塔擦銘跋

雲龍按：藥師寺東塔擦銘在今奈良縣大和國藥師寺東塔擦柱西。狩谷氏云字所存高一尺三分，闊一尺五分，正書十二行。第一行六字，二、三兩行並十五字，四行十四字，五行十五字，六行十三字，七行三字，八行十三字，九行十二字，十行、十一行並十一字，十二行一字。日本金石家定爲文武二年，據《續日本紀》也，是爲唐聖曆元年。其文『建』作『建』，『此』作『此』，『龍』作『龍』，『傳』作『傳』，皆與《干禄字書》所通者合，『而』作『而』，『遵』作『遵』，『業』作『業』，『誓』作『誓』，『式』作『式』，『發』作『發』，『願』作『願』，『刹』作『刹』，『寂』作『寂』，『溢』作『溢』，『齡』作『齡』，皆别體也。書此銘者舍人親王，舍人其名也，持統九年授浄廣貳文武時爲親王，敘二品，養老三年賜一品。先是舍人修《日本書紀》，四年五月成紀三十卷，系圖一卷，後於書此銘時二十有二年。

日本妙心寺鐘款識跋

雲龍按：鐘腹款識一行，廿二字。正書，高一尺［三寸］八分，初置大和國藥師寺金剛院，故《金石年表》謂之《法金剛院鐘》也。後懸山城國妙心寺庫院西樓。《扶桑鐘銘集》云古老傳世亂，有壯夫數人擔此鐘來，粥錢五千去，蓋緑林客也，豈天正、慶長間耶？知者謂此法金剛院鐘，吉田兼好所謂黄鐘調者是也。岡崎氏見本『收』、『評』二字漫漶，且誤『糟』爲『精』，不知糟屋爲築前國郡名也。今見舊拓，『評』字不泐，『糟』亦分明，『戊』作『戉』，『戌』作『戌』，『寅』作『寅』，與《觀音大士造像記》、《多賀城碑》同，『國』不作『国』，傳抄作『国』非也，『鑄』作『鑄』。戊戌爲文武二年，當唐聖曆元年，去今一千一百六十三年也。

日本威奈大邨墓誌跋

雲龍按：威奈大邨墓誌鐫於塗金銅合，蓋盛骨器也。圓徑八寸，字居三寸九分，題一行，序銘三十八行，行十字，正書。據《好古小録》云：明和中，大和國葛下郡穴蟲山崩出此。慶雲四年爲唐景龍元年。其文『奈』作『柰』，『岡』作『罡』，『本』作『夲』，『廉』作『廉』，『藤』作

『藤』，『備』作『偹』，《干禄字書》以『偹』爲俗，以『夲』爲通。

日本文忌寸禰麻呂墓版跋

雲龍按：文忌寸祢麻呂墓版以銅爲之，長八寸三分，寬一寸四分，凡三十四字，正書。在畿内道奈良縣大和國宇陁郡八瀧邨。文忌寸者，百濟博士王仁之裔也，祢麻呂，狩谷已詳考於前。慶雲四年當唐景龍元年。『督』作『𧄍』，『禰』作『祢』，『慶』作『𢇁』，『卒』作『𡙕』，皆别體字。

日本穗積碑跋

雲龍按：《穗積碑》見《集古十種》。文四行，一行曰和銅二年正月廿，二行曰太政官二品穗積親王，三行曰奉行，四行曰左大臣正二位石上尊，正書。《日本紀》慶雲二年九月詔二品穗積親王知太政官事，與此碑合。石上尊，不比等公也，與《建多胡郡辨官符碑》『太政官二品穗積親王左大臣正二位石上尊』同，此先於彼二年，時唐景龍二年。『穗』、『尊』等字可互參也。

日本伊福吉部臣德足比賣墓誌跋

雲龍按：伊福吉部臣德足比賣墓誌鐫於銅合，蓋與威奈大邨墓誌同，此則《好古小録》有原合圖可撫也。高七寸，圓徑九寸，厚一寸一分五釐，十五行。第一、第二兩行並六字，三行三字，四行、五行、六行並八字，七行九字，八行三字，九行八字，十行、十一行、十二行、十三行並七字，十四行一字，十五行八字，十六行紀年十二字。和銅三年當唐唐隆元年，《金石年表》謂之《因幡伊福吉部氏墓誌》。

日本建多胡郡辨官苻碑跋

雲龍按：建多胡郡辨官苻碑在東山道群馬縣上野國多胡郡。高三尺九寸，寬一尺九寸，正書六行，第一行、第二行、第六行並十三字，餘並十四字，其文曰：『弁官苻，上野國片罡郡、緑野郡、甘良郡，並三郡内三百户郡成給羊成多胡郡。和銅四年三月九日甲寅，宣左中弁正五位下多治比真人、太政官二品穗積親王、左大臣正二位石上尊右大臣正二位藤原尊。』《金石年表》謂之《多胡郡碑》，今依狩谷著目。此碑曾流傳中國，葉氏雙鈎刻本，翁氏方綱跋，云可與焦山瘞鶴銘並峙，誠重之也。呼爲日本殘碑，實未之殘。和銅四年當唐太極元。『岡』作『罡』，『寅』作『寅』，『尊』作『尊』，『穗』作『穗』，它碑字體往往同此。

日本粟原寺塔鑪盤銘跋

雲龍按：文字所在高一尺，寬一尺二寸五分，正書題一行五字，注兩行各十一字，文十行。

第六行十一字，八行五字，九行六字，十行十二字，餘皆十四字，又後三行之前二行並九字，後一行八字。《集古十種》本四至移後，後三行移高，皆非真面矣，今依舊式。和銅八年即靈龜元年也，當唐開元三年。《金石年表》、《集古》皆題露盤，然文内作『鑪』不作『露』，依狩谷本。『盤』作『盤』，『粟』字蝕半，『島』作『㠀』、『倭』作『俀』、『浄』作『淨』、『日』並半剥、『籃』作『檻』、『爾』作『尔』、『賣』作『賣』、『頟』作『頌』、『於』作『扵』、『銅』作『銅』、『科』作『枓』、『願』作『顧』，『成』作『咸』。

日本近江新田郵碑跋

雲龍按：碑在東山道滋賀縣近江國草津驛西南新田郵，正書『養老元年十月十日石柎立超明僧』十四字。養老元年當唐開元五年。立上一字不可識，『明』作『明』。

日本元明御陵碑跋

雲龍按：元明御陵碑，狩谷謂剥落無存，《好古小録》碑字非真面矣。舊撫本漫漶，僅添『城馭洲老歲朔』數字。碑高三尺，寬二尺餘，厚一尺，文居碑十之四，下段無字。《續日本紀》：『養老五年十月庚寅，大上天皇詔喪地者皆植常葉之樹，即立刻字之碑，癸亥，詔謚號稱其國其郡朝廷馭宇天皇流傳於後世。』詔出，元明陵碑浸多，然傳今此其始也。初没土，後出，置畿内道奈良縣大和國奈良阪春日社庭。養老五年當唐開元九年，《續日本紀》：『天平九年十二月改大倭國爲大養德國，十九年三月依舊爲大倭。』天平寶字元年改爲大和法隆寺所藏。《法華經義疏》及醍醐地藏院所傳古記並署『大委國』，『委』殆『倭』省與？《説文》：『倭，委聲。』『倭』、『委』古通用，此碑在改大養德前十七年，故稱大倭國也。『陵』、『所』、『養』、『首』、『玥』，皆别體字。附狗裝隼人圖三，一立二踞，亦陵上物。

日本上野下贊鄉碑跋

雲龍按：上野下贊鄉碑，《集古十種》謂之《上野國山名邨碑》，在東山道群馬縣上野國。石高二尺有奇，寬一尺七寸，初未之見，明和中山頽而出。正書九行，第一行十二字，第二行十三字，第三行、第四行十六字，第五行十七字，第六行十五字，第七行十二字，第八行二字，第九行紀年十一字，文多漫漶。譯曰：『上野國群馬郡下贊鄉高田里三家子孫爲七世父母、現在父母現在侍家刀、自□□君□□刀、自人紀□部刀、自後物部君千足吹馱刀、自次□□刀、自合六口，又知識所結人三家氏人□□、次知萬呂鍐師礒了君牛麻呂，今三口如是知識結而天地誓願，仕奉石文。』神龜三年當唐開元十四年。

日本興福寺觀禪堂鐘銘跋

雲龍按：興福寺觀禪堂鐘銘，《集古十種》謂之《南都興福寺勸善院鐘銘》，《金石年表》謂之《大和勸善院鐘銘》，注『在興福寺』。其文所在高一尺八，寬上三寸八分，下五寸。正書四行，行廿字，惟漫漶者多，識裁廿餘。今以原拓著述。輒據《金石諸書》譯文曰：『揵搥神器，金皷仁風，聲振鷲嶽，響暢龍宮，奉爲四恩。先靈聖躬，游神壽域，晤言天衆，釦輪息下，折機清空，芥城伊竭，弘揞無窮。鑄銅四千斤，白鑞二百六十斤。神龜四年歲次丁夘十二月十一日鑄□。主德因時。』凡八十字。『鼓』作『暜』，『響』作『嚮』，『卯』作『夘』，鑞居銅四十之一，據此可知鑄鐘法。神龜四年當唐開元十五年也。

日本天平銅鏡識跋

雲龍於光緒十五年夏得自日本東京書坊，爲搜訪者陳［渠］也。算法：每徑一寸合圍圓三寸有一分四釐一毫，是鏡徑二寸三分，凡得圍圓七寸二分二釐五毫六忽八絲。雙螭夾正書一行，曰『天平五年三月』，當唐開元廿一年，去今一千一百五十六年也。五字闕上一筆，日本人今俗體字猶然。

日本武智麻呂墓誌跋

雲龍按：武智麻呂墓誌在畿内奈良縣大和國榮山寺山中，僅餘五字，其可辨者『天平乙』三字耳。『乙』下爲『亥』字無疑，第五字『丁』，真耶？贋耶？所未詳也。然《集古十種》已入録。乙亥爲天平七年，當唐開元廿三年。

日本石浮圖文跋

雲龍按：石浮圖在畿内道奈良縣大和國龍福寺，凡四層。上第一層高九寸五分，方一尺一寸有半，蓋石厚五寸，方一尺四寸。第二層高一尺五分，方一尺三寸有半，蓋石厚五寸，方一尺四寸。第三層高一尺一寸有半，方一尺四寸，蓋石厚六寸，方一尺四寸。第四層高一尺六寸，方一尺四寸五分，蓋石厚七寸，方二尺七寸，惟此層有字。據日本人云，正面舊有『天平』字樣，今未之見，右側似有字五而不可辨，左側僅存『昔阿育』三字，下一字雖餘數筆，不可知矣。存此三字，其爲無垢净光塔可知。百萬木塔所藏《無垢净光經》後此十有餘年。

日本山名邨碑跋

雲龍按：碑在東山道群馬縣上野國緑野郡山名邨山上。正書文曰：『辛巳歲集月三日記。

佐野三家定賜健守命孫黑賣刀自此。新川臣兒斯多禰足邊孫大兒臣娶三兒長利僧母，爲記定文也。放光寺僧。』凡五十二字。文體似下賛碑。《好古小録》、《西田金石年表》均定爲天平十三年，果爾，則時爲唐開元廿三年。

日本楊貴氏墓誌跋

雲龍按：楊貴氏墓誌在畿内道奈良縣大和國宇智郡，享保十三年山頹而出，或曰民掘也，尋復入土。墓誌瓦製之傳今始此，高屋枚人墓誌紀、廣純女吉繼墓誌，皆瓦，一後此三十七年，一後此四十五年。此瓦高六寸九分，寬九寸，厚二寸餘。正書八行，前四行文各七字，紀年三行，一爲八字，一爲三字，一爲四字。天平十一年當唐開元廿七年。『氏』作『氏』，『卯』作『夘』。

日本八幡宮鐘銘跋

雲龍按：鐘在西海道長崎縣對馬島八幡宮，爲新羅所造，俗呼楊妃化妝鐘，蓋緣天寶四載而傅會也。其文曰：『天寶四載乙酉，思仁大角於爲賜夫只山邨無盡寺鐘成，教受内成記。時頎助在衆臥僧邨宅，方一切檀越並成在願旨者、一切衆生者苦離樂得教受成，在節雀乃秋長幢主。』凡六十七字。大角於云者，新羅位階也。《二天造像記傳》云造自百濟，已著録矣，依例著此，然未見拓本，輒依《好古日録》述文。天寶四載爲日本天平十七年，時號大和國也。

石佛足拓本跋

唐使王玄［策］至天竺，見《唐書・西域傳》，《日本史》無『使黄書本實向大唐』之語，樂石可補史闕，易地皆然。雲龍既景《佛足石圖》入《日本金石志》，而顧若波又得拓本，輒綴數語如屬。

日本佛足石圖記跋

雲龍按：佛足石圖記在西京藥師寺上面，佛足圖花文作萬字形，通身之文寶劍、雙魚、瓶螺、千輻輪相，梵王頂相。長一尺六寸，寬計其中六寸，足四隅有紋。前面一行題字曰『釋迦牟尼佛跡圖』，其文十九行，第一行廿一字，第二行廿二字，第三行廿三字，第四行廿字，第五行十九字，第六行廿字，第七行廿一字，第八行廿字，第九行廿［字］，第十行廿字，第十一行廿二字，第十二行廿字，第十三行十九字，第十四行十八字，第十五行廿字，第十六行十八字，第十七行廿二字，第十八行廿字，第十九行四字，四面高一尺七寸四分，寬一尺九寸左右。佛像下方題八字。左側字十七行，第一行十二字，第二行十字，第三、四、五、六行並九字，第七行十字，八、九行並九字，第十行十三字，第十一行十二字，十二行、十三行並十一字，十四行十字，十五行八字，十六行九字，十七行七字，四面高一尺九寸，寬一尺九寸四分，上有垂雲，左有花紋，其外右方題名六字，第十行下方題名六字。背面十二行，第一行五字，第二行七字，三、四、五、六、七、八、九、十行並五字，十一行六字，十二行七字，四面高一尺八寸，寬二尺三分，上有花紋。右側三行，行四字，方圍高五寸五分，寬三寸七分。左右佛像二，有花紋。石輒凹凸，文泐滋多，傳譯又互有異同，今以狩谷望之《古京遺文》本爲主，擇長補闕，而以它本異同挍而著之，備互糾也。佛足石臺前面刻文第一行釋迦牟尼佛跡圖文字，第二行案野呂本、白田本本並作『尋石』，據野呂本補，第三行『十指』野呂本云『帶相』，松屋本作『□相』，白河氏《集古》本無『是』字，第四[行]《集古》本闕『城』字，『處』在『近』上，『商』下無『迦王』二字，第五行『相』，它本作『彩』、無『於』字，第六行《集古》本『關昧經云』三字，狩谷本無『云』字，據松屋本補，第七行內『心』松屋、《集古》本作『恩』，《集古本》無『由其而』三字，『俱』下無『□』，松屋本『其』作『此』，第九行闕『有暴惡』，第十行闕『崖龍』，第十二『無□寺』作『有』，闕『堂』字，第十三行闕『慶』，第十四行闕『及』，第十五行闕『相』，第十六行闕『見』，第十七行『者』下云『出步之□』，『來』作『平』，第十八行闕『次』，第十九行闕『家』，『遇』作『異』，『惡』作『西』，第二十行狩谷據野呂本補『休』字。其石臺左側刻字，第一行《集古》本闕『磨』無□，第二行狩谷本闕，茲據《集古》本補，第三行《集古》本有□，第五行『於』字據狩谷本，第六行『此』《集古》本誤『日』，狩谷本不誤，第七行『條一』《集古》本作『行』，『院』作『阬』，第八行《集古》本闕轉寫，第十行，

《集古》本云『元年歲次己巳』，天寶元年己丑，非己巳也，松屋本作『己丑』而狩谷本定爲五年癸巳是也，《金石年表》列之四年，蓋以下四年壬辰而誤，『盡』，松屋、《集古》本並作『至』，第十二行『努』，松屋、《集古》並作『奴』，無『以』字，第十三行『七』，松屋、《集古》並作『十』，第十四行『王』，松屋本作『之』，第十五行『万』，松屋、野吕、《集古》並作『方』，而狩谷定爲『万』，『畫』，松屋、《集古》本並作『書』，松屋本『石』作『神』，第十六行『吕人云』作『主仕云』，匠，《集古》本此行僅云杉原甲，『注曰』以下漫滅。其石臺左側刻字『三國真人净足』，野吕本云『文室真人净三』。其石臺背面刻字第一行《集古》本闕『至心』二字，『發』作『伏』，第三行『王』，松屋作『主』，第七行『駕』，松屋本、《集古本》作『高』，第八行『邦』，《集古》本作『拜』，第十行『訶』，各本無，惟狩谷本有之，『永』，狩谷本存其半，然松屋本並《集古》本作『永』，據補，其右側，刻字三行各本無異，下方二題字獲入著録。自狩谷始，拓本有明滅，拓時有先後，拓手有精麤，而譯文則由學識而有異同也。剥落久矣，非資舊譯，浸同没字，故互斠之。

日本東大寺聖武銅版敕書跋

雲龍按：聖武銅版敕書《大日本紀》注稱敕書，《集古十種》、《金石年表》合在大和國東大寺，高一尺七分，寬六寸八分。其文凡十四行，行廿八字，惟第一行廿九字，正書。天平爲聖武年號，天平勝寶爲聖武子孝謙年號。聖武之發願在鐫敕於銅前十一年也。觀敕云『天平十三年發願』

語而知。《大日本史》注云東大寺所藏敕書爲元年閏五月二十五日，正與第二敕書後署元年合。此敕原文至『共出塵籠者』而止，其下五十九字孝謙續也。既言以天平勝寶五年正月十五日莊嚴已畢，仍置塔中，願前日之志悉皆成就，其爲刊於五年，當中國唐天寶十三年，夫奚疑。《金石年表》列之天平勝寶元年，則天寶八年也，殆未審第二敕書標年而誤與？『薩』作『蕯』，『彌』作『弥』，『滿』作『満』，『稽』作『𥡴』，『國』作『国』，『經』作『経』，『置』作『罝』，『尼』作『尸』，『冀』作『𦋺』，『與』作『与』，『永』作『𣱵』，『恩』作『恖』，『恆』作『恒』，『靈』作『霊』，『剎』作『刹』，『等』作『䓁』，『橘』作『橘』，『衛』作『衞』，『守』作『守』，『禮』作『礼』，『辭』作『辞』，『網』作『䋄』，『塵』作『塵』，字體之古俗通用者，『承』作『羕』，則日本相沿俗字，國君而有法名，往往然也。

又銅版敕書跋

雲龍按：高寬與前敕同，十四行。前一行一施字，二行封五千户，三行水田一萬町，四行以下行廿七字，第十三行紀年，第十四行署名，正書。《大日本史》天平勝寶元年十二月二十七日丁亥，幸東大寺施封四千户，二年二月二十二日辛巳幸東大寺，益封爲五千户，今敕先云五千户矣。狩谷氏言刻時改增，其信。以『万』爲『萬』，不用假借字也，『分』作『分』，『發』作『癹』，『願』作『頋』，『壽』作『寿』，『彌』作『弥』，『快』作『怏』，『粤』作『粤』，『濟』作『済』，

『復』作『複』，『弊』作『弊』，『國』作『国』，『越』作『越』，『邦』作『邦』，『永』作『朩』，『薩』作『薩』，『率』作『率』，『勢』作『势』，『離』作『離』，『廟』作『庿』，『靈』作『灵』，『尊』作『尊』，『功』作『㓛』，『臣』作『臣』，『孫』作『孫』，『觸』作『觸』，『隆』作『隆』，『登』作『登』，『御』作『御』，類多别體，與唐寫經本往往而符，以『佐』爲『佐』，則日本俗字相沿至今。

日本天平勝寶驛鈴識跋

雲龍按：銅驛鈴長七寸八分，鈴寬處一寸九分，柄三出如矢羽然。文居柄中，一行曰『天平勝寶年鈴』，六面有『驛鈴』二字，並正書。銅舌尚存，其音律中黄鐘。天平勝寶當唐天寶間，後天平銅鏡十有餘年，今亦歸雲龍矣。所見日本驛鈴率多無字，有之，亦莫前於此。

日本東大寺枚幡鎮鐸款識跋

雲龍按：此爲枚幡之風鎮銅鐸十有奇，刻字並同，藏東大寺。正書二行，前行七字，後行十字，有字之處高二寸，寬一寸二分。所謂天平勝寶九歲者即天平寶字元年也，當唐至德二年，其五月二日則己酉也，有聖武周忌御齋道場幡可據。幡之銘簡白綾朱字，枚幡之銘簡緋絁墨字，並天平勝寶九歲歲次丁酉夏五月二日己酉書，其幡尚存東大寺。

日本修造多賀城碑跋

雲龍按：修造多賀城碑在東山道青森縣陸奥國宫城郡市川邨。高五尺二寸，寬二尺四寸餘，正書十一行。前五行紀里，而題『多賀城』三字，於前二行上，第六行至十行其文也，行十七字，惟第十行十三字，第十一行紀年十一字，皆在方圍外，上端有『西』字，較大。多賀城舊址猶見市川邨也。蝦夷國今爲北海道，《五代史》渤海本號靺鞨，高麗之别種，又曰黑水靺鞨本號勿吉，後魏時見中國，其國東至海，南界高麗，西接突厥，兆[北]鄰室韋，蓋肅慎氏地也。分數十部，黑水靺鞨最北，勁悍，無文字，其兵角弓楛矢，此靺鞨之見正史者。是碑『京』、『蝦』、『国』、『龜』、『桉』、『将』、『勳』、『所』、『貧』、『卿』、『兼』、『惠』、『美』、『修』等字古俗兼用。

日本鑑真和尚墓誌跋

雲龍按：鑑真和尚墓誌在東山道橡木縣下野國藥師寺邨龍興寺，墓作塔形，正面題『鑑真大和尚』五字，長凡二尺四寸，字寬約五寸許，側書『天平寶字七壬寅五月五日』十一字，長凡二尺二寸餘，皆正書也，當唐廣德元年。『寶』作『宔』，餘無别體字。

東大寺甲銀壺銘跋

雲龍按：東大寺在畿内道奈良縣大和國。銀壺有甲字爲第一，壺高一尺四寸，口徑一尺四寸，圍七尺四寸，此日本曲尺量也。銘云『重大五十五斤』，合日本今秤二貫百六十㣲。又云『蓋實並臺𠂇重大七十四斤十二𠂇』，合日本今秤二貫百六十𠂇。甲壺臺重大十二斤，徑一尺四寸二分，高四寸。據《觀古雜帖》今權衡二十四銖爲兩，三兩爲大兩之一，十六兩爲斤，銀銅爲大，此外用小，金貴於銀，鐵賤於銅，貴者用小。其大者一斤今秤之一百八十𠂇，小者一斤少二十𠂇。《續日本紀》：天平一十年四月今諸國改馱馬一匹所負之重大二百斤，以百五十斤爲限，蓋三十六貫改減廿七貫云。漢字無『𠂇』字，日本一錢之重爲𠂇。壺蓋已佚，拓本亦未之見。中國貞金以銀著録如此銘者尠。

東大寺乙銀壺銘跋　壺形視甲

雲龍按：乙壺銘重大五十二斤，少於甲三斤。壺臺銘重大十斤八𠂇，八𠂇云者半斤也，少於甲六十四斤四𠂇。《觀古雜帖》亦未及蓋。天平神護止二年，此三年即神護景雲元年，當唐大曆二年，二壺銘紀年並同。

日本織田邨鐘款識跋

雲龍按：鐘在北陸道福井縣越前國織田邨社。正書三行，高四寸五分，寬三寸五分，前二行各五字，後一行六字，譯文曰『釼御宇寺鐘，神護景雲四年九月十一日』，泐者『釼』、『鐘』、『雲』三字。其年即寶龜元年，當唐大曆五年也。精拓本假自中井兼之。

日本高屋連枚人墓誌跋

雲龍按：高屋連枚人墓誌在畿内道大阪府河内國石河郡，瓦石莫辨。《墨帖一覽》云高八寸三分，濶五寸七分。《好古小録》云長八寸，濶六寸，厚二寸餘，度自國人，已參差矣。或曰藏叡福寺東南院。寶龜七年當唐大曆十一年，『朔』作『玥』，與紀吉繼墓誌同。

日本涅槃經磨崖跋

雲龍按：此在畿内[道]奈良縣大和國宇智川。《金石年表》稱《大和宇智川磨崖碑》，《古京遺文》稱《宇智河崖涅槃經碑》，《集古十種》稱《磨崖碑》，皆有未安。今爲定厥目曰《涅槃經摩崖》。正書，居崖高三尺二寸，寬二尺四寸五分，題一行，文五行，紀年二行，凡八行。文蝕多矣，據舊譯曰『大般涅槃經題一行諸行无常，是生戚法，生戚匕己，寂戚爲樂文一行，如是偈句，乃是過去未來現在諸佛所説開空法道文二行，如來證涅槃，永斷於生死，若有至心，聽文三行，常得无量樂文四行，若有書寫讀誦，爲他能説一經，其身於劫後七劫不墮恶道文五行，寶龜九年二月四日，工少□□□紀年一行知識□□紀年二行」、「大般」之「般」不從木，摹手多譌。寶龜九年當唐大曆十三年，「无」、「戚」、「寐」、「墮」、「恶」等字古俗兼用。

日本紀廣純女吉繼墓誌跋

雲龍按：紀廣純女吉繼墓誌在畿内道大阪府河内國石河郡春日邨妙見寺。是瓦造也，上下二片，長八寸三分，寬五寸三分，厚三寸有奇。延曆三年當唐興元元年。書朔癸酉不書月，它碑尠見。「延」作「𨑹」，「朔」作「玥」，「西」作「百」，「國」作「国」，「兼」作「𠔥」，「副」作「𠛬」，「將」作「捋」，「等」作「䒭」，「諱」作「諱」，「繼」作「継」，古俗兼用，體雜篆隸。

日本陸奥國大元帥社碑跋

雲龍按：碑在東山道青森縣陸奥國。高五尺一寸，寬三尺六寸有奇。正書剥落，然「大平寺大同四年己丑歲三月十二日町田」、碑陰「有供曰建」等字分明可辨。時唐元和四年也。拓本係出分摹。

日本沙門勝道上補陀洛山碑跋

雲龍按：沙門勝道上補陀洛山碑在東山道橡木縣下野國補陀洛山。《集古十種》僅目爲日光山碑，失之疏屚矣。高三尺九寸，寬一尺七寸，横額篆曰『沙門勝道上補陀洛山碑』，正書文十七行，第一行、第二行均七十二字，第三行七十一字，第四行、第五行均七十二字，第六行七十一字，第七行至第十二行均七十二字，第十三行七十一字，第十四行至第十六行均七十二字，第十七行四十九字，銘四行，前三行均五十六字，後一行八字，又文一行一百廿七字，又署欵一行九字。沙門勝道者俗姓若田氏，開補陀洛山者也。先是開二荒山，神護景雲元年、天應元年再登再阻，延曆元年漸達於頂。爲文與銘且書之碑者僧空海也，『遍照金剛』，空海法號也，『弘仁之年敦牂之歲』，弘仁五年甲午也，『月次壯朔三十之癸酉』，九月三十日也，時唐元和九年。《弘法大師正傳》云『八月晦爲沙門勝道撰上補陀洛山碑文』即此。先是閏七月八日獻梵字並雜文於庭，梵字悉曇字母並《釋義》一卷、《古今文字讚》三卷、《古今篆隸文體》一卷、《梁武帝草書評》一卷、《王右軍蘭亭碑》一卷、《曇一律師碑銘》一卷、《大廣智三藏影讚》一卷，善書有聲，用狸毛筆。是碑篆書正書皆有法。

日本南圓堂銅燈臺銘跋

雲龍按：銅燈臺銘在畿内道奈良縣大和國興福寺南圓堂，其臺六方，銘原六版，今存銘版四耳。『董修福』以下闕如，存字二百四十有五。弘仁七年當唐元和十一年。日本無諱『景』之説，其爲遵唐諱無疑也。『等』、『兊』、『福』、『休』、『邇』、『薩』、『來』、『度』、『修』等字古俗兼用，『藤』與它文異同滋多：賀城碑從禾、道澄寺鐘銘從禾，又從木，古印章亦有從木者，光明後寫經跋從糸，古延喜卷從氺。

日本慈尊院邨斷碑跋

雲龍按：碑在南海道三重縣紀伊國高野山慈尊院邨，正書，石斷，僅存五行，凡一百六十字。弘仁七年當唐元和十一年。文有大師入李唐，其爲述入唐之僧無疑。

日本益山寺花盤款識跋

雲龍按：盤在東海道静岡縣伊豆國君澤郡增山邨益山寺。文三行，第一行曰『養加山』，第二行曰『于時弘仁八歲正月吉日』，第三行曰『當山住持』，凡十七字。『弘』字原闕末點，蓋省筆也。渾日數曰吉日，『持』字闕『寺』。《金石年表》所謂伊豆益山寺金剛盤即此，《集古十種》謂之《花盤銘》，實非銘也。弘仁八歲時當唐元和十二年丁酉，君澤郡分自那賀，其西濱海。

日本大和州益田池碑銘跋

雲龍按：益田池碑舊在畿内道奈良縣大和國，空海書也，體兼篆隸，國人多之。益田池湮，倉夫析碑以砌高取城，其石垣裁露一『雷』字，拓者視如吉光片羽，其真跡草本藏高野山上智院，白田氏橅刊《集古》本中。據知碑巨，字亦大，草本頗小，匪當時模入石者，雖然，較之轉寫猶勝。兹將石拓『雷』字列前，以艸本縮印附著於篇。天長六年當唐寶曆二年。目仍碑舊曰《太和州益田池碑銘》，國亦曰州，相沿久矣。

日本僧空海所造陶佛掌圖款識跋

雲龍按：佛掌圖款識顧氏澐拓自愛知縣名古屋。此陶佛也，正面佛與侍者像凡十有九，車一，馬一，背則佛掌圖也。正書陽文，其可辨者曰『天長七□月七日，旅江嶌□□秘密護法□□空海一萬座□修此形像□者地』，然則此爲萬座之一。天長七年當唐太和四年，造像以陶者多，而範文如鏤如鑄，罕見物也，謂與佛足圖對待也亦宜。

日本天長經筒跋

雲龍按：經筒陳氏明遠藏。正書三行，製之者藤原朝臣也。天長七年當唐太和四年。

日本陸奥介高道墓碑跋

雲龍按：陸奥介高道墓碑在東山道青森縣陸奥國樫木邨。土人相傳高道與蝦夷戰死，《久德實録》云天安二年正月甲申，授正六位上阪上大宿禰高道從五位下己酉爲陸道介。貞觀五年當唐咸通四年癸未。碑字凡九，正書曰：『高道墓，貞觀五年五月。』

日本神護寺鐘銘跋

雲龍按：神護寺鐘銘在東山道西京府山城國葛野郡之高雄山，神護寺改自高雄寺，『雄』一作『尾』。雲龍游西京時，半井真澄視鐘銘初拓本，曰寺創於其祖。先是鐘橘廣相文，菅原是善銘，藤原敏行書，世所謂三絶鐘者是。貞觀十七年造鐘，當唐乾符二年，去今一千四十五年也。『旟』、『慶』、『鑄』、『继』、『曰』、『帰』、『琢』等字古俗兼用。

日本牛島牛御前社造像碑跋

雲龍按：牛島牛御前社造像碑在東海道東京府武藏國牛島。高三尺九寸八分，寬一尺九寸五分，正書。第一行八字，第二行七字，第三行三字，第四行七字。貞觀十七乙未天當唐乾符二年，以天爲年。不第唯是，以『釈』爲『釋』則日本俗字。

日本菅原道真鐘劍三銘跋

雲龍按：吉祥院鐘銘作於貞觀十七年，當唐乾符二年，元慶寺鐘銘作於己亥，當唐乾符六年，右大臣劍銘作於元慶六年，當唐中和二年，皆菅原道真撰，據《菅家文草》。

日本昌泰經筒跋

雲龍按：經筒顧氏澐藏，其質銅，高七寸二分，徑二寸，有口八。行書三行，其第二行曰『菅原氏』，其第三行『昌泰二年』可辨也，當唐光化二年。

日本鐵鉾款識跋

雲龍按：鐵鉾在畿内道西京府山城國白河郡天滿宮，亦曰天神宮。長約二尺四寸，鉾端側面九寸五分，寬處一尺，柄一尺。面文近柄曰『一之鉾』，背文在柄曰『延喜八年三月十三日』，時五代梁開平二年戊辰。《金石年表》謂之山城白川天滿宫鉾。

日本東大寺銅鉢款識跋

雲龍按：銅鉢款識一行廿八字，長一尺一寸餘。鉢臺文一行六字長二寸餘。日本廿四銖爲兩，三兩爲大兩之一，十六兩爲斤，量銅例也，此曰大兩視此。五斤五兩合今日本秤九百五十六錢二分五釐，一斤七兩合二百五十八錢七分五釐。『両』、『延』、『喜』别體字。延喜十四年當五代梁乾化四年。鉢在畿内道西京府山城國東大寺，今東京大藏省印刷局橅圖矣。

日本道澄寺鐘銘跋

雲龍按：是鐘今在畿内道奈良縣大和國宇智郡小島邨榮山寺，蓋道澄寺廢而移之此，《金石年表》謂之山城道澄寺鐘，道澄寺初建於山城國也。延喜十七年當五代梁貞明三年。『澄』、『從』、『無』、『衛』、『将』、『藤』、『權』、『覽』、『曼』、『座』、『爲』、『底』、『来』、『禅』、『喜』、『並』、『邊』，古俗通用。

日本遠江長福寺鐘款識跋

雲龍按：鐘在東海道静岡縣遠江國佐野郡原田鄉長福寺。凡廿一字，正書。佐野郡在周智郡東轄郵，九十有五町，一亦巨郡也。天慶七年當五代晉開運元年。鐘文款識耳，《集古十種》謂之鐘銘，非。以『佐』爲『佐』，日本俗字，『遠』、『卿』、『國』、『度』、『年』，皆別體也。

日本佛足石和歌跋

雲龍按：光明后和歌廿一首，第二首自書。碑高六尺二寸，寬一尺五寸五分，文居四尺六寸五分，上段十一行，下段十行，每行一首。『恭』泐上半作『尒』，松屋本作『恭』，狩谷本脱『呵責生死』四字，『發』後補刻『佛跡』二字及上段一首『美』、十首『麻須良乎能』，下段一首『注字禮志久毛阿留可』、十首『理師毛止牟與伎比止毛止旡佐麻佐牟我米爾』。今影拓本其泐字見摹本者，上段一首『禮』下『知知』，二首『志』下阿止止』、『可下毛』，三首『與』下『伎比』、『祁』下『牟』、『乎』下『和多是多字』，四首『豆』上『吕』，六首『乃須』下爲須重文，七首『己』下『禮利』，八首第一字『己』、第十四至第十六字『與伎比』、第廿八字『毛』，十首『與』下『波』『宇』下『都』『利』下『伊其』、注『麻多』下『乃與乃□□』，十一首第七字『阿』、第八字『止』，下段一首『麻佐』下『米爾彌祁牟阿止乃止毛志佐乎』、其注『宇禮志久毛阿留可』，二首注『都』下『利』，三首『伎』、『米』之間本無，四首『可』上『止』、其注『利』下『雞』，五首『志』上『奴非如』、注末一字『可』，六首第九字『久』、第十字『留閇』下『保呂支』、其注『止』下『麻伎』，七首第四字『嶶』、第八字『多』、其注『須』下重文，八首『伊』下『都都』，『奈』上有『多』字、『奈』下『伎』，九首『伊』下『加』、『波』上『嶶』、『禰』下『爾』，十首第二字『都』、第十字至第十二『比多留』，尚可辨也，十五至三十一『乃多爾久須理師毛止牟與伎比止毛旡』，其注『佐麻佐牟我多米』，雖爲補刻，亦難盡識。《和歌集》古本猶稱倭歌，歌載石始此。《萬葉集》有歌仙、歌聖目，長短靡定，然三十一言之體輒以爲率。

日本室生山畑中碑跋

雲龍按：碑在畿内道奈良縣大和國室生山。高一丈餘，正書『大界外相』四字，每字長五寸六分，側有『未』、『申』二字。『畑』同『畠』，旱田也，中國無『畑』字，亦無『畠』字。據《集古十種》注云弘法大師真蹟。

日本三城目邨碑跋

雲龍按：碑在東山道青森縣陸奥國白川郡三城目邨，高二尺七寸，寬一尺八寸。右半有梵文一，左半日本文：上二行，前一字クハン 譯音爲廣，し不可詳也，合之爲古地名。フッ其

義爲北，ハウ其義爲方，後一行カ譯音爲哥，ヘ未詳，又ヌレリ譯音曰奴列利，合五字爲一地名，タウ之義爲東，ハウ亦方也。下二行，前一行亦日本文，カチイニ子□ノエ譯其音曰喀治以宜勒□奴葉，其義所未詳也。サハ之義爲申，或曰是爲紀年干支，其信然歟？後一行正書『六月二十六日』凡六字。日本人古碑不輕入録，録此聊備一格。

日本大重院碑跋

雲龍按：碑在東山道青森縣陸奥國安積郡大重院。石鋭頂，高二尺四寸，正面高四尺八寸，下寬四尺，上狹於下六寸。行書，漫漶存者不及廿字矣。其頂梵文不存一字。『治曆三丁未二月』蓋省『年』字，時當宋治平四年。

日本三鈷寺門碑跋

雲龍按：碑在西京府西山三鈷寺門。正書三行，云『不許女人魚肉五辛等兼保元甲刀年三月廿九日』，凡二十字。承保元年即宋熙甯七年甲寅。以『兼』爲『承』日本俗字，以『力』爲『寅』，今無用者，殆省文與？『元年甲寅』而曰『元甲力年』，亦一俗例也。

日本白峰寺古瓦款識跋

雲龍按：瓦在南海道愛媛縣讚岐國白峰寺遍照院弘法大師堂。長尺餘，寬八寸餘，正書飛白，文凡五行：第一行七字，第二行八字，第三行十一字，第四行三字，第五行六字。『讚』、『条』、『廿』皆別體也。空海別號遍照，金剛院名『遍照』以此。天治元年當宋宣和六年。

日本天養瓦經跋

雲龍按：天養瓦經拓本今存三百八十行有奇，中有二行裁餘字邊。其目曰《藥師經》一至十二凡六行，皆正書也，既非覆紙，亦異書丹，蓋以錐畫坯然後燒之，丹波元簡之受自夏姬路侯者，五百片瓦之文散佚久矣，今存十不逮一，日本人大淵棟蒼得此贈向山氏榮，癖古者也。顧氏澐至日本見之，耆𡡉甚，易以齊刀，雲龍假而影之入志，有元簡跋寬政己未年，播州神西郡須賀院郵瑞雲山常福寺僧掘寺後山，得瓦版佛典凡可五百片，表裏鐫字，側面記卷頁數，而多破碎不可辨者，乃天養元年極樂寺大法師禪慧所書。有願文十頁，詳載其顛末云。未燒之時以錐書之，書畢積薪燒之，蓋是八百年前物，古色佛佛逼人，何啻汲冢之佚篇、甘泉之遺瓴哉。享和辛酉夏姬路侯與侍臣手自拂拭，勿論其完好，即湊破碎零斷之餘逐版聯接，詳其文理摹搨得若干部，其片片追尋之苦心，殆類乎瘞鶴僕石焉！噫，侯既有好古之癖，而其封內出如是法寶，豈得非有大因緣乎？侯賜予是經一部，予頂戴喜悅，將裝潢，適有一友贈楮素册子，尺度頁數正與此相稱如故製者，亦是有因緣邪！遂連屬而盡上之，以加護云。是歲孟蘭盆日記，櫟蔭拙者簡，崖略可藉證也。據言，寬政辛未，播州神西郡須賀院邨瑞雲山常福寺僧掘寺後山，得瓦版佛典五百片，表里鐫字，側面記卷頁數，蓋瓦經出土在嘉慶四年。播州即播磨國也，夏姬路侯拓若干部，以其一賜元簡，在享和辛酉，距出土時二年。元簡又言天養元年極樂寺大法師禪慧寫有願文十頁，其年爲宋紹興十四，然據願文，實沙門嚴智所書，非禪慧也，元簡誤耳，向山氏榮已碻鑿言之，元簡《病間紀談》記瓦經一事亦誤爲禪慧書，所當辨也。元簡《瓦經跋》署『櫟蔭拙者』，簡印二：一曰『丹波元簡』，一曰『櫟窗病間紀談』，署『櫟散生』。問之此方人，云元簡字桂山，號櫟窗，拙者、散生皆別號也，爲德川侍醫，文政七年卒。好古其次子，元堅即跋《經籍訪古志》者也，通稱『多記樂春院』，『多記』其氏也，『丹波』其姓也，『樂春院』猶中國俗稱某堂也。

日本高藏寺鐘銘跋

雲龍按：鐘藏畿内京都府和泉國高倉邨高藏寺。行書陰文曰『久安五年己巳十月八日造之大修惠院』，凡十六字。時宋紹興十九年。

日本廣隆寺鐘銘跋

雲龍按：鐘在畿内道西京府山城國太秦莊廣隆寺。字具二體，文判陰陽，前三十餘行爲陰文梵字，又十八行爲陽文梵字，又正書一百七十九字，亦陽文也。鑄於久安六年，當宋紹興二十年。正書内『説』、『呈』、『成』等字半雜俗體。

日本基衡室安倍宗任女墓碑跋

雲龍按：此墓碑也，《金石年表》謂爲墓誌，在東山道青森縣陸奥國盤手郡平和泉邨。高三尺八寸二分，寬九寸三分，正書三行。中一行曰『前鎮守府將軍基衡室安倍宗任女墓』，左側一行曰『仁平二壬申年』，右側一行曰『四月二十有日』，凡廿七字。以壬申入二年間未著奇，而用有字殆俗例與？仁平二年爲宋紹興二十有二年壬申。

日本中川寺鐘銘跋

雲龍按：鐘在畿内道奈良縣大和國吉野山中川寺，吉野山即所謂南都者也。正書陽文十行，行各八字。據鐘文『大治四年鑄』，當宋建炎三年，改鑄於長寬二年，宋隆興二年也，中間相去三十有六年。『季』、『賴』、『善』、『群』、『卅』、『寬』等字有古有俗。

日本伊都岐島鐘銘跋

雲龍按：鐘在山陰道廣島縣安藝國伊都岐島。正書陰文，曰『伊岐嶋旂山水精寺奉施入建立聖人永意治兼元秊丁首二月二日』，凡二十七八字。治承元年丁酉爲宋淳熙四年。以『嶋』爲『島』，以『斾』爲『彌』，以『兼』爲『承』，以『秊』爲『年』，以『首』爲『酉』，以『旃』爲『施』。

日本八幡神宫寺鐘款識跋

雲龍按：鐘在畿内道西京府山城國八幡神宫寺内。正書陽文二行，云『宿院極楽寺鐘，治丞二年六月四日』。第一行六字，第二行八字。治承二年當宋淳熙五年。『宿』、『院』、『極』，皆别體字，『楽』非原闕，『承』日本俗字作『兼』，此作『丞』。

日本平重盛公墓志跋

雲龍按：墓誌在畿内道兵庫縣攝津國。正書三行十九字，不無漫漶，然『治承三年』猶可識也，時宋淳熙五年戊戌。日本金石『承』輒作『兼』，此則作『承』，不用俗字也。

日本法然山人行業碑跋

雲龍按：碑在畿内西京府山城國西山二尊院，額曰『空公行狀文』，十四行，行書『空公智恩院』。僧名法然，字源空，姓漆氏。元禄十年，其君敕贈圓光大師，寳永五年加『東漸』二字。

其卒在建曆二年，當宋嘉定五年。碑『年』已剥蝕，後題『大宋慶元府打石梁成覺』，蓋其立碑僧也。宋慶元府在兩浙路，今浙江甯波府鄞縣治也。

日本如法寺碑跋

雲龍按：碑在東山道青森縣陸奥國郡山如法［寺］，石形長方，上段佛像一，下段正書三行，中行曰『兼元二年八月十□□』，前行曰『右志者爲慈父也』，後行曰『□□壬慶造立』，凡廿二字，以『兼』爲『承』。承元二年當宋嘉定元年戊辰。

日本建保磁鈴款識跋

雲龍按：磁鈴爲顧氏澐獲自東海道愛知縣尾張國名古屋。其大如圖，正書陽文四行：一曰『築前國』，二曰『宇佐神寶』，三曰『建保三乙亥』，四曰『九月日』，凡十五字。築前國屬西海道福岡縣。是鈴爲宇佐社神之寶，建保三年乙亥，其省年，日本金石往往然也，時宋嘉定八年。鈴以磁爲之，罕見物也。『國』作『囯』，『佐』作『佐』，日本俗字。

日本鹽竈鐵燈識跋

雲龍按：鐵燈在東山道陸奥國。草書二行，一曰『奉寄進』，二曰『文治三年七月十日和泉三郎忠衡敬白』，凡十有九字，時宋淳熙十四年也。有款識而無銘，《集古》本曰《鹽竈大明神鐵燈銘》，所不敢沿。

日本譽田八幡宮鐘款識跋

雲龍按：鐘在畿内道大阪府河内國譽田八幡宮。正書陽文四行，凡二十八字。八幡其神也，文内明言山陵鐘也，故《金石年表》曰『鐘』，極是，而《集古本》目爲燈籠銘，非也。建久七年當宋慶元二年。『播』、『陵』、『鐘』，皆俗體字。

日本極樂寺鐘銘跋

雲龍按：鐘在東海道神奈川縣相摸國秋山邨極樂寺。建久七年當宋慶元二年，正書陽文廿五行，行六至十六字有差。『極』、『国』、『邊』、『季』、『福』、『龙』、『興』、『致』、『以』、『鑄』、『嶽』、『遠』『歲』、『夘』、『軋』、『邇』、『疑』、『廷』、『悉』、『融』、『默』、『靈』、『韻』，古俗兼用。

日本日光山中禪寺鐘銘跋

雲龍按：鐘在東山道橡木縣下野國日光山中禪寺。銘正書陽文八行，以『中』爲『中』，以『三』爲『四』，皆與古合。『坝』、『定』、『達』、『年』、『龙』，類此爲俗體字，建保四年當宋嘉定九年。

日本如法寺釜堂碑跋

雲龍按：碑在東山道青森縣陸奥國郡山如法寺釜堂。高三尺，寬二尺六寸，鐫像七。其右角正書曰『建寶七年己卯天二月日』，凡十字，蓋當宋嘉定十二年己卯。以『天』爲『年』而先曰『七年』，亦一俗例也。撫其碑像。

日本千光院鐘銘跋

雲龍按：鐘在南海道愛媛國讚岐國屋島峰千光院。銘爲正書陽文，十行。貞應二年當宋嘉定十六年。『島』作『嶋』，『承』作『兼』，『久』作『久』，『條』作『條』，『彌』作『弥』，『土』作『土』，古俗兼用。

日本光德寺雁林堂鐘銘跋

雲龍按：鐘在畿内道大阪府河内國雁田尾畑邨光德寺雁林堂。其銘正書陽文一百有八字。寬喜己丑是其元年，當宋紹定二年。『无』、『靈』、『跡』、『舩』、『傍』、『延』、『壽』、『以』、『世』，等字古俗兼用。

日本觀心寺鐵鐙鑪銘跋

雲龍按：鐵燈鑪在畿内道大阪府河内國觀心寺。正書陽文廿四行。文内明言鑄大燈鑪，《集古本》目之爲燈籠何耶？貞永二年即天福元年，當宋紹定六年。『尣』、『与』等字動與古符，『爭』、『回』、『燈』、『春』、『願』，類皆别體。

日本日光山新宫佛器款識跋

雲龍按：佛器在東山道橡木縣下野國日光山中禪寺，《集古》本謂之御供器，《金石年表》謂之佛器，日本方言『御』之言尊也，尊佛故曰御器也。正書四行，凡十有九字。仁治三年當宋淳祐二年，以『治』爲『治』，殆出工手，不足責也。

日本鴻橋寺鐘銘跋

雲龍按：鐘在畿内道兵庫縣攝津國多田莊鴻橋寺。正書陽文。寬元二年當宋淳祐四年。《五代延喜卷子本文選》『昵』作『昵』，此銘有『昵』字，『遠』、『躰』、『毎』、『弥』、『韻』皆别體字。兵庫縣今有多田邨。

日本世尊寺鐘銘跋

雲龍按：鐘在畿内道大和國吉野郡世尊寺。行書『寬元二年甲辰』，當宋淳祐四年。『金』、『辰』、『宂』、『佛』，皆别體字。

日本金剛山寺鐘銘跋

雲龍按：鐘在畿内道奈良縣大和國矢田山金剛山寺。陽文十四行，前五行梵書，後九行正書。寬元四年當宋淳祐六年，以『寛』爲『寬』，以『刚』爲『剛』。

日本驛鈴款識跋

雲龍按：鈴藏福羽家，銅古色如鐵。其面『驛鈴』二字正書，其背字如正面。又有『寬元五年』四字，當宋淳祐七年。此外所見日本古鈴撫本曰『乎字鈴』，其鈴攢五，上一而左右各二也。和卅八木郵出土，曰『萬字鈴』，其鈴四出而鐫卍字於其間也，信濃國小縣郡出土。此二者皆以形名，非有乎字、萬字也。曰『鬼向鈴』，舊水户藩家藏，曰『五鈴』，皆一在其下而左右各二也。柏木政矩藏既無款識，非此驛鈴比矣。

日本建長寺鐘銘跋

雲龍按：鐘在東海道神奈川縣相摸國鎌倉巨福山建長寺。正書。寶治二年當宋淳祐八年。『鍐』、『倭』、『禪』、『道』、『障』、『篙』、『坐』、『号』、『刹』、『休』、『鳫』、『韻』、『遠』、『以』、『以』、『後』、『牟』、『諱』、『我』、『似』、『詞』、『氏』、『舊』、『罕』、『響』、『似』、『鑄』、『福』，古俗兼用字也。

日本般若寺碑銘跋

雲龍按：碑在畿内道奈良縣大和國般若寺，正書。第一行銘曰『大畀外相』，第二行年號凡十字。建長三年當宋淳祐十一年，字尠別體，惟以『畀』爲『界』。

日本六所明神鐵佛銘跋

雲龍按：鐵佛在東京府武藏國多麻郡六所明神地内。其文正書，陽文八行，第六第八二行全泐，餘多漫漶，依《集古》本目曰銘。建長五年當宋寶祐元年，其佛一丈二尺，猶見之文中云。

日本野本寺鐘銘跋

雲龍按：鐘在東海道東京府武藏國野本寺。正書陽文八行，第一行八字，第二行三字，第四行、五行皆八字，第六行、七行皆十字，第八行三字，第九行九字。建長六年當宋寶祐二年。『鋳』、『鐣』、『夲』、『𦈢』、『紀』、『槗』、『陸』、『泉』，皆俗體字。

日本建長寺鐘銘跋 此系另文

雲龍按：鐘在東海道神奈川縣相摸國鎌倉巨福山建長寺。正書陽文三十一行。建長七年當宋寶祐、『徙』作『徔』，『聊』作『聊』，『莽』作『𦵏』，『翠』作『𦐊』，『難』作『難』，『答』作『荅』，『寐』作『寐』，『寤』作『寤』，『豐』作『豊』，類此皆别體字。大工即治工首也。

日本法性寺廢趾鐵燈款識跋

雲龍按：鐵燈舊在西京淺草法性寺，荒廢湮没，尋掘出土。正書四行，第一行四字，第二行、第三行皆六字，第四行四字，第五行二字，凡二十有二。弘長二年當宋景定三年。

日本北條寺時賴墓誌跋

雲龍按：碑在東海道東京府武藏國品川海晏寺。正書，存陽文三行、陰文一行。弘仁三年爲宋景定四年癸亥。

日本真言院鐘銘跋

雲龍按：鐘在畿内道奈良縣大和國真言院。正書九行，凡百廿三字。文永元年甲子當宋景定五年，卯月蓋二月也。先於金峰山藏王堂鐘六月院，有空海舊跡。《集古》本目曰：「南都真言院鐘銘者，大和國吉野爲後醍醐南朝之都也。」「弘」作「加」、「廢」作「癈」、「護」作「讙」、「遂」作「遂」、「興」作「興」、「卯」作「夘」、「鑄」作「鑄」，皆别體字。鑄物師即冶工也。

日本新長谷寺鐘銘跋

雲龍按：鐘在東海道神奈川縣相摸國鎌倉長谷寺。正書，陽文九行，凡六十四字。文永元年當宋景定五年。「定」、「檀」、「密」、「圓」、「永」等字古俗兼用。

日本金峰山藏王堂鐘款識跋

雲龍按：鐘在畿内道奈良縣大和國吉野郡金峰山藏王堂。正書九行是其款識，《集古》本以銘目之未安。文永元年甲子當宋景定五年。『藏』、『文』、『鑄』，類皆别體字。

日本秩父碑銘跋

雲龍按：碑在東海道東京府武藏國。高三尺九寸有奇，寬一尺八寸有奇，造像一正二侍。正書中一行，前五行，後六行，其下猶露字九。文永二年當宋咸淳元年乙丑。碑文『丑』作『丒』，不似石蝕，殆省文歟？

日本法華堂二銅瓶款識跋

雲龍按：銅花瓶二，皆在畿内道奈良縣大和國東大寺法華堂。《集古》本謂之南都東大寺法華堂花瓶銘，實無銘也。『文永二年閏四月』七字二瓶同，第一瓶有『乙丑』二字。或疑『文』字似『延』，精審之『文』字無疑，特有蝕跡耳。以『巳』爲『丑』，與『巳』異。法華堂鑄二瓶之年月日並同，時宋咸淳元年也，而西田《表》列之文安三年，誤矣。

日本般若寺鐘銘跋

雲龍按：鐘在東海道茨城縣常陸國土浦兔冢邑般若寺。正書七行。『庄』、『逮』、『里』，皆俗體字。建治元年當宋德祐元年。

日本如法寺碑文跋

雲龍按：碑在東山道青森縣陸奥國安積郡，高三尺六寸，寬二尺三寸。正書，上截左一行曰『建治二年丙子』，右一行曰『三月□日』。下截七行：第一行曰『夫□□□□三』，第二行曰『世諸仏内證功』，第三行曰『德得道群□類』，第四行『和□苦指□□禮』，第五行曰『離三遂造立□』，第六行曰『凡品仍當悲母』，第七行曰『三七日所立如件孝子敬白』，凡五十有七字，泐十字。建治二年當宋景炎元年，先於天野道知碑八閲月。《金石年表》謂之陸奥如法寺鐘，譌也。

日本高野山天野道知碑跋

雲龍按：碑在南海道和歌山縣紀伊國高野山。正書，刊石三面，正面六字，左側九字，每字從衡四寸餘，右側八字，大小有差。『勝』、『爲』、『僧』、『達』、『治』、『年』，皆別體字。建治二年當宋景炎元年。

日本陸奥山王社碑跋

雲龍按：碑在東山道青森縣陸奥國信夫郡宫城郵山王社地。高四尺三寸有奇，寬三尺七寸有奇。石形如山，有梵字一、行書八行有差。弘安元年當宋祥興元年戊寅。

日本瑞泉寺碑跋

雲龍按：碑在東海道東京府武藏國葛飾郡寺島郵瑞泉寺。高一尺六寸，寬七寸，上有梵文一，下有行書曰『弘安二年□月日』，皆陰文。其年當宋祥興二年己卯，明年元矣。

日本野火留平林寺碑跋

雲龍按：碑在東海道東京府武藏國野火留平林寺。正書六行，弘安〻年，以『〻』爲『四』，當元至元十八年辛巳。

日本燕澤碑跋

雲龍按：燕澤碑在東山道宫城縣陸前國仙臺之燕澤郵。長六尺有奇，寬三尺。石面從欄五行。弘安五年當元至元十九年壬午，故曰玄黓敦牂，元師東伐在前一年，撰文並書者元人僧祖元也。陸前國人藤冢知明《燕澤碑考》云祖元所使托空門子清俊封奥辟不毛地也，故其文難解。祖元弘安二年依北條時宗，遐招東航，五年，相州開瑞鹿山圓覺寺，後謚佛光禪師。先是元兵颶風覆艦，五年即立碑年仲秋，因以彼岸功德之佛日樹浮圖弔焉。藤冢氏之考碑也在天明三年，爲我乾隆四十八年，有譯文私注，爰著於篇。碑文以『𠮿』爲『以』、以『㪷』爲『道』、以『豆』爲『正』、以『⺀』爲『云』、以『乂』爲『刈』、以『丠』爲『丘』、以『𡈽』爲『凶』、以『𡋯』爲『前』、以『𣦸』爲『死』、以『𠑹』爲『天』、以『㐅』爲『五』、以『𢷎』爲『拜』，與古文多合，『效』爲『教』之古文省，『𢻶』、『𢒉』，皆闕末筆也，『丿』、『瞥』也，『乀』、『弗』也，合之爲『人』，『丩』與『糺』、『糾』通，『刋』之言『斷』，『𠀠』之言相次也，謂年曰天，日本金石往往然也。

日本一宫燈臺款識跋

雲龍按：《集古本》謂此爲《一宫燈臺銘》，實款識也。正書兼行書五行，第一行三字，餘並七字。弘安辛未，其六年也，當元至元廿年。『造』、『𦬇』、『飫』、『化』、『孔』、『𨐌』，皆别體字。

日本榮山寺燈臺款識跋

雲龍按：燈臺二在畿内道奈良縣大和國宇知郡榮山寺，皆正書也。其一惟『榮山寺』三字，其二字二行曰『弘安七甲申□□一行，勸進□□二行』。弘安七年爲元至元二十一年甲申。

日本蓮華寺鐘銘跋

雲龍按：鐘在東山道滋賀縣近江國番場蓮華寺。正書，凡一百五十四字。弘安七年當元至元廿一年。呼近江爲江州，今日本人猶然。曰『突鐘』，亦俗稱也。『鑄』、『場』、『宿』、『華』、『𢆡』、『靈』、『隣』、『逸』『韻』、『慮』、『禪』、『衆』、『聖』、『勢』、『庄』、『劵』、『寺』、『勸』、『壇』，類此多別體字。

日本弘安信田小太郎古館跡碑跋

雲龍按：碑在東山道青森縣陸奥國宮城郡信田岩切山。正書，弘安十年當元至元廿四年丁亥，此先於元貞二年碑九年。

日本長福寺鐘款識跋

雲龍按：鐘在東海道茨城縣常陸國中郡莊長福寺。正書六行，三十四字。正應二年爲元至元二十有六年己丑。『莊』作『庄』，餘鮮別體。

日本慈雲寺碑跋

雲龍按：碑在東山道青森縣六［陸］奥國宫城郡南宫邨慈雲寺。高一尺三寸，寬一尺五寸，正書。第一行八字曰『四十□□□□□』，第二行八字曰『永仁二年八月□□』，第三行『□□一番』，第四行七字曰『三十五人□敬白』，泐者十一字。永仁二年爲元至元三十一年。

日本永仁信田小太郎古館跡碑跋

雲龍按：碑在東山道青森縣陸奥國宫城郡岩切山。正書陰文四行，第一行六字『□□□爲遍法』，第二行十一字『永仁四年丙申十一月八日』，第三行七字『慈□□靈□□□』，第四行一字『□』。永仁四年當元元貞二年丙申。

日本筥根山鐘銘跋

雲龍按：鐘在東海道神奈川縣相摸國筥根山。正書陽文廿八行，行字有差，惟第十三行『嚴』字下忽出一陰文字，所未詳也。永仁四年爲元元貞二年。『謳』、『宇』、『乎』、『創』、『坐』、『明』、『粤』、『暦』、『迩』、『韵』、『三』等字古俗通用。

日本稱念寺鐘銘跋

雲龍按：鐘在東山道橡木縣下野國都賀郡小藥邨禾穪念寺。鑄鐘者藤原氏，加賀國其籍也。正書廿五字。永仁四年當元元貞二年丙申。『陁』、『岐』、『堲』、『弥』皆别體字。

日本陸奥守山堂阪妙音寺碑跋

雲龍按：碑在東山道青森縣陸奥國守山堂阪妙音寺。高三尺五寸，寬一尺九寸。上有梵字一，下有正書，其可辨者十有七字。曰『正安二』亦省『年』字，當元大德四年。

日本圓覺寺鐘銘跋

雲龍按：鐘在東海道神奈川縣相模國鎌倉瑞鹿山圓覺寺。正書，有銘無敘。銘者住持傳法宋沙門於曇也，助貲者一千五百、寺僧二百五十。正安三年當元大德五年。『登』、『初』、『旨』、『愽』等字類皆俗體。相摸之『摸』俗從手，此鐘從木。

日本定仙和尚塔碑跋

雲龍按：碑在東海道静岡縣伊豆國田方郡善名邨，高一尺五寸，寬二尺二寸。其碑表字中一行曰『定仙大和尚塔』。左一行字曰『承慶僧都』，右一行字曰『左金吾政□』，碑里字十行曰『□□萬□□□永□一行釋迦如來滅後□□□□二行，二千五百五十□□，三行，二歲正安壬寅四行，卯月二日奉爲□□五行，報謝師恩自他六行，□道金剛佛子□□七行，權律師□項□□八行，遂造立供養矣九行，□□□妙尊光如十行』，皆正書也。正安壬寅是其四年，然正安無四年也，即乾元元年，當元大德六年壬寅。《集古》本所謂善名郡碑即此。

日本陸奥天王寺碑跋

雲龍按：碑在東山道青森縣陸奥國信夫郡飯阪。高三尺八寸，寬二尺。頂有梵字一，其下行書四十五字。嘉元二年當元大德八年甲辰。『[illegible]』、『嘉』、『手』，古俗兼用。

日本相應寺碑跋

雲龍按：碑在東山道青森縣陸奥國安達郡西内郵相應寺。高三尺有奇，寬一尺九寸有奇。正書三行，中一行曰『相應寺嘉元三年乙巳七月八日旦那妙円敬白旦至白六字雙行』，前一行曰『奉施《法花經》一部、籾五石□平太郎下四字旁書』，後一行曰『右願者爲天長地久御願円滿也』，凡四十有四字。施字今見拓本已泐，據舊本補，以『花』爲『華』，用今字也，以了爲部，省文也，以『円』爲『圓』，日本人今謂銀錢一圓爲一円，體稍異也，以『[illegible]』爲『願』、『[illegible]』爲

『長』、以『[illegible]』爲『滿』，雜草書也。嘉元三年當元大德九年，而《集古》本譯爲二年，無『乙巳』二字，奪且譌也。

日本海藏寺造像碑跋

雲龍按：碑在東海道神奈川縣相摸國鎌倉扇谷海藏寺。佛像中有『嘉元四年八月』六字可辨。時元大德十年丙午。

日本御島碑跋

雲龍按：碑在東山道宫城縣陸前國松島。高一丈二尺四寸有奇，寬三尺八寸有奇，分計之，碑首未刻處高一尺有奇，額上花紋高五寸，額高二尺五寸八分，額下雙龍處高七寸，碑文正面高七尺有奇，其下花紋六寸許，其寬額面二尺六寸五分，碑面三尺二寸五分。額正書曰『奥州御島妙覺庵賴賢庵主行實銘並序』。碑行書十八行字有差。德治丙午是其元年，當元大德十年。據古城郡人言，其郡古碑凡三，一多賀城碑，一燕澤碑，一即此也。

日本長勝寺鐘銘跋

雲龍按：鐘在東山道青森縣陸奥國津輕弘前長勝寺。正書一百二十一字，嘉元四年爲元大德十年丙午，『風』、『民』、『檀』、『弟』、『演』、『傳』、『祢』、『負』、『氏』、『施』，皆別體字。

日本山目邨碑跋

雲龍按：碑在東山道青森縣陸奥國山目邨。行書三行，紀年居中，延慶二年當元至大二年，以『畀』爲『界』，與《般若寺古碑銘》『大畀外相』之『畀』同。《集古》本曰『山之目邨』，蓋日本地名輒增虚字，今依地誌諸書。

日本蓮花寺鐘銘跋

雲龍按：鐘初在東海道茨城縣常陸國久慈郡户崎邨蓮光寺，鐘文可證。今置東山道橡木縣下野國都賀郡小藥邨稱念寺，正書十一行。延慶二天猶言延慶二年，當元至大二年己酉。『鑄』、『鐘』、『為』、『穗』、『男』、『鍾』、『韵』、『延』、『弥』、『壽』，皆別體字。

日本鎌倉八幡宮燈臺銘跋

雲龍按：燈臺在東海道神奈川縣相摸國鎌倉八幡宮。正書十一行，行二字至十五字有差。延慶三年當元至大三年庚戌。『鑄』、『鑄』、『甚』、『寶』、『寵』、『基』、『成』、『規』、『焉』、『邉』，皆別體字。

日本清巖寺鐵碑跋

雲龍按：鐵碑在東山道橡木縣下野國宇都宮清巖寺，高九尺五寸，寬一尺有六分，厚一寸六分，跗石方三尺，頂作人字形。正面梵字一、佛像三，其下正書陽文四行，行字有差。其文曰『八葉白蓮一肘間夫母者四恩之元也孝者百行之源也因茲當一十一行，炳現阿字素光□二□□□□率都□之冶□彌陀之種子三尊之禪智二行，俱入金對縛□□□先妣之菩提則持諸佛之照覽早出六趣之三行，以入如來寂靜智若域連生九品之浄□乃至法界平等利益敬白四行，正和元年壬子八月日孝子』，别一行列下段四行之間，凡一百十有七字。『敬』或譯爲『祇』，非碑字矣。正和元年爲元皇慶元年。

日本愛宕山碑跋

雲龍按：碑在東山道青森縣陸奥國須賀川愛宕山，高一尺六寸、寬一尺一寸，草書五行。第一行『奉爲一百百日』，第二行『孝子等』，第三行『應長二年五月』，第四行『敬白』，第五行『成佛造立之月』，［共］廿二字。以『木』爲『等』，以『仏』爲『佛』，皆俗體字。應長二年元皇慶二年也，歲次壬子。

日本醫王寺碑跋

雲龍按：碑在東山道青森縣陸奥國佐場野醫王寺。高二尺八寸有奇、寬一尺七寸有奇，行書，横額四字曰『誐除理如』，中一行曰『正和二年癸丑十月上旬日』，左一行曰『右造立之□忍王逆三字漫漶，據舊譯□』，右一行曰『□業兼法界拜明正葵故也』。其時爲元皇慶二年癸丑，《集古》本譯爲正和三年，誤也。

日本巨鼇山清見寺鐘銘跋

雲龍按：鐘在東海道静岡縣駿河國巨鼇山清見寺。正書陽文，剥蝕過半，僅餘一百十七字，其中全字亦尠。正和三年之『正』字已難可辨，幸有『甲寅』二字可據也，蓋當元延祐元年。

日本鶴崗八幡宫鐘銘跋

雲龍按：鐘在東海道神奈川縣相摸國鎌倉鶴岡八幡宫。正書一百一十九字，正和五年當元延祐三年丙辰。『鶴』、『鶴』、『揺』、『断』皆別體字，以商爲商，則音誼迴異矣。

日本安福寺鐘款識跋

雲龍按：鐘在東海道茨城縣常陸國鹿島郡安福寺。正書兼草書，云『常妙鹿嶋郡寶雲山安福禪寺揵椎，正和丙辰三月十四日鑄，大工完户鳴井、善性大檀那菩薩戒尼觀心資助。當国住沙彌善明幹緣住持僧光琮識』五十有八字。正和丙辰是其五年，當元延祐三年。『宝』、『福』、『鑄』、『檀』、『善』、『国』、『弥』、『善』，皆别體字，以嶋爲島則日本俗字。

日本椎津邨古墟碑跋

雲龍按：碑在［東］海道千葉縣上總國市原郡椎津邨。初湮没土中，邨人掘墟間地出之。僅存『文保二年六月日』七字，正書也。其上有梵文，其年爲元延祐五年戊午。

日本如法寺碑跋

雲龍按：碑在北陸道新潟縣越後國蒲原郡如法寺。高一尺九寸、寬一尺五寸，近上居中有梵文一，其下有『元亨元』三字，左有『八郎』二字，右有『誓阿』二字，正書略兼行書。元亨元爲元至治元年辛酉，以『亨』爲『亨』，與天王寺碑同。

日本下總國八幡宮鐘銘跋

雲龍按：鐘在東海道下總國第一鎮守葛餝八幡宮。正書一百十三字，元亨元年當元至治元年辛酉。『鋳』、『総』、『播』、『薩』、『寃』、『宇』、『社』、『達』、『恵』、『永』、『惱』、『證』、『首』、『圓』，俗字居多。

日本和田邨碑跋

雲龍按：碑在東山道青森縣陸奥國安達郡和田邨。高三尺六寸有奇，寬一尺九寸有奇。行書三行，中一行曰『元應三辛酉二月時正』，前後各一行，其文相聯曰『右志爲先考□□之位也』，行各五字，上段梵字一。『元應三年』省『年』字，時元至治元年辛酉。

日本日蓮書名號碑跋

雲龍按：碑在東山道橡木縣下野國那須山。高四尺五寸有奇、寬一尺九寸有奇，正書。中一行曰『南無妙法蓮華經』，左行曰『右志者爲一結衆現安穩』，另附一行曰『元亨貳年壬戌卯月十三』，右行曰『後生成佛乃至法界』，另附『諸衆』二字。元亨二年當元至治二年壬戌。

日本奈良招提寺金堂鮪字跋

雲龍按：鮪者，如中國屋脊之首，所謂鼇頭者也。《集古》本入碑類，蓋瓦質也，日本人謂瓦爲鍊化石。此鮪在畿内道奈良縣大和國奈良招提寺金堂。正書三行，第一行十四字，第二行十五字，第三行十三字。文曰：『此御堂元亨三年成上葺畢，以此次作賛之作者壽。癸亥春三箇月之間同六月，候西方鮪王三郎丈夫正重。』其意謂三閲月之功與六閲月等，堂西之鮪作自王三郎丈夫也，正重殆鄭重意歟？御堂猶言尊堂也。今影字而附鮪圖，並詳尺寸，著異製也。元亨三年爲元至治三年癸亥。『成』無點，與松浦碑同，『次』作『沢』、『贊』作『賛』、『壽』作『𭭀』、『箇』作『箇』、『鮪』作『鮪』，皆别體也。

日本天王寺碑跋

雲龍按：碑在東山道青森縣陸奥國信夫郡飯阪天王寺山。高一尺二寸有奇，寬五寸。行書一行，曰『元亨第四甲子一月十三日敬白』，凡十四字。其年爲正中元年正月，猶未改元也，當元泰定元年甲子。『亨』作『亯』，『弟』作『才』。

日本善願上人舍利瓶記跋

雲龍按：此即《集古》本所謂骨壺銘也，而實非銘，今依瓶文定其目曰『善願上人舍利瓶記』。其字所在高三寸五分，寬四寸八分，正書十一行，行四字至十五字有差，凡一百三十五字。嘉曆元年爲元泰定三年，其出土在東海道静岡縣伊豆國四方郡牧野邨，蓋掘地者獲之也。『第』、『善』、『願』、『建』、『薩』、『寂』、『藕』，皆别體字。『文永二十一廿七』云者，二十一年廿七日也，文體亦異。

日本松浦碑跋

雲龍按：碑在東山道青森縣陸奥國宫城郡松浦。正書『華嚴如來成正覺時於其身中普見一切衆生成正嘉曆弍年丁卯四月日敬白』，每字長三寸有奇，三十一字，惟『丁卯』二字雙行。『華』、『来』、『夘』，皆别體字，『成』字有二，一無點，一有點。『曆』闕一筆，嘉曆二年當元泰定四年。

日本潮來長勝寺鐘銘跋

雲龍按：鐘在東海道茨城縣常陸國潮來邨海雲山長勝寺。正書兼行書二十六行，行字有差。元德庚午其二年也，當元至順元年，去創寺之始已百二十有奇矣，乃爲是鐘，勒四言銘二十有八句。『徵』、『舉』、『綿』、『初』、『禪』、『定』，類此皆别體，難枚舉也。

日本橘正成鏡銘跋

雲龍按：鏡爲陳氏矩藏，陽文正書。楠正成爲左大臣橘諸兄之裔，故是鏡曰橘正成。其母禱志貴山毘舍門而生，小字曰多聞。據日本人言，凡命名輒鑄鏡。祀神愛國，正成之志已見。建武元年甲戌當元元統二年。

日本久米邨將軍冢碑跋

雲龍按：碑在東海道武藏國入間郡久米邨。上段梵書五行，前四行五字，後一行三字，下段正書五行，中一行紀年，曰『元弘三𠦚癸酉五月十五日敬白』，前二行一爲十九字，一爲十三字，後二行一爲十四字，一爲廿一字。以『𠦚』爲『年』，蓋肖唐武后所制字而小變者也。《唐書》：『后作曌、𠀑、埊、𠥱、囝、〇、𡕀、𢘑、𥘉、𠡦、𠦚、𡔈十有二文，自名曌。』《宣和書譜》以『𠦚』爲武后造十九字之一，《通志》以『𠦚』爲武后十八字之一，《集韵》『𠦚』與《通志》同，與《唐書》異，《佩觿》作『𠦚』，《金石文字記》作『𠦚』，王觀國《學林》作『𠦚』，然《制字本恉》謂千千萬萬爲年，當以作『𠦚』爲是。空海所書《益田池碑》『年』作『𠦚』，與《唐書》符。此碑作『𠦚』，與諸書略異。元弘三年當元元統三年。

日本東明寺鐘銘跋

雲龍按：鐘在東海道静岡縣伊豆國走湯山邨東明山。正書正慶元年，爲元至順三年壬申。字兼古俗，『僧』、『命』、『僊』、『賛』、『縣』、『萬』、『皷』、『朙』、『闔』、『重』、『氏』、『康』之類，難更僕數。

日本東慶寺鐘銘跋

雲龍按：鐘在東海道神奈川縣相摸國相陽山内松岡東慶寺。正字陽文二十行，行八字至十五字有差。元德四年當元至順三年壬申。鐘識輒以『三』爲『四』，與古文符，此則以𠄢爲『四』，别一體也。『陽』、『脩』、『彭』、『廖』、『戸』、『首』、『道』、『菩』，古俗兼用。

日本金色院鐘款識跋

雲龍按：鐘在畿内道西京府山城國宇治白山金色院。行書二行，凡十有三字。建武二年爲元至元元年乙亥。鐘文『亥』字蝕，後四行字數有差，雜伊吕波文。

日本西念寺鐘銘跋

雲龍按：鐘在東山道滋賀縣近江國西念寺。正書八行，第一行目也，第二行至五行銘也，後三行紀年署款。建武二年之『二』字漫漶，然猶可辨。《金石年表》列之二年是也，當元至元元年乙亥。謂近江曰江州。

日本馬場近津明神地内碑跋

雲龍按：碑在東山道青森縣陸奥國棚倉場近津明神地内，掘土者出之土中。高二尺二寸有奇，寬一尺五寸有奇，上鋭右斜，石任天然。梵文一，其下正書五行，中一行紀年『戊寅』二字，『孝子敬白』四字皆夾註也，凡十四字，泐『日』字，前二行各八字，後二行一行七字、一行四字，末二字泐。建武五年即曆應元年也，當元至元四年戊寅。西田氏表僅有陸奥馬場社鐘，無此。

日本多福院山吉野碑跋

雲龍按：碑在東山道宫城縣陸前國牡鹿郡石卷水門里多福院山。正書三行，中一行二字，左一行存七字，右一行十有一字。延元四年己卯當元至元五年。以『𠄡』爲『四』。

日本泉福真福二寺鐘銘跋

雲龍按：鐘在東海道埼玉縣武藏國豐島郡赤冢，爲泉福寺真福寺同用鐘。正書陰文一百九十五字。曆應三年當元至元六年庚辰，以『豊』、『豊』爲『豐』，以『㠀』、『㠀』爲『島』，以『缺』爲『缺』，以『迩』爲『邇』。

日本供養碑跋

雲龍按：碑在攝津國野間郙。高五尺有奇，寬三尺二寸有奇，石具天然。上有梵文一，正書四行。文曰『曆應四年歲次辛巳二月廿四日願主僧祐尊右志者爲法界衆生平等利益』，凡三十一字。曆應爲日本北朝年號，即南朝興國二年也，當元至正元年辛巳。『歳』、『辛』、『願』、『尊』、『界』、『尊』，多俗體字。

日本掘氏所藏鐘款識跋

雲龍按：碑［鐘］在畿内奈良縣大和國吉野郡。正書陽文五行，行字有差。康永元年壬午當元至正二年。

日本僧大鑑舍利塔銘跋

雲龍按：僧大鑑舍利塔銘見《大鑑録》附，大鑑於元時從中國至止日本。其銘文保云者，後醍醐也，師府云者，北條高時也，大將軍云者，足利也，左典廐源公云者，小笠原貞宗也。契了讚銘並篆，在元至正四年，爲日本南朝興國五年、北朝康永三年。

日本陸奥中尊寺鐘銘跋

雲龍按：鐘在東山道青森縣陸奥國平泉中尊寺。正書陽文十八行，行字有差。康永二年之『康』字少泐，然猶可辨，雲龍斷爲康永，與日本人小林辰手録金目合，蓋元至正三年癸未也。其敘曰長治二年，爲宋崇甯四年，曰建武年，爲元元統年，皆前事也。

日本高野山佛號碑跋

雲龍按：碑在南海道三重縣紀伊國高野山。高四寸有奇，寬二尺六寸有奇。正書略兼行書，五行長短有差，凡五十字。康永三年是日本北朝紀年，爲南朝興國五年，當元至正四年甲申。以『頋』爲『順』、以『追』爲『追』、以『善』爲『善』、以『康』爲『康』、以『秊』爲『年』。

日本中禪寺貞和釜款識跋

雲龍按：釜在東山道橡木縣下野國日光山中禪寺。正書陽文，每文約二寸有奇，曰『貞和二年丙戌二月日，聖純阿彌陁佛奉施入中禪寺』，凡二十一字。時元至正六年也。

日本地藏堂石階銘跋

雲龍按：石階在畿内道奈良縣大和國矢田地藏堂。正書一行、廿三字。貞和三年爲日本北朝紀年，是其南朝正平三年，當元至正八年戊子。碑文『三』剥落爲『二』，一槧本譌『三』爲『三』，非戊子矣。

日本久米邨碑跋

雲龍按：東海道東京府武藏國入間郡久米邨。正書一行：『貞和五年□月巳八日』，『八』字猶存，『月』上一字泐。邨人以碑跨流爲梁，謂之念佛橋云。貞和五年當元至正九年己丑。

日本法明碑跋

雲龍按：碑在南海道和歌山縣紀伊國高野山。正書，第一行曰『法明上人』，第二行曰『貞和五年九月廿二日』，凡十三字。貞和五年是日本北朝年號，當以南朝爲正，時正平四年也，當元至正九年。

日本南都水屋長尾石水船款識跋

雲龍按：水船在畿内[道]奈良縣春日山水屋。長七尺七寸五分有奇，寬二尺二寸，深九寸。正書陰文曰『西金堂長尾水舩文和二年癸巳三月日置之』凡十八字。時元至正十三年。

日本毛越寺鐵燈款識跋

雲龍按：鐵燈在東山道青森縣陸奧國平泉毛越寺。正書陽文，謂文和四年曰『文和年四』，亦一俗例也。當元至正十五年乙未。『置』作『𦉪』、『自』作『𠕁』、『衆』作『衆』。

日本延福寺鐘銘跋

雲龍按：鐘在畿内道兵庫縣攝津國兵庫經島延福寺。行書陰文十四行，行字有差。延文丙申即其元年，爲元至正十六年。

日本藤澤寺鐘銘跋

雲龍按：鐘在東海道神奈川縣相摸國藤澤寺。正書陽文五十四行，行字有差。延文元年爲元至正十六年。『陰』、『挏』、『恰』、『鴈』、『鄰』、『鑄』、『躰』、『万』、『丗』、『於』、『弥』等字，別體居多。

日本稻邨碑跋

雲龍按：碑在東山道青森縣陸奥國盤瀨郡稻邨。高二尺五寸，寬一尺六寸。上段梵文一，下段正書一行『延文五七月日』，凡六字。延文是日本北朝年號，時爲南朝正平十五年，當元至正廿年庚子。

日本勝願寺舊地碑跋

雲龍按：碑在東海道東京府武藏國足立郡登田邨松岡山勝願寺舊地。高三尺四寸有奇，寬一尺五寸有奇。上段佛像六，居石十之六，下段正書五方，中一行紀年曰『康安二年十一月廿五日「五日」二字附側』，前二行一書『光明遍照』，一書『十方世界』，下有『性佛道』三字，後二行一書『念佛衆生』，一書『攝取不捨』，下有『八郎五郎契祐』六字，不以字行限也。康安二年即貞治元年，當元至正廿二年壬寅。

日本酒見寺鐘銘跋

雲龍按：鐘在山陽道兵庫縣播磨國酒見寺。正書兼行書九行，銘行八字，其餘行字有差。貞治三年當元至正廿四年甲辰。鐘文『辰』字半蝕，稱播磨國曰播州，酒見寺之『見』作『旻』，亦奇。

日本地藏堂鐘銘跋

雲龍按：鐘在畿内道大阪府河内國大縣郡雁田尾。陰文，正書行書梵書三者凡二十有八行，行字有差。初鑄於乾元二年，當元大德七年癸卯，改鑄於正平二十一年，當至正二十六年。又陽文二層，層各九行。

日本三島社鐘銘跋

雲龍按：鐘在東海道東京府武藏國金澤鄉瀨户邨三島社，蓋神社鐘也。有銘無敘，其後署款紀年正書陰文。應安七年爲明洪武七年。

日本密寺鐵燈扉識跋

雲龍按：鐵燈在南海道和歌山縣紀伊國密寺。其扉正書陽文二行，識年月而已。永和元年爲明洪武八年。

日本爲尼上智造石塔款識跋

雲龍按：石塔在南海道和歌山縣紀伊國高野山。正書陰文三行，其文曰『爲禪尼上智奉造立沙彌聖靈蓮阿永和元年乙卯七月』，而《集古》本目爲永和年間石塔銘，所不敢沿。永和元年爲明洪武八年。

日本布留社鐘款識跋

雲龍按：鐘在畿内奈良縣大和國布留社。行書陽文五行。永和二年爲明洪武九年，其社名布留者殆本神詛歟詳《天璽瑞寶十種》。

日本行者講田碑跋

雲龍按：碑在畿内大阪府和泉國山邊郡。梵文一，正書十八字曰『龍福伇行者講田永和二年乙卯六月十日』，皆陰文也。永和二年是日本北朝年號，時其南朝天授二年也，爲明洪武九年。

日本盛福寺鐘銘跋

雲龍按：鐘初在畿内攝津國西成郡盛福寺，今徙大阪府攝津國武庫郡西宫六湛禪寺塔中茂松庵，然稱名輒沿厥舊。文永十一年爲宋咸淳十［年］，是初鑄之時，再鑄於嘉慶元年，當明洪武二十年，即其南朝元中四年。

日本淺草寺鐘銘跋

雲龍按：鐘在東海道東京府武藏國豐島郡淺草寺。正書陰文。至德四年即嘉慶元年，爲南朝元中四年，當明洪武二十年。

日本清澄寺鐘銘跋

雲龍按：鐘在東海道千葉縣安房國千光山清澄寺。寺開自僧慈覺。鐘久剥蝕不可鳴，更鑄於明德三年壬申，有銘有序，正書陰文廿一行，行字有差。其年爲明洪武二十五年。

日本東明寺鐘銘跋

雲龍按：鐘在東海道静岡縣伊豆國走湯山東明寺。其銘有序，正書陰文。明德三年爲明洪武廿五年。

日本藏王權現鐘銘跋

雲龍按：藏王權現鐘在東海道武藏國池田郡井頭鄉御嵩山，行書陰文十八行。明德四年癸酉爲明洪武廿六年。『澄』、『覺』、『虛』、『發』、『聖』、『壽』、『疆』、『季』，皆别體字。

日本廣國寺鐘銘跋

雲龍按：鐘在東海道東京府武藏國兜率山廣國禪寺。正書陰文十二行，行字有差。應永四年丁丑爲明洪武三十年。

日本妙覺寺鐘銘跋

雲龍按：鐘在畿内京都府平安城高辻大宮法華堂右妙覺寺。行書陰文十四行，行字有差。長享二年戊申爲明弘治元年，其銘則在應永八年，爲建文三年。以『辻』爲衢，是日本俗字。

日本棚倉馬場鐘銘跋

雲龍按：鐘在東山道岩手縣陸奥國棚倉馬場。行書陰文。應永八年爲明建文三年。

日本觀音院鐘銘跋

雲龍按：鐘在西海道長崎縣肥前國觀音院。正書陰文。應永十年癸未爲明永樂元年。以『乖』爲年，猶沿唐習。

明成祖日本壽安鎮國山碑跋

雲龍按：壽安鎮國山碑，明成祖爲源道義所製文，今碑未見。其文載《殊城周咨録》。據《鄰交微書》云成祖所封阿蘇山也，《明一統志》云日本壽安鎮國山國之鎮山，永樂初自製文賜之，刻碑立其地。

日本僧佛光塔銘跋

雲龍按：僧[佛]光塔銘揭傒斯撰，載《佛光録》。佛光本鄞人許氏子，宋亡，至日本爲圓覺寺住持，至正平十八年，當元至正二十三年卒，越四十一年即明永樂二年也，其銘作於此時。所謂平將軍者，北條時宗也。

日本岩峰寺鐘款識跋

雲龍按：鐘初在東山道青森縣陸奥國石河莊大賓山岩峰寺，後移三春藩。行書陰文八行，行字有差。應永十一年爲明永樂二年。

日本明王院鐘銘跋

雲龍按：鐘在東海道神奈川縣相摸國鐮倉明王院，蓋佛寺鐘也。正書七行，行字有差。應永十二年乙酉當明永樂三年。

日本鉢峰山長福寺石燈款識跋

雲龍按：石燈在畿内西京府和泉國鉢峰山長福寺。正書陰文三行，曰：『鉢峰山應永十九年五所權現勸進良秀長福寺三月十七日。』其年爲明永樂十年壬辰。

日本西琳寺鐘款識跋

雲龍按：鐘在畿内西京府河内國西琳寺。行書陰文。應永廿二乙未爲明永樂十三年，以『[illegible]』爲興。

日本中禪寺應永釜款識跋

雲龍按：釜在東山道栃木縣下野國日光中禪寺，施之者藤原朝臣也。正書陽文三行。應永廿三年丙申爲明永樂十四年。

日本勝尾寺石塔銘跋

雲龍按：石塔在畿内大阪府攝津國勝尾寺。四面鐫文，由前而左而後而右，每面文二行，皆正書陰文。永享三年爲明宣德六年。

日本南都藥師寺銅佛背款識跋

雲龍按：銅佛背款識在畿内奈良縣大和國藥師寺。正書陰文四行。嘉吉元年辛酉當明正統七年。以『臣』字入『朝』字中作『[illegible]』，亦罕見也。

日本舛屋重芳藏半鐘識跋

雲龍按：鐘在畿内大阪府。正書陽文三行，寶德二年庚午爲景泰元年。

日本新熊野山鐘銘跋

雲龍按：鐘在山陽道岡山縣備前國兒島兒林莊新熊野山，凡日本佛寺皆别有山名，此並寺字省之也。新者，對舊寺言。正書白文。康正三丁丑蓋省『年』字，爲明天順元年。以『巳』爲『丑』，往往然也。

日本普照寺鐘銘跋

雲龍按：鐘在東海道静岡縣伊豆國伊濱邨普照寺。正書白文十七行。寬正五年甲申爲明天順八年。

日本藏王堂鐵燈款識跋

雲龍按：鐵燈在畿内奈良縣大和國吉野郡金峰山，行書陰文。文明二年爲明成化六年。

日本清水寺鏡銘跋

雲龍按：鏡在山陽道愛媛縣播磨國清水寺。行書陰文六行。文明十四年壬刀即明成化十八年壬寅。以『刀』爲『寅』不自此始也。

日本南都般若寺鐘款識跋

雲龍按：鐘在畿内奈良縣般若寺，而鐘前署目曰南都般若寺鐘，所謂南都者即奈良縣别名也，往昔其國君都此而又在西京之南，故名。延德三年辛亥爲明弘治四年。『延』、『亥』、『願』、『壽』、『弥』，皆别體字。

日本鹽竈宫鐘銘跋

雲龍按：鐘在東山道宫城縣陸奥國宫城郡鹽竈宫。行書陰文。明應六年爲明弘治六年。

日本青砥邨古城跡碑跋

雲龍按：碑在東海道茨城縣下總國西葛飾郡青砥邨。正書，文餘三行，漫漶居多，然前一行『文龜三年』隱隱可辨，後一行『三月』二字無蝕，中一行餘『妙』、『祐』、『進』等字，所餘不過十二字而已。立碑在明弘治十六年。

日本光明院碑跋

雲龍按：[碑]在南海道和歌山縣紀伊國高野山光明院。梵文一，左右正書各二行。永正八年辛未爲明正德六年。

日本辻地藏碑跋

雲龍按：碑在畿内奈良縣大和國奈良。陰文二行，存十三字。辻字爲中國所無，其誼同衢。永正十四年當明正德十二年。

日本一品吉備津宫鐘銘跋

雲龍按：鐘在山陽道岡山縣備中國一品吉備津宫。正書陰文。永平十七年庚辰爲明正德十七年。

日本最勝寺鐘款識跋

雲龍按：鐘在東山道福島縣陸奥國白川鹿島最勝寺。行書陰文十五行，行字有差，然非銘也，《集古》本誤矣。天文十三年爲明嘉靖十三年。

日本舛屋水鉢識跋

雲龍按：鉢在畿内大阪府外。行書陽文三行，行字有差。天文五歲丙申爲明嘉靖十五年。

日本龍華寺鐘銘跋

雲龍按：［鐘］在東海道東京府武藏國六浦莊金澤鄉知足山龍華寺。正書陰文，天文十年辛丑當明嘉靖二十年。

日本道明寺鐘銘跋

雲龍按：鐘在畿内京都府河内國道明寺。行書陰文三十二行。永禄十二年己巳爲明隆慶三年。

日本三條橋銅柱銘跋

雲龍按：銘在畿内道西京府三條橋。天正十八年庚寅爲萬曆十八年，長盛爲豐臣秀吉造此，『初』之云者，創此議也，『本』之言柱，此文鐫於紫銅柱第十有八。

日本藤原肅五銘跋

雲龍按：藤原肅，明時人也。輯所譔五：一曰山州橋本新造橋銘，文禄元年當明萬曆二十年。一曰重建和歌浦菅神廟碑銘。一曰子元新造瓦硯銘，子元名貞順。一曰紫石荷葉硯銘。一曰星槎硯銘。

日本上太子叡福寺鐘款識跋

雲龍按：鐘在畿内京都府河内國石州郡叡福寺。行書陰文，慶長八年爲明萬曆三十一年。

日本南都東大寺燈臺銘跋

雲龍按：鐵燈臺在畿内奈良縣東大寺。正書陰文，凡九十六行，行字有差。其寺建於天平十五年，爲唐天寶二年，是日本最早寺也。其君聖武所建，而置燈臺年未詳。

日本古碑跋

雲龍按：《古碑集古本》著録未詳何所。正書五行，行五字，又梵書五字一行在正書下。

日本忍海原連魚養碑跋

雲龍按：碑在畿内道奈良縣大和國奈良十輪院境。正書，無年分，據裝册拓本著述。

日本勝手明神古鐘銘跋

雲龍按：鐘在畿内道奈良縣大和國吉野。正書，存十四行，行字有差，多漫漶不可識，識者數字耳。

日本猿丸太夫墓誌跋

雲龍按：墓誌石在畿内道兵庫縣攝津國蘆屋邨。高三尺三寸四分，寬一尺七寸。正書，『猿丸太夫』分爲左右各二字，中書一行曰『南無阿彌陀佛』，字與《多胡郡碑》相似，下有石紋如蓮。

日本苔清水碑跋

雲龍按：碑在東海道奈良縣大和國吉野山。正書一行三字，曰苔清水，字長四寸許。碑字之無俗體，無省筆，似此蓋寡。

日本二階堂墓誌跋

雲龍按：墓誌在東海道武藏品川海晏寺，字餘二行，然皆漫漶。

日本法隆寺銅斗識跋

雲龍按：銅斗藏法隆寺。口圓，徑二尺二寸五分，腰圍七尺八寸三分，深一尺四分，底破環逸，斤兩之不詳職此。其文曰『重大廿六斤受一石四斗』，凡十字，以『斗』爲『升』。今撫文圖形。

日本永手墓誌跋

雲龍按：墓石在畿内道大阪府河内國古市郡駒駒谷郵金剛輪寺境内。篆書四字曰『永手之墓』，然日本似此絶少，真贋非所敢知矣，姑入録，俟考。

日本宇知川摩崖跋

雲龍按：摩崖在畿内道奈良縣大和國宇知川。正書三行，凡二十二字，字多漫漶，字右有像一。

日本江島碑跋

雲龍按：碑在東海道神奈川縣相摸國。高四尺三寸五分，寬二尺三寸七分，篆額曰『大日本國江島靈跡建寺之碑』，左右縷龍，其下正面碑文正書約十餘行，漫漶不可識，僅餘『十人上』三字，『十』在第一行，『人』在第三行，『上』在第四行，皆第一字也。以『𡆠』爲『日』是唐武后自製之字，見《唐書》、《通志》諸書。

日本桃尾山門院石壁銘跋

雲龍按：石壁在畿内奈良縣大和國桃尾山門院。一行陰文曰：『歸命本覺心法身，南無大□功德天。』

明朱之瑜日本楠正成墓碑跋

雲龍按：碑在畿内兵庫縣攝津國神户，隸書署前。其文正書：『延元元年，楠正成受後醍醐命與足利尊氏決戰，被創死之。』時元至元二年也。明徵士朱之瑜于明季至日本，譔文並書。

明朱之瑜日本六銘跋

雲龍按：明徵士朱之瑜所撰《日本金石文》續擇厥六：一曰水户城鐘銘，一曰文庫銘，一曰二硯銘，一曰琴研銘，一曰勉亭林春信碑。

日本阿彌陀寺阿彌陀經碑跋

雲龍按：碑在西海道福岡縣築前國阿彌陀寺，鐫『阿彌陀經三藏鳩摩羅什譯』，正書據裝册拓本。

日本肥後石敢當碑跋

雲龍按：碑在西海道熊本縣肥後國。高三尺八寸四分，寬一尺三寸一分，正書『石敢當』三字一行，此亦效華俗之一端也。漢史游《急就章》『石敢當』，顔師古注：『衛有石碏、石買、石惡，鄭有石制，皆爲石氏，周有石速，齊有石之紛如，其後以命族敢當，所向無敵也。』《輟耕録》：『今人家正門適當巷陌橋道之衝，則立一小石將軍，或植一小石碑，鐫其上曰「石敢當」以厭禳之。』

日本佛頭山碑跋

雲龍按：碑在畿内奈良縣大和國橘寺，一名橘寺碑。正書廿二字，陰文。

日本高貴寺下乘碑跋

雲龍按：碑在畿内河内國高貴寺。高二尺五寸，寬一尺七分，正書『下乘』二字，陰文。

日本高野山町石縮圖文跋

雲龍按：石縮圖文在南海道和歌山縣紀伊國高野。梵文三，行書二十七，皆陰文。

日本八稜驛鈴字六稜驛鈴字跋

雲龍按：二驛鈴並藏山陰道島根縣隱歧國若玉酢神社，一爲八稜，古制也，一爲六稜，不知何時摹製，各鐫『驛鈴』二字，篆書，見《好古小録》。

日本駒谷邨碑跋

雲龍按：碑出土於駒谷邨，正書陰文三行，然分二段，上段云『合雅宫』者，天皇一夜舊跡也，下段中爲『天皇』二字，前行曰『伊波别命』，後行曰『袁登賣命』。

日本陸奥宫城郡坪碑跋

雲龍按：《陸奥風土記殘篇》云陸奥宫城坪碑在鴻之池，今廢爲故鎮守門碑，惠美朝獦立之，見雲真人清書也，記異域東邦之行程，令旅人不爲迷。

日本弘川寺下馬碑跋

雲龍按：碑在大阪府河内國弘川寺。高二尺九寸五分，寬一尺有二分。正書『下馬』二字陰文，上有梵文一。

日本鰐口款識五跋

雲龍按：此鰐口皆舊拓本也。其一文曰『金峰山寺』。天平十五年，河内國古市郡飛鳥邨下邨』，尚有數字難可悉辨，它皆陰文，此文獨陽，時爲唐天寶二年。其二文曰『京法華寺金堂』。

建長八年丙卯七月十日鑄立之』，此宋寶祐四年物也。其三文曰『大和國山逸郡布大明神御靈前。永正九壬申年八月二日，施主正屋十郎』，蓋明正德七年物也。其四文曰『金峰山寺守社鍔口。豐富朝臣秀賴卿再興御建，奉行建部内匠頭，慶九甲辰歲三月吉日』，此又明萬曆三十二年物也。『鍔』，《玉篇》訓刀刃，《廣韻》訓劍端，而日本所謂鍔口者，『鍔』當作『鰐』，背面如鏡，中空，其口向下懸神社門，祀者鳴之乃跽而搏掌。以鯨鐘木魚例之，則名鍔口爲宜，『鰐』、『鱷』古通用。

東海道東京府伊豆國八丈島藥師堂前鍔口，行書陰文『明德元年庚午』，蓋明洪武二十三年物也，然拓本略具其字，故未寫圖。

日本研款識十三跋

雲龍按：日本研有石有瓦有磁，録近古者。一曰大化瓦研，其面行書，陽文『大化』二字猶可辨也，唐貞觀時物。二曰源賴朝馬蹏研，背有『天長元年』四字，陰文，東海道神奈川縣相摸國鎌倉八幡宮藏，時爲唐長慶四年。三曰永祚瓦研，正書曰『永祚三年辛卯六月日』，陰文，蓋即正曆二年，爲宋淳化二年。四曰後醍醐琨玉研，背有『琨玉』二字，正書陰文，蓋元延祐至治間製。五曰乾卦研，其質紫石也，面畫乾卦陽文，背有正書曰『天授柔兆執徐仲夏自造』，陰文，是永和二年，爲明洪武九年。六曰松蔭研，背有正書曰『永享四年十二月二十五日』，陰文，時明宣德七年。七曰文安瓦研《好古小録》云古瓦研，背有行書曰『食堂常住。文安三年丁卯七月日，兵衛太郎』，陰文，以『三』爲四，時明正統十二年。八曰文明研，背有分書云『主相川住松田中衛門尉頼秀，文明十四年壬寅，弗鼎燭龍』，陽文，時明成化十八年。九曰曾我堂瓦研，面行書曰『曾我堂虎建立』，瓦背有『虎瓦』二字，又有押，皆陰文。十曰忠峰研，側有行書『忠峰』二字，畿内京都府山城國壬生寺藏。十一曰平重衡卿研，面篆書有『元氣精英』四字，陽文，西京百萬篇藏。十二曰道山研，其端五眼，下有『道山』二字，背文泐，惟識『宮蟾蜍』等字，陰文，僧佛乘研也，鎌倉報國寺藏。十三曰亨研，背有正書『亨』字，飛白文，畿内大阪府河内國譽田八幡宮藏。《日本研譜》之屬録中國研居多，彼産不第唯是，而舟車往徠，莫遑枚舉也。

日本瓦當文十七跋

雲龍按：日本瓦當曰東寺瓦，見二，皆正書『東寺』二字，一舊拓，一獲自陳氏矩。曰『唐招提寺瓦』，陳得大半，正書，缺『招』字，寺在奈良縣大和國。曰葛井寺瓦，正書一行而交互之，云『葛井寺後修理瓦』。久安三年丁卯六月十七日字』，時宋紹興十七年，寺在大阪河内國。曰藥師寺瓦，西京府藥師寺造，正書曰『壬寅師藥寺治仁』，互讀爲『仁治壬寅藥師寺』，時宋淳祐二年。曰常樂庵瓦，篆文『常樂庵』三字，僧聖一塔瓦也，建於寬元元年，當宋淳祐三年，據顧拓本。曰大光寺瓦，正書『大光山西京本國寺』，瓦建於興國六年，爲元至正五年。曰鴻臚瓦，正書『鴻臚』，彼大内里瓦也，謂宫曰『大内里』。曰天恩山瓦，正書『天恩山』。曰白虎樓瓦，正書『白虎樓』，亦彼大内里瓦。曰菊地古城瓦，行書『正平元』，城在熊本縣肥後國，元至正六年物。曰兵庫瓦，正書『兵庫』二字，出治承古城，治承當宋淳熙間。

又於鎌倉僧海雄《古瓦譜》得五：曰『宗清』，正書，賴朝屋瓦也。曰『支長』，正書，足利屋瓦也。曰『宗俊』，行書。曰『大慈寺』，正書，泐半矣。曰『□居□永福』，正書。又得瓦當一，曰『羅漢寺』，正書，皆陽文。

漢委奴國王印跋

雲龍按：印曰『漢委奴國王』五字，白文。其質黄金，其鈕蛇。據《好古日録》云：『曲尺度方八分弱，厚二分五釐，重二十九錢。天明四年甲辰二月廿三日，築前國那珂郡滋賀島土中巨石下掘出。』蓋印之出土在我乾隆十九年，而賜印之年《後漢書》可考也。《倭傳》曰：『建武中元二年，倭奴國奉貢朝賀，使人自稱大夫，倭國之極南界也，光武賜以印綬。』其即此印歟？《説文》：『倭，從人，委聲。』然則『倭』、『委』初無異聲，古通用以此。其印黄金，與《漢書·百官表》王印之制符。《漢書·禮樂志》曰『漢據土數五』，故五字爲印文，此印『漢委奴國王』五字，其文之數又與《禮樂志》符。建武中元二年是其國垂仁八十六年。

親魏倭王印跋

雲龍按：印曰『親魏倭王』四字，白文，載在《宣和集印史》日本《好古日録》亦載之，其鈕未詳。《魏志》：『景初二年六月，倭女王遣大夫難升米等詣郡求詣天子朝獻，太守劉夏遣吏將送詣京都，其年十二月詔書報倭女王曰：「詔親魏倭王卑彌呼以爲親魏倭王，假金印紫綬。」來使難升米爲率善中郎將，牛利爲率善校尉，假銀印青綬。』正始元年，太守弓遵遣建中校尉梯儁等奉詔書印綬詣倭國，拜假倭王。四年，倭王復遣使伊聲耆、掖邪狗等八人，掖邪狗等壹拜率善中郎將印綬，惜兩賜使印今皆不見其文，見者此耳。景初二年即蜀漢延熙元年，爲日本神功后攝政之三十有八年，與《魏志》『倭女王』符。

日本三百八十九璽印跋

雲龍按：日本亦仿中國，曰璽，曰印，有篆有隸有正書，有朱文，有白文。今據《集古十種》、《博古堂集》、《古印譜》、《埋麝發香》與夫日本有籍地券、税簿、倉册、書劄、神社寺院牒文經籍所印者，由璽而省院印、而國郡印、而社寺印，萃而影之，外此非柄政與著聲者概從略焉，烙印亦附著近古者，綜計所録凡三百八十有九。中有『大倭國印』一，是倭未改和以前印。它印櫃一，堆漆而飾之以七寶玳瑁，《集古》本謂爲佛乘禪師請自宋朝者也，藏之圖之，其見重類此，匪獨印文酷肖而已。助訪者陳氏矩也，聞之日本初用朱印、墨印二品，而墨爲上見《倭漢三才會圖》。今以朱印爲率，它色偶用，非其正矣。

美利加鑛局所藏日本鐘銘跋

雲龍按：日本國鐘在嘉里符尼亞邦三法蘭昔斯哥之鑛局。銘曰：『東甯八中軍船船主吴佛、林清等祈求販東平安，合船八十四人募緣日所鑄荅謝。歲次己未仲冬，立斤目三百四十八斤，日本長崎之佳安山善十郎國次作。』凡正書六十有一字。考日本史册云：『壬戌歲，福州姚部院奏攻東甯，靖海將軍命施琅發軍艦數百攻東甯，國賢防不利，秦舍遂降，朝燕京，遇之甚篤』。或曰秦舍是明末鄭芝龍之子孫，避難據東甯島，在我朝康熙年間，然則此鐘是二百年前物。

美利加弔戰兵詩鐵碑跋

雲龍按：鐵碑在麼南北兵骨處，距華盛頓都城十二英里，約華里三十有六，地名阿林登，碑高尺許，斜立路側，面鑄英文，苔瘢雜之，舌人曰：『此弔南北戰兵詩也。』

美利加繪畫石院銅人字跋

雲龍按：銅人字在賓夕佛尼亞邦費納的費牙之繪畫石院門首石磴上。先是光緒二年千八百七十六設百年賽奇會，其院五，繪畫石刻院而外，有總院，有機器院，有耕種院，有花木院，而會後繪畫石刻院其魯靈光也。銅人手按一書。

美利加伯理璽天德華盛頓紀功石幢字跋

雲龍按：幢在美利加合衆國科侖布亞之華盛頓都城，以石砌成，高五百五十有二尺。其體四方，其首鋭如削，其上四面窗各二，其下有門五，螺旋而上，其中有英文字而少。

美利加南北兵骨石塔字跋

雲龍按：石塔距華盛頓都城十二英里，約華里三十有六，地名阿林登，是其國瘞兵處。南北黨交惡，戰死無算。兵靖，舁骨掩土，以石砌墓如塔。譯其所刊英文字，知其中藏骨二千一百一十有一，造於一千八百八十六年，當光緒十二年。

美利加華盛頓石像銘跋

雲龍按：華盛頓石像在嘉里符尼亞邦三法蘭昔斯哥吳司園中。以像爲塔，造以雲石，高二十有五尺，正面鐫英文銘。譯厥大意，若謂戰功之第一、和約之第一、同胞人心之第一。

美利加沃費多石像字跋

雲龍按：沃費多石像在嘉里符尼亞邦之三法蘭昔斯哥金門園中，以雲石爲之，高三十尺。沃費多是嘉里符尼亞邦之固斐諾爾，譯言統領也。石像有字，英文。

美利加華盛頓紀功碑跋

雲龍按：華盛頓紀功石碑在瑪理蘭邦之波治磨邑，高一百八十尺。又有諾司波因奪戰功碑。或呼波治磨爲石碑鎮，其以此歟？

美利加諾司波因奪戰功碑跋

雲龍按：石碑在瑪理蘭邦之波治磨邑。嘉慶十九年千八百十四諾司波因奪之戰翦除英兵，立碑紀功。

美利加英美兵戰紀念碑跋

雲龍按：石碑在馬沙朱色士邦蓬格岡上一譯盤可岡，記乾隆四十年千七百一美利加與英吉利戰事，高二百二十尺。獨力立之者，邦人晚霞秋也，爲鑿石於海岸者，邦人若希延那也。時道光五年。

美利加紐約徒立埃及紀念石幢跋

雲龍按：石幢今在紐約中央之大園，其頂方而鋭，高約七十尺，基八尺，四面刊文，間多剥蝕，中有一似篆文『宗』字者，未遑深考。是爲埃及國阿曆山打府大石幢之一，美利加立國而後不知用何等力徙立於此。嘗聞埃及古人造紀念石輒逾百尺，樹之通衢，或矗殿祠，凡生平所嗜器用羽毛，往往鐫之不一置，不盡鏤其上古文字也。嘉慶四年千七百九十九，法郎西機器良工創獲石碣刻畫。文不一名，一爲埃及古文，一爲希臘文。就希臘文可識者辨之，知爲譯埃及古文，紀厥古君若民之俊傑崖略與夫創造之事。石既出土，競徙别國者踵相接：二千年前羅馬王運至羅馬城凡五十有奇，或徙巴黎，或徙倫敦，而美利加人徙一於紐約邦，蓋其巨者也。

雲龍又聞埃及古都曰度奈而河，時露古時石門石柱於瓦礫間。河之南爲卡那廟發址，磚垣圍之，中有石柱三十行，雕文尚在，字體匪細，其石礎可容百人，其廳基長四百二十二尺，寬一百六十有五尺，廢天花板，以石爲之，凡存一百二十有四條，其最巨一條圍圓十尺，長七十尺有奇，亦雕亦繪，四千餘年色猶燦然。又聞皮拉米士云者，墳塔意也，埃及王舊藏在斯，歷年數百不朽，塔高四百六十尺，基長七百四十六尺，地凡十二野格，其工動輒數千云。

美利加重鐫埃及紀念石跋

雲龍按：此石藏華盛頓都老媪士丹力家，厥夫曾官水師長，死久矣。彭讃使光譽得其拓本，蓋依埃及古石而縮刊者也。長七寸，寬九分，四面鐫文如原石。

古巴科侖波墓堂詩碣跋

碣在古巴夏灣納第一禮拜堂左，立於西一千七百九十六年，當我嘉慶元年，刊日斯巴尼亞文爲島黎紀念詩。譯厥義云：『公本是吾儕大啟土之人，幾千百年猶在，在甕之内，實在萬國人之心。』案：明時爲日斯巴尼亞國尋獲古巴島者科侖波也，英吉利語曰科侖波士，日斯巴尼亞語曰科侖波，然人尠知厥骨在古巴島。其卒在日斯巴尼亞國發拉多理地名，時明弘治十八年，爲西千五百有六年，其日爲海國登高日，在五月二十號，殯三法郎昔斯哥寺。正德八年爲西一千五百十三年，移於嘎都先抹拉司特耳來呵夫金必六此地一名拉司古藹北土，其時國王與后令男女二人，一名弗勒鼎納特，一名衣沙比牙，同造紀功碑，此在日斯巴尼亞國也。嘉靖十四年爲西一千五百三十六年，移科侖波棺與厥子棺至海低島黑人城之三多施敏古，亦祀神地，後乃並其子棺移至夏灣納西一千七百九十六年正月十五，成灰入小甕，置之石龕，藏於嘎低住拉屋第一禮拜堂在此監牧師之禮拜堂，立石其上。

古巴馬丹薩洞字跋

洞中穴口並以日斯巴尼亞文署名，譯厥文義，一曰科侖波之隱地，一曰鎮魂，一曰祝福，類此未克徧譯。

古巴科侖波石像文跋

石像在馬丹薩之嘎列迭納士埠，立於西一千八百二十六年，時道光六年也。古巴之科侖波像此爲最先，文亦紀念。

古巴第二曰薩比亞石像跋

石像在夏灣納之中園，曰拔格先得朗，語『園』曰『拔格』，語『中』曰『先得朗』，第二曰『薩比亞』，爲日斯巴尼亞女王名。其造像工名委葛，其園在雲龍所寓客舍前。聞日兵樂一奏，起辰訖巳。

勾麗古碑跋

跋曰：勾麗好大王碑在盛京鴨緑江北，與朝鮮高山城、滿浦城近，初掩土中，三百年前漸掘漸露，至今未盡出土。出者高約一十八尺，面南背北約寬五尺六寸有奇，東西兩側約寬四尺四寸有奇。四面鐫字，而石有凸凹。南十一行起『惟』訖『那』，西十行起『利』訖『大』，北十三行起『赤』訖『煙』，東九行起『七』訖『後』，凡四十有三行，行四十一字，約一千七百五十九。然長短有差，長者五寸，短或三寸，刻字深五六寸不等，殘缺之字一百九十有七。後無年月。據碑知爲好大王墓碑，甲寅九月廿九日乙酉立，未詳當何代甲寅。日本人云壬午後二百七十二年之甲寅乎？後三百三十二年之甲寅乎？一當三國漢建興十二年，一當晉元康四年。然皆臆説。

據《東國通鑑》云：漢永光五年壬午，高勾麗始祖高朱蒙立。《東國通鑑》：『夫餘王解夫婁老無子，祭山川求嗣。所御馬至鯤淵，見大石相對而淚，怪之。使人轉其石，有小兒，金色蛙形，王喜曰：「此天賚我。」令胤養之，名金蛙。及長，立爲太子。後其相阿蘭弗曰：「夢天地謂我曰，將使吾子孫立國於此，汝其避之。東海之濱有地曰加葉原，土壤膏腴，宜五穀，可都也。」遂勸王移都，國號東扶餘。其舊都，有人自稱天帝子解慕漱來都焉。及解夫婁薨，金蛙嗣，得女子於大白山南優渤水，問之曰：「我是河伯之女柳花，與諸弟出游，解慕漱誘入熊心山下鴨緑室中私之，即住不返。父母責我無媒而從人，遂謫於此。」蛙異之，幽於室中，爲日所照，引身避之，日影又逐而照之，因有娠，生一卵。蛙棄之，犬豕不食，棄之路，牛馬避[之]，棄之野，鳥覆翼之，蛙欲剖之，不能。母裹置暖處，有男子破殼而出，骨表英奇。年甫七歲，自作弓矢射之，發無不中，扶餘俗謂善射爲朱蒙，故名之。蛙有七子，其技能皆不及朱蒙。長子帶素言於父曰：「朱蒙生也非常，且有勇，不早圖，恐有後患。」蛙不聽，掌喂馬，朱蒙增損其蒭豆，令駿者瘦而駑者肥。蛙自乘肥而與朱蒙瘦。獵于野，與朱蒙矢少，而殪必多。蛙諸子忌，欲殺之。母語朱蒙曰：「國人將害汝，以汝才略，何往不可，孰與遲留而後悔者乎？」朱蒙乃與烏伊、摩離、陝夫等三人行。至淹淲水，無梁，祝曰：「我是天帝子，河伯外甥，今日逃難，追者垂及，奈何！」於是魚鼈成橋，朱蒙得渡，橋乃解，追騎不及。朱蒙至毛屯谷，遇麻衣、衲衣、水藻[衣]三人，麻衣曰再思，衲衣曰武骨，水藻衣曰默居，朱蒙賜再思姓克氏，武骨仲室氏，默居少室氏，語衆曰：「我方承景命，遇此三賢，豈非天乎！」俱至卒本扶餘沸流水上都焉，國號高勾麗，因姓高。四方聞之，來附者衆。其地連靺鞨，朱蒙恐見侵盜，遂攘斥之。靺鞨畏服，不敢犯。朱蒙見沸流水菜葉流下，知有人居上流，往尋之，果有國曰沸流，其王松讓曰：「我累世爲王，君立都日淺，地小不足容兩主，君爲附庸可乎？」朱蒙忿之，因與較藝，松讓不能抗。廿二年夏六月，松讓以國降於高勾麗。』按『廿二年』，注云漢建昭三年。《朝鮮史略》：『高勾麗始祖朱蒙立。』先是東扶餘王金蛙得河伯女柳花，爲日影所照而娠，生一卵。

説者曰：扶餘俗謂善射爲朱蒙，故名。

《太平寰宇記》曰：『朱蒙棄扶餘東走，渡普述水至紇升骨城，遂居之，號曰高勾麗國。』此碑鄒牟云者，即朱蒙之聲轉。《日本姓氏録》曰：『長背連，高麗國主鄒牟王之後』。鄒牟注云一名朱蒙是其一證。

碑文剖卵浮黿之説，雖近附會，然質之史籍，往往而合。《三國志》注引《魏略》曰：『舊志又言昔北方有槖離之國者，其王侍婢有身，後生子，王捐之溷中，豬以喙噓之，徙之馬閑，馬以氣噓之，不死。王疑爲天子也，乃令其母取畜之，名曰東明，常令牧馬。東明善射，王恐奪其國也，欲殺之。東明走南，至施掩水，以弓擊水，魚鼈浮爲橋，東明得渡，魚鼈乃解散，追兵不得渡，東明因都王夫餘之地。』《梁書》曰：『高勾麗者，其先出自東明。東明本北夷櫜離王之子，離王出行，其侍兒於後妊娠。離王還，欲殺之。侍兒曰：「前見天上有氣如大雞子來降，我因以有娠。」王囚之，後遂生男。王置之豕牢，豕以口噓之不死。王以爲神，乃聽收養。長而善射，王忌其猛，復欲殺之。東明乃奔走，南至淹滯水，以弓擊水，魚鼈皆浮爲橋，東明乘之得渡，至夫[餘]而王焉。』是亦其證也。

東明即朱蒙身後之號，見《東國通鑑》諸書。《東國通鑑》：『壬寅夏四月，高勾麗王立子類利爲太子。秋九月，高勾麗王朱蒙薨，太子類利立，葬始祖於龍山，號東明聖王。』『壬寅』注云漢鴻嘉二年，高勾麗始祖十九年。○《東國卅年歌》：『高勾麗祖號東明，天帝之孫，河伯甥，逃難立國，卒本川，漢元帝建昭二年。』○《東國輿地勝覽》：『平安道中和郡，東明王墓在龍山，俗號真珠墓。』

又按《宋書·諸夷傳》曰：『嘉平五年，幽州刺史毌丘儉將萬人出玄菟討位宫。位宫將步騎二萬人逆軍，大戰於沸流，位宫敗走。』《方輿紀要》曰：『正州城，舊志在渌州西北三百八十里；本沸流國故地，故[爲]公孫康所併。渤海置正州於此，亦曰沸流郡，以沸流水而名，契丹因之，仍隸渌州，後廢。證之朝鮮往籍，沸流即卒本川，俗呼車衣津。』《東國輿地勝覽》：『成川都護府本沸流王松讓故都，高勾麗始祖東明王自北夫餘來都卒本，（以）松讓以其國降。沸流江即卒本川，俗稱車衣津，在客館西三十步。』《東國卅年歌》：『扶餘，國名，在北，又號北扶餘。沸流亦國名，即今平安道成川郡。』。《太平寰宇記》曰：『馬訾水一名鴨緑水。水源出東北靺鞨白山，水色似鴨緑，故俗名之。去遼東五百里，經國内城南又西，與一水合，即鹽難水也。』《宋書·蠻夷傳》曰：『元嘉十五年，復爲索虜所攻，敗走，奔高驪北豐城。』此可爲碑云『鹽水北豐』諸證也。

百殘即百濟，斯盧即新羅，亦即新盧。《後漢書》曰：『三韓凡七十八國，伯濟其一。』《通考》曰：『晉時勾麗既略有遼東百濟，亦略有遼西，晉平。自晉以後吞併諸國，據有馬韓故地，南接新羅，北距高麗千餘里，西限大海，處小海之南。晉代受藩爵，自置百濟郡。』《三國志》曰：『辰韓十二國，有斯盧國。』《通典》曰：『新羅國，魏時新羅國，其先本辰韓。辰韓始有六國，稍分爲十二，新羅其一也。魏將［毌］丘儉討高麗，破之，高麗王奔沃沮，其後復歸故國，留者爲新羅，或曰閣彌城。』即關彌城，見《東國通鑑》。《東國通鑑》：『百濟辰斯王八年冬十月，高勾麗攻陷百濟關彌城。其城四面峭絶，海水環繞。王分軍七道攻，十日乃拔。百濟阿莘王二年秋八月，百濟王謂真武曰：「關彌城北鄙要地，今爲高勾麗所有，其爲我一雪。」遂命武將兵一萬（代）［伐］高勾麗，圍關彌城。』

勞［帶］方城在平壤南漢縣，屬樂浪郡，公孫度置帶方郡於此。杜祐曰：『後漢建安中，公孫康分屯有、昭明二縣以南荒地置帶方郡。』《漢志》注：『樂浪郡南部都尉治昭明是也。隋大業中伐高麗，分軍出帶方道，謂此阿旦城，修自百濟。』《東國通鑑》：『百濟責稽王元年，高勾麗伐帶方，帶方求救於百濟，王曰：「帶方我舅甥之國。」遂出師救之，修阿旦城、蚊城，以備高勾麗。』。

曰韓,曰濊,皆朝鮮地古國名。《後漢·杜篤傳》注:『濊貊,東夷號也。』《漢書·匈奴傳》集注:『濊或作薉。』《晉書》音義:『濊與穢同。』《禮記·少儀》注:『有似人濊。』《釋文》:『濊本作穢。』今日本人謂朝鮮人爲『穢人』,蓋沿古語。《方輿紀要》云:『服虔曰薉貊在辰韓北,高麗、沃沮之南,東窮大海。漢元朔初,其君南閭澤[降]漢,因置蒼海郡,三年罷。』陳壽曰:『扶餘國有故城名薉城,蓋本濊貊地,今不耐、濊亦其種云。』魏毋丘儉破高麗,高麗奔沃沮,後復國,其留者爲新羅,兼有沃沮、不耐、韓、濊之地。

惟好大王不見於《東國通鑑》諸書,而《日本姓氏録》云:『難波連,高麗國好大王。』後據碑知好大王徽號曰『國岡土廣開土境平安好大王』,下文岡土之『土』又作『上』,蓋石刊填文而譌也。以『𨳍』爲『開』,與日本《二天造像記》以『乩』爲『閈』同一例也。曰二九登祚,曰卅九晏駕,是在位二十二年。《朝鮮史册》第云高勾麗王十九世廣開土王在位二十二年,安知非誤十七世爲十九,於徽號字數有脱略乎? 其《三國史記》一書成於宋紹興十年,《東國通鑑》成於明成化二十一年,去古遠矣,難可盡信。

此碑可補朝鮮史之缺。碑立於百濟、新羅、高勾麗三國鼎立之時,所敘倭戰,亦可補日本史之缺,宜日本人珍重碑文不置也。惟釋文多誤,即如釋『柵』爲『柳』,庸詎知『𣏾』、『冊』古非一字。碑云『柵被四海』,『柵』即『栖』字,與『槱』同。《書·堯典》『光被四表』,《後漢書·馮異傳》云『横被四表』,《爾雅·釋言》釋文『桄,孫作光』。雖無作『槱』,已可爲加木旁之證。《説文》『槱，積火燎之也』，有光誼。《周禮·春官》『槱』或作『楢』，此『槱』、『楢』通用之證。

日本竹野王墓碑跋

雲龍按：碑在畿内道奈良縣大和國高市郡稻淵邨龍福寺石浮圖處。正書四行，前二行各八字，三行一字，四行六字，文曰『天平勝寶三年歲次辛卯四月廿四日丙子從二位竹野王』，其年爲唐天寶十年。據《大和志》云『二位竹朝臣四月三日葬於朝風南』，然稱二位非也，公卿補任云『天平寶字二年三位』亦誤，《續日本紀》云『天平二十一年四月丁未授從三位竹野王正三位』是也，距天平勝寶三年已十有八載。據碑已授從二位，可補史闕，爲《集古》本所未及，今以舊拓本縮影。

簷喜廬文二集卷十

日本計里總圖跋

日本府縣分合靡定，如奈良屢併尋復，圖之準今者尠。雲龍既按今界分圖四十有五，輒就王氏《海岸圖》復計里圖之。其大綱曰八道，曰十一國，曰四大島，所謂四大島者，一九州，二四國，三中土，四北海道，中土云者，日本島也，一名本洲［州］島。宅國外者，又有豆南諸島、與州南諸島、與千島列島，或合之四大島，稱七部焉。非總一圖，則沿海險要雖有説與表，末由指掌。是圖潮也，燈臺也，陸軍營也，淀泊也，巖礁也，淺灘也，疑礁也，礁猶未定也，國界也，道具［界］也，鐵路也，皆海岸圖例也。

又跋

雲龍既刊銅版《日本總圖》，復以電線爲單朱文，鐵道爲雙朱文，分鏤木版。多有彼圖所猶未逮者，庶其加詳也乎？停車要地，增入銅版矣。

宋本歷代帝王紹運圖跋

《歷代帝王紹運圖》，中國逸書也。貴陽陳榘得宋熙甯本將付梓人，屬雲龍跋。按晁公武《郡齋讀書志》、馬端［臨］《通考》並云未詳何人撰。陳振孫《書録解題》：『《紹運圖》一卷，諸葛深通甫撰，元祐中人，未詳爵里，書頗行世。』而《經籍訪古志》稱《歷代帝王編年圖》一卷，蓋所見爲日本重雕者，益熙甯後紀年，以元終。是本有熙甯九年會稽虞云敘曰：『友諸葛深，字通甫，綜集歷代帝王年紀，斷自三皇，至於宋，編之爲圖，名曰《紹運》。』《訪古志》易名《編年圖》，何也？其書成於元祐前九載，《書録解題》謂爲元祐中人，亦似未碻。以名氏所出，與德與都，與興作，與在位，與壽終，分格旁行，表例也，偶亦系連，譜體也，而以圖名。其十二諸侯、戰國七雄、沿革之系作牽網形，亦它書所未見。半葉六行至十行，字數有差。『殷』、『匡』、『敬』、『貞』、『恒』字皆闕筆，『廢』作『癈』、『號』作『號』、『救』［作］『捄』、『昔』作『昝』、『圖』作『啚』，古俗兼用。覆而刊之，不失宋本真面，可寶也已！光緒十五年夏五月二日。

覆刊唐卷子本論語跋

正平本《論語集解》已刊入《古逸叢書》，正平甲申爲元順帝二十四年。又有菅家本，所謂津藩有造館本者是，鈔於昌泰二年，當唐光化二年，吉田因之印活字本。迨國朝道光十七年，爲日本天保八年，石川之褧刊縮臨本，此外有宗重卿鈔本、明應印本、大永鈔本、皇疏印本。古鈔諸本有注居多，其無注者，明嘉靖十二年清原宣賢出所藏，阿佐井野刊之，謂之天文癸巳本，非復唐卷子真面目矣。嘉永元年本道光廿八出自貞利本，當元至正間，日本僧深尊依唐本録之。明應六年爲明弘治五年僧桂庵旁增國文，舊式失殆盡。貴陽陳子衡山績學好古，得唐卷子本，有『何晏集解』四字，然存者經文耳，殆文注分鈔本歟？勝天文本十倍。謂雲龍有同志，出爲簣喜廬所刊書之助。

雲龍按：是本文與津藩本正同。遵義黎星使所著津藩本、正平本跋，有斠勘三百餘事，不翅爲是本設也。既付手民，遂附録之。光緒十五年夏五月二日。

覆刊唐卷子本新修本草跋

《新修本草》二十卷，唐李勣等修於顯慶四年，越七十一年傳鈔日本，而唐本宋後轉佚，久之，日本亦遺其卷之十。今觀舊鈔本書目，存僅五卷，是本居五之三，雲龍得自陳子衡山，即所謂卷子本也。行十七八字，注二十一字或二十六七字有差。第十五卷末結銜後有『天平三年歲次辛未七月十七日書生田邊史』十八字。按《經籍訪古志》云，當時遣唐之使所齎而歸。今以唐氏證類校之，異同錯出，可互是正。久晦不顯，往歲狩谷卿雲西上，觀一搢紳家舊鈔，即五六百年前人據天平鈔本録者，存第四、第五、第十二、十三、十四、十五、十七、十八、十九、二十，凡十卷，聿修堂藏，今復佚其七。然此三卷，出唐天平中卷子本無疑。在槧本未起以前，其字體偏旁，木、手，艸、竹，心、火，示、衣，輒互通用。他如『熱』作『埶』，『弱』作『蒻』，『臭』作『臭』，『蟲』作『虫』，『微』作『微』，『煞』作『敍』，『鹹』作『醎』，『蛇』作『虵』，『鐵』作『鐵』，『珊』作『珊』，『酒』作『酒』，『國』作『国』、『囶』，『硼』作『砌』，『棗』作『棗』，『蠱』作『蛊』，『福』作『福』，『修』作『修』，類此大率爲秦漢後沿習俗字，金石時有同者。唐鈔蝕餘，比於獲野。『玄』、『富』等字謹闕末筆，餘嚴竄易，存真面也。光緒十五年夏。

又跋

雲龍既從陳君得唐卷子本《新修本艸》四與五與十五凡三卷，付手民矣。一日書估踵門，則《經籍訪古志》所云存凡十卷者罔弗具，是爲小嶋知足家藏舊鈔本。不第惟是，十卷而外，有第三卷補寫本，行款一仿天平原鈔。蓋有尚真者，就厥父輯本手録，而以《政和本艸》、《大觀本艸》一再校之，亦一善本也。同志求之久不獲，今皆得之，無誤剞劂。中國佚書一旦歸璧，可不謂會逢其適歟！

日本之傳鈔唐卷子本，自天平三年始，時唐開元十五年也，距顯慶四年新修《本艸》已七十有三年。越五十九年，其國内府乃有存本，據《倭漢三才圖會》云延曆六年典藥寮奏《新修本艸》，是其證也，至於今存者半耳！然中國宋嘉祐中已罕有完本，尋佚，無一卷存。嘉祐三年，有敕譔《本艸圖經》詔書 嘉祐三年十月校正醫書所奏：『竊見唐顯慶中詔修《本艸》，當時修訂注釋本經外，又取諸般藥品繪畫成圖，別撰圖經，辨別諸藥最爲詳備。後來失傳，罕有完本。欲望下應係産藥去處，令識別人子細詳認根莖、苗葉、花實、形色、大小並蟲、魚、鳥、獸、玉、石等堪入藥用者，逐漸畫圖，並一一開説著花、結實、收採時月及所用功效。其蕃夸所産，即令詢問榷場市舶商客，亦依此供析，以憑照證畫成本艸圖，並別撰圖經，與今《本艸經》並行，使人用藥知所依據。詔旨宜令諸路轉運司指揮轄下州府軍監，差逐處通判職官專切管勾，依應供申校正醫書所至。』六年五月又奏：『《本艸圖經》係太常博士集賢校理蘇頌分定編撰，將欲了當，奉敕差知潁州，所有圖經文字，欲令本官一面編撰了當。』詔可。其年十月編撰成書，送本局修寫。至七年十二月一日進呈，奉聖旨鏤版施行，又其證也。

是書修後三百餘年而佚。佚後一千餘年，而雲龍乃以日本之不絕如線者刊之，藉彼守殘，聊增輶采，未始不與重九譯致殊俗相表裏也，亦游歷責也。

米部上品卷第三，玉部中品卷第四，下品卷第五，木部上品卷第十二，中品卷第十三，下品卷第十四，獸禽部卷第十五，果部卷第十七，菜部卷第十八，米部卷第十九，有名無用卷第二十。覆本開雕於夏五既望，訖六月十三日。

日本聖武寫經跋

錢贊使琴齋藏日本聖武天皇寫經，一爲二行，一爲三行，合裝一册。其二行有大倉耕齋重字印，蓋賞鑑家也，定爲真蹟，詳黎星臣跋。其時當天寶、至德間，去今千一百年有奇。其字以

『狩』爲『獸』，非若『惱』作『悩』、『静』作『彰』、『惡』作『悪』用别體字可比。按《説文》：『獸，守備者，從犬。狩，犬田也，亦從犬。』《尚書》『狩』作『守』，此古誼也。《詩》『搏獸于敖』，《後漢・安帝紀》云『搏狩于敖』，《漢張遷碑》『帝游上林，問禽狩』，《石門頌》『惡蟲蔽狩』，此古『狩』、『獸』通用碻左也。然則寫經雖僅數行，已可證經。第而曰古墨可寶云爾哉！精審如琴齋，宜其什襲倍常也。

大東攬勝圖記跋

以圖記名書自裴矩《[西]域圖記》始，彭子孝輔所本儻亦有前於是者歟？曰《大東覽勝圖記》，蓋作於奉命調防吉林時也。議事朝鮮，經甯古塔、琿春，渡土門江，取道敦化而旋，而所過鄂多理城即敦化境，非彭子從長白山西南麓鈎致而得。竭來初無知者，關繫我朝綿蕞爲何如耶？自圖甲册山水十有四，乙册用物八，直物十有二，記視此。以長白形勢略鄂多理城，考《東行日録》附著於篇，足補通志所未逮。雲龍遵朝諭游歷之國凡六，先譔日本、美利加、加納大諸圖經，屬艸未定，將有古巴、秘魯、巴西之行，倚裝獲睹是册，其快勝觀賴各宜瀑布圖十倍。無他，一騁游目，一系掌故也。然雲龍輒念念康熙時俄羅斯之役，造艦吉林，而往復胸臆不置云。光緒十四年秋八月，傅雲龍跋於華盛頓使館。

奇門圖説跋

鍾南山《奇門圖説》屬跋，跋曰：是知醫者，然從戎點［黔］隴，握算運籌，知兵兼通奇門之學。雲龍讀之，以乙、丙、丁爲三奇，以甲子、甲戌、甲申、甲午、甲辰、甲寅爲六甲，以地支分十二宫，每宫三十度。中國屬午，此舊金山屬寅，是説可證之古《路史》。伏羲命潛龍氏造甲子，配天爲幹［干］，配地爲枝［支］。《隋志・五行》有黄帝出軍遁甲式，南山所述非無稽矣。西學談天與《堯典》、《周髀》往往而合，孟子苟求其故一語爲言天者之鵠，南山其更有進乎？端彪其名，廣東人，光緒十四年夏五，特派游歷使、兵部郎中、德清傅雲龍懋元氏跋於舊金山。

覆瓿餘稿跋

光緒十四年游南北阿美利加洲有日矣，城井氏壽章循古人贈言之雅，意氣殷如綿如，雖舊相識不是過也。重來，屬圖經艸，欲晤莫之或遑，然讀《覆瓿餘稿》，輒令人增刮目歎，紀事之文有足多者，文徵稿脱矣，而猶補録一二，抑其文之使人以不得不録歟？

夷牢亭圖記書後

讀遵義黎公《黔故頌》，未嘗不歎其於名臣忠義孝友儒林文苑眷眷故里者殷如肫如，獨夷牢亭云爾哉！雖然，公胸襟有無形之柏與松與桂，歷四時容罔或改，而見之青山桂岡大嶺者，適自然而合，公能一日忘耶？地非其人，雖日對之無樂，人非自樂其樂，見異思遷，安見樂無窮也？公建亭久，至是屬顧君若波圖，先自爲記，得寓目者快之，非克適所適不逮此。今之靈筐聲續，蒴葉不能止，孰非昔之枯桑畝也，秧雨稼雲樂歲豚祝，又孰非昔之蕪無過問也。天下豈少樂安江岸哉？特尠如公其人耳。方擁節日本而好古無忘夙志，昕夕著述如經生，縱談時務又以泥古戒，大懼同樂，顧無以償，作是亭觀，四海庶其怡怡矣乎。謂圖外見意可，謂記中有畫亦無不可。公樸學人也，治事無粉飾。雲龍不能文，辱命，敢質言之，恐無當公隱居時志也。光緒十五年夏四月三十日。

藤野真子文書後

往讀黎欽使所著《正六藤野君墓誌銘》，謂真子多文而栗，而未見其文也。光緒十五年夏，雲龍歸自地背，爲黎欽使題《夷牢亭圖》，而真子書後文在焉，吐屬得大體果如黎言。嗣得《扶桑木記》，掌故攸關，已甄擇於《日本圖經》之《文徵》。時友人視真子自書文凡四：二者之外，一《書先人著晃山紀勝後》，一題紅梅畫幅也。字曰古香，格可知已。其先人伯迪君與重野、巖谷、長松諸君子濡筆史局，歷有年所，墓木拱矣，文采猶存。真子能文，蓋家學云。

游歷日本圖經凡例

國名地名與夫書爵書官，不以古飾今，紀實也，人書名，史法也，載記亦微具史體，有游歷責，又非漫游比也。

紀傳從略，《游歷圖經》在此不在彼也。

妄誕之説與其濫收，曷若闕如之爲愈也。

紀年計里以中國爲宗，藉非大要，厥文從省。

文不必己出，惟其是而已。聞録異説，勸懲交資意也。

據事直書，公是非於天下也，不捐細大，未有不博而能約者也。

游歷日本圖經專例

同治十一年十一月三日以前，紀年告朔一如中國二千五百餘年矣。改用陽曆乃與西同，載籍之徵，未可一例也。

雲龍游歷别國，美利加之言即英言也，加納大無論已，他若秘魯國與夫古巴島，皆沿日斯巴尼亞言，巴西則仍葡萄牙言，其自成方言者，獨日本也。是以方言爲其專例。

寢衣、明衣之類可以翼經，金石之中有漢魏賜印，其分器贈器亦幾與土地並重，可以補史，此亦别國所得未曾有也。

鐵道電線近用英里，然日本一里約中國六里有八：六尺爲間，六十間爲町，即三十六丈也，三十六町爲里，即一千二百九十六丈也。六尺方地曰坪。又一貫云者，中國百兩也，一円云者，中國一圓也，一匁云者，中國一錢也。

游歷美利加圖經凡例補

凡例六則已見《游歷日本圖經》。彼可例此，何補乎爾？雖然，述《美利加圖經》既成，前言覺有未盡，述凡例補：

諸表指游歷時言，後雖有異，未始非沿革一證也。

書目録所見者，注刊注寫，亦目録家通例。

名稱不以誼易音，欲其免歧也。

游歷美利加圖經專例

美利加合衆國也，與日本、秘魯、巴西，英屬地加納大、日斯巴尼亞屬地古巴或異中見同，或同中見異，目謀耳謀，難概論也。述專例：

中西月朔表，雲龍欲述專書久矣。就游歷言，同治十二年以後已表之《日本圖經》，所以著其改從西紀也，而美利加則自乾隆四十一年立國始。

美利加文字沿英吉利而方音微有異者，字母亦不欲其無表。

美利加里法沿英，每里合華二里有三百二十步四尺八寸六分五釐，曰三里，舉成數也，所游加納大視此。然彼一英屬地也，而此則自爲一國之里法。

國無兵事者蓋尠，而美利加南、北黨之役則敵在同國，始末有足鑑者。

電學創自美利加，立電學門以此。

表國系，通例也，立傳則尠。而華盛頓非海外第一流人歟，烏得不傳！

游歷加納大圖經專例

加納大一英屬地，而有自主權，難可與日斯巴尼亞屬地之古巴同日語也。因地之宜，有未可以凡例概者，述專例：

方言沿英吉利居多，故風俗省《方言門》。

漁不足述，然英法之争島實肇於漁，即加納大之民業亦未輕視於漁，故表出之。

加納大無專精，鐵道其大也，故首著之。

加納大之軍區猶中國之汛地也。營治之界畫與治民者異，何亦暗符歟！是以詳之《兵要》。

游歷古巴圖經專例

古巴與秘魯語言文字並宗日斯巴尼亞，而俗亦相習，故詳彼略此。述專例：

是日斯巴尼亞屬，方言不自爲編。

田寮與秘魯互見，惟淡巴菰以此爲最。若郵，若醫，若善事，若災異，未克成編，類歸雜事。

游歷秘魯圖經專例

凡例已見《游歷日本美利加圖經》矣。秘魯初屬日斯巴尼亞，而自立爲國後，方言沿之，文字亦因之，於是長短之度、輕重之權，類皆與美利加異，述專例：

秘魯之計里曰奇兒美得禄，合英一里之五〇六二五，是爲華二里〇六，即爲華一千八百尺有奇也。秘魯計地以一百四萬九千二百七十奇兒美得禄爲一方里，又方積四萬一千四百七十二碼謂之法列納。

秘魯之一昂沙合華衡三錢六分。

秘魯車運計重曰多列納達美得力格，其重二千二百四磅有八分磅之五。

秘魯鐵軌工程造自英商、美商，即從英尺計，造自法商即從法尺計。英謂尺曰因制，英一因制合中國九寸八分五釐七毫七絲，是中國一尺合英十一因制有十分因制之一也。法謂尺曰邁當，法一邁當合中國二尺八寸一分七釐，是中國一尺合法三百五十八密里邁當也。

銀以圓計，秘魯方言謂以梳計。

游歷巴西圖經專例

凡例見《日本圖經》，凡例補見《美利加圖經》，《巴西圖經》十卷凡例如之，而書成例定，有難相假借者，有别創心得者，第曰重規疊矩，非所敢知矣。述專例：

巴西方言出自葡萄牙苗裔者，沿舊語居多，别國僑黎自操土音，未可指爲方言，而野人語更無足述。

度量衡初沿葡萄牙例，厥後改從法郎西，以十乘十，與美利加之用英例異矣，不獨華三英一之里數難以概之巴西。

《圖經》六書以分見合，未敢自相矛盾，然方音既異，未敢强同。即如秘魯之阿馬所納河即巴西之亞馬遜河，而注爲一水，不没其異稱，殆亦符於《水經》酈注意歟？

阿美利加洲君主之國獨巴西耳，其體制與齊民者異。自是厥後民主之議決否何如，亦難以後概今。

游歷圖經餘紀專例

《餘紀》一十五卷，略依史家編年體，庶其與圖經相表裏乎？然彼以地爲主，此以日爲主。述專例：

凡人書名不書字，或以字行變例書之，史法也。

凡官不假古官結銜，於外國官，或據同文而直書，或譯音釋誼，就中國官之近似者譬喻之，不敢以中國官名强名之也。

凡地名，譯音不譯義，不以南易『叟』，不以北易『諾』，餘可類推。

儷文綺語，無所取也，以紀實爲主：非關國計，即鑑民生，非燭軍政，即研學術，非測天度，即諏地險，它若山水之奇次之，習俗之異又次之，而風景翻新則略。

《圖經》以所游之國爲範圍，而《餘紀》則就一日之見聞，不囿一地之甄録也。

跋日本大藏省石印道風書

光緒十五年雲龍歸自南北阿美利加洲，再至日本，得其國延長六年時墨蹟石印本，時中國五代唐明宗天成二年也。此日本内裏御屏風小詩十一首日本有大內、小內之稱，詳雲龍所著《游歷日本圖經·宮室表》，作者大江朝綱，書者小野道風也。日本書家，小野道風其卓卓者，與菅原道真、弘法大師鼎足而三，皆唐人書家衣鉢。

華盛頓傳

阿但斯

君美利加合衆國者，謂之伯理璽天德，譯言總統也。立國百有餘年，四載一易，不少守成。然創未有之局，能不以華盛頓爲海外人傑哉！述華盛頓傳。

卓爾治，姓華盛頓氏，以氏行，勿爾治尼亞人，遷自英吉利。雍正十年生千七百三十二，深沈有識量。爲童子時，群兒與嬉戲，皆出其下。父素好樹，華盛頓以試斧是斧雲龍見之，怒詰。或勸佯爲不知，乃曰：『兒所伐也，不敢欺。』父怒頓釋。其信多類此。十歲孤，受母教如父教。長善測量，家在婆麥河岸，測河不遺力，饑獵獸果腹。厥母飼悍馬二，里中少年受踶齧，鮮克馭者，獨華盛頓馳騁如所欲。英法兵搆，英帥没華盛頓功，弗一録，而不言也。雍正末年千七百三十餘守費爾治尼亞者，憤法郎西人數侵界，遣華盛頓詰之。時釁已成，歸塗，銃擊咫尺間。乘筏，河水凝不得前，竿盪之，墜水，遇救得不死。築堡於費納的費牙，歸具饟。法將襲取堡，華盛頓再至復之。大敵至，佯降懈敵，遂班軍。人多其能，然望猶輕。乾隆二十年千七百五十五武羅土津具襲大具紐堡，華盛頓策必遇伏，不聽，果敗。代收潰卒，騎馬再斃，而身不一傷。二十三年千七百五十八克大具紐堡，衆舉爲勿爾治尼亞紳董。四十一年千七百七十五十三邦盟約自立，推華盛頓爲帥，復波士登。明年，十三邦議建國號曰合衆，然長島兵挫，紐約不支，首鼠者流畔而屬敵過半。華盛頓勵士不異平日，拔突連登、波林斯敦二堡。以虛爲實，以弱拒强，以少勝多，以蹶轉奮。嘗乘風薄大城，取之。方血戰，英師數倍，然老矣，法郎西人憤英之橫攘新地，航師助之力，於是掊克者不能支，畫界與之，所餘者北土荒寒耳。四十八年千七百八十三約成，諸將士欲王之，華盛頓曰：『得國而傳子孫，是私也。不問賢愚，如億兆何？』遂謝兵柄西十二月歸里。留之不可，拉菲德以下從歸。人民環視曰：『我曹有今日，國父力也。』軍六年矣，上堂拜母，母曰：『能如是，吾復何憂！』然十三邦不相下，議國制久而後定。五十二年千七百八十七年三月衆願華盛頓爲伯理璽天德，以阿但斯副，國會使迎之西四月十四日所至挈老提幼歡呼之曰：『國父來何暮也！』視事於費納的費牙。國責偪甚，從波美利頓議，以帑付商，得積償之。五十六年千七百九十一四年任滿，衆留之，辭而留益堅，乃依再任例。或毀其戀權勢，衆皆折之曰：『我國已亡，國父存之，我民已病，國父蘇之，而忘之耶！』法郎西內亂請援，不可，英吉利既偪且爭，衆欲問罪，又不可，一以務農休兵爲尚。下令國中，大恉謂繼自今，有貪別國土、虐聯邦民而階厲媒孽者，衆共誅之。放兵於農，留戍萬人足矣。嘉慶二年千七百九十七任再滿，乃退。四年千七百九十九寒疾卒。明年，始開國都於波多麥河岸，以華盛頓生於斯，名其城曰華盛頓。初地屬瑪理蘭勿爾治尼亞，荆榛滿目，國都既立，國會亦堂於斯，而置紀念幢如塔，高數十丈許。繼其任者阿但斯氏也，氍其名，馬沙朱色士人 乾隆五十二年千七百八十七爲副伯理璽天德，再任凡八載。嘉慶二年千七百九十七從衆爲伯理璽天德。先是改革時，阿但斯使法郎西，而船將與英吉利艦戰海中，將助，船將曰：『子使者也，不戰何害。』而兩軍鏖戰不止，阿但斯手銃助之戰。既由副而正，法郎西人奪商艦，阿但斯怒，遣舟師戰於海中，獲其一艦，俘卒二百有奇，令路德塞爾等十二人護之。會大風雨，法郎西艦漂失，其人欲乘間刺，塞爾覺之，乃閉俘艦板下，三晝夜不交睫，法郎西畏而不發。其知兵用人多類此也。厥後曰士馬司，姓哲咈生氏，曰哲姆斯，姓馬特生氏，曰哲姆斯，姓夢洛氏，曰毦昆雪，姓阿但斯氏，曰安多柳，姓爵葛勝氏，曰馬金王，姓分婆倫氏，曰威涼哼里，姓哈利生氏，曰毦，姓帖勒氏，曰熱末司，姓帕嘎氏，曰惹嘎里，姓帖勒氏，曰密納得，姓非勒穆氏，曰符郎古林，姓皮而斯氏，曰熱末斯，姓孛剛能氏，曰阿布拉狠，姓林更氏，曰安多柳，姓毦松氏，曰由力西士，姓戈蘭德氏，曰巴沙苻，姓赫司氏，曰熱末司，姓嘎非氏，曰替士答，姓阿莎氏，曰固落簿，姓庫里八郎氏，今之伯里璽天德曰忭雅閔，姓海里孫氏。溯自華盛頓始凡二十有三人，歷任二十有九。蓋華盛頓而後再任者爲哲咈生、馬特生、夢洛、爵葛勝、戈蘭［德］五人。

雲龍曰：美利加地拓自英，非歟？而畔英自立，一利權國也。非華盛頓力不逮此，公器聽之公論，抑何偉歟！厥後墨西哥秘魯諸國畔日斯巴尼亞，南北步武，一似以華盛頓爲規，而肥瘠殊途，弱强異轍，豈幸不幸耶！襲跡者流，難可並實力論也。雲龍游華盛頓都，見其遺像，若石鏤，若油繪，皆薙鬚如媪狀，而奇傑如此。國都六十里有奇，婆多麥河之西岸，地曰瞞胝瓦農，是其舊居也，羅列平昔器用，兒時斫樹斧猶在，而柄朽矣。石槨置於室側，婦孺競謀時葺。過者輒脱帽供花，唏嘘遺愛不能忘，歲逢立國日尤甚。嗚呼，雖非世及，何以加哉！

中西學堂讚 有敘

光緒十四年夏五，雲龍遵朝諭游美利加，未嘗不慨同文如日本難可再得，遑言孔聖學也，嗟嗟！實學不絶如線，於外國何有，而執意萌芽於舊金山耶？由工而商，而商董，而紳董，以時漸進，然文輒蟹行。生於斯長於斯者之乏中材而學儒尠。張大臣奉命初即創立學議，華人至此較古巴尤夥，遂於今年春二月十九日立中西學堂，已入告矣，選子弟廿五如額，額外生願學者聽。聘華教習二，一周文生桂森，一羅太學生廷佐。洋教習一，煙鋤，是合衆國畢識辣阿鉅也。厥貲集自僑民，凡銀三萬四千圓，收息以月計。異地因材，可不謂作人善政歟！

或曰孔罕言利，欲廣厥學於尚利權地，將毋危？雲龍曰：否否。彼舍利權似無急務，然久之機巧用其極，視毛瑟鎗、克虜伯礮，不爲鈍物者幾希。人人自專其利，家家自擅其利之權，利分則争，權並則恣，術窮道生，舍聖學奚濟？意者道其將行於海乎？或變本而厲，或泥古而腐，於實事求是之學合耶？否耶？曾子四角不掩之説，孟子千歲日至之言，類皆西人地理、天文諸學家權輿，而先發自聖門。然則孔聖之學固合今古中外一以貫之者也。爰作讚曰：

知能可與，不桴而行，泗流枝派，尼山干城。既范圍之，又曲成之。有體有用，文未墜斯。

觀我箴

雲龍遵朝諭游歷海國，光緒十四年行至美利加舊金山。彼人以游歷自雲龍始，願見吾景景，影古通用，《漢·梅福傳》注『景，像也』，輒景以應。時有《觀我箴》，未景也，既歸，二兒范初就景展大，雲龍自書《觀我箴》，距游五年矣。箴曰：

面目猶是，而鬢蒼然。程朱身鵠，許鄭學田，藉非樸而非實，悔將積千。勿曰誰何，蛇後虎先，勿曰高遠，蠡海蛙天。來年五十，而無聞焉，懋哉懋哉，非或知前！

紫石研銘

日本研有瓦有磁有紙漆，而紫石鸜眼罕而珍矣。雲龍著《日本圖經》之《金石志》，有乾卦紫石研九，陳子衡山既贈磁研，復以所獲紫石者叚供屬草。厥池與背並有眼一，膚栗而潤，歸將如璧。銘曰：

氣先東紫，石交賴此。吾草《圖經》，餉墨未已，雲水光中，洗眼相視。其介不易，其潤德比，磨而不磷，勖哉如是。

白貞烈女墓表

白貞烈，廣東南海人，一纏足弱女子也。略賣舊金山爲娼，不從，被虐無告而志堅，自即於死，時道光年間。瘞汕馬爹山，在士得頓街東南，約華里十有五。由是美利加人謂纏足爲好女子。而忍辱女逢中元輒掃墓以爲常。雲龍游外國墳山，而貞烈孤墳相望，律陵且惡，遑論文姬，女墓而表，亦宜。嗚呼貞矣！嗚呼烈矣！南海志其可佚乎！

大清光緒戊子夏，游歷使、兵部郎中、德清傅雲龍譔文，將勒貞石，藉維氣節於二萬里外。